新潮文庫

# ポニーテール

重松　清著

# ポニーテール

# 第一章

## 1

猫がいた。

通りの先の、雑草が生い茂る空き地から、とことこ出てきたところだった。まだ子猫だった。背中のほうは茶色と金色が交じり合っていて、おなかは白。細いしっぽの先がフックのように曲がっていた。

フミは、うわあっ、と歓声をあげたいのをこらえて立ち止まった。口を両手でふさいで声が漏れないよう注意しながら、こっちおいで、こっちおいで、こっちおいで、とおまじないの呪文《じゅもん》を唱えるようにつぶやいた。

子猫は通りの真ん中まで来ると、不意にこっちを見た。

フミと目が合った。

しばらくじっとしていた子猫は、ふと我に返って、あわてて体をひねり、空き地に飛び込むように戻ってしまった。

わかるわかる、とフミは口を手でふさいだままうなずいた。そうそうそう、猫は最初、一瞬、ぼーっとするんだよね、と宿題の答え合わせで○がつづいたときのようにうれしくなってくる。

逃げてしまったのは残念だったが、猫にばったり出会えただけでもよかった。プレゼントを贈られたような気がする。

フミは口から手を離した。急に息苦しくなった。声だけでなく息までこらえていたことに、いまになって気づいたのだ。

はあはあ、ふうふう、と大きく息をしていたら、後ろにいたマキが歩きだして、追い越しざま、「先に行くよ」と言った。

フミはポニーテールの揺れるマキの背中に「猫がいたよ」と声をかけ、少しだけ言葉をつっかえさせて、「おねえちゃんも見た？」とつづけた。

マキは何歩か進んだところで足を止め、「見たよ」と面倒くさそうに言った。

「かわいかったよね」

「ふつうじゃん」

「また出てくるかなあ」

「来ないよ」

あっさり切り捨てて、「ほんと、早く歩かないと学校に遅れちゃうよ」と歩きだす。

フミもしかたなくあとにつづいた。マキの背負ったランドセルは、学校の誰とも違うデザインだった。横長で、中学生の通学鞄《かばん》のような形をしている。蓋《ふた》を止める金具のすぐ上の真ん中、いちばん目立つところに星の形の小さなシールが貼《は》ってある。アルミホイルのように光を反射してキラキラ光る、銀色のお星さまだ。フミは、それを見るたびに――いまも、きれいだなあ、と思う。

空き地の前を通りすぎるとき、フミは雑草の茂みを覗《のぞ》き込んでみたが、猫の姿は見あたらなかった。マキは空き地にはちらりとも目を向けず、まっすぐに前を向いて歩く。

距離が開いた。追いつこうとして足を速めかけた矢先にトンボを見つけて、フミはまた立ち止まる。トンボは空き地を管理する不動産会社の看板にとまっていた。青い色をしたトンボだった。

「おねえちゃん、トンボ」

今度はさっきよりすんなりと声が出た。

昨日よりも今日、今日よりも明日、さっきよりもいま、いまよりも今度……少しずつ慣れていけばいいんだから、とお父さんに言われた言葉を思いだした。

でも、「あ、そう」とだけ応《こた》えて振り向きもしないマキのそっけなさには、まだ慣れない。いつもしょんぼりしてしまう。

小走りして追いついた。

「青いトンボだったけど、名前、なんていうの？」

「シオカラトンボじゃない？」

態度はそっけなくても、訊《き》いたことに答えてくれない、というわけではない。

「なんでシオカラっていうの？」

マキは少し黙って、「わたしが決めたわけじゃないから」と言った。

フミは、またしょんぼりとうつむいてしまう。歩きながら、おかっぱの髪を指で梳《す》いた。もともと癖っ毛のうえに寝癖が加わって、くるん、と外にはねた髪を、指でひっぱって伸ばす。気まずくなったときは、いつも、気づかないうちにそうしている。

しばらく話が途切れた。空き地を通り過ぎると、マキはムスッと息をついて、「あのさ」と言った。「夕方になると色が変わるんだよ、あのトンボ」

「そうなの？」

「うん。五年生の教科書に出てるから」

フミは小学四年生だった。マキは六年生。二学期が始まって三日目の朝だった。

「何色になるの？」

「赤」

「じゃあ、赤トンボとそっくりになるの？」

「そっくりじゃなくて、同じなんだよ。シオカラトンボが夕方になって赤くなったのを、赤トンボっていうの」

ほんと？とフミが目をまるくすると、マキはすまし顔のまま「嘘《うそ》」と言って、そんなのあたりまえじゃん、と笑った。

笑い方も冷ややかでそっけない。それでも笑顔は笑顔だった。フミも「なーんだ、ひどーい」と笑い返して、今度はどうかな、だいじょうぶかな、もっとじょうずに言えるかな、と期待と不安を交じえてつづけた。

「おねえちゃんがまじめに言うから、信じちゃった、わたし」

よかった。自然に言葉が出た。今日はいいことがあるかもしれない。猫にも出会えたし、「おねえちゃん」の言い方はベスト記録を更新しつづけている。

フミはマキを追い越して、先に立って歩きながら、さっきの子猫のことを思いだした。首輪は付けていなかったから、野良猫《のらねこ》かもしれない。空き地の茂みの中にはお母さんやきょうだいがいたのだろうか。それとも、まだ子どもなのに、ひとりで生きているのだろうか。

子猫と入れ替わるように、ゴエモンの姿が浮かぶ。あの子猫と同じような模様で、しっぽの先が曲がっているのも同じ、でももっと大きな体つきの猫だ。フミがものごころついた頃にはすでに家にいて、小学一年生の秋に死んでしまった。泣きじゃくるフミに、動物病院のお医者さんは「もうおじいちゃんだったから、天寿をまっとうしたんだよ」と言ってくれた。天寿をまっとうするという意味はよくわからなかったが、きれいな花に囲まれたゴエモンの顔は、お気に入りのサイドボードの上で昼寝をしているようにとても安らかで、幸せそうで、またどこかで会えそうな気がした。

あの子猫が、そうなのだろうか。天国にいたゴエモンが生まれ変わって、また地上に降りてきたのだろうか。神さまが——というより、お母さんが、フミのために、ゴエモンを生まれ変わらせてくれたのだろうか。

「おねえちゃん」

足を止め、振り向いて言った。ベスト記録をまた更新した。

「おねえちゃんは、猫と犬、どっちが好き？」

胸がちょっとドキドキする。いいアイデアが浮かんだのだ。マキの答えしだいでは、もしかしたらうまくいくかもしれない。

でも、マキは「動物って、あんまり好きじゃない」と言って、フミを追い越した。

「途中で止まるのってやめてよ。間に合わないよ、ほんとに」

あのね、じゃあね、じゃあね、とフミは体と声の両方でマキを追いかけた。

「好きじゃなくてもいいんだけど、その中でも、猫と犬だとどっちが好き？」

「……犬のほうが嫌い、かな」

一瞬、頭の中がこんがらかった。あ、そうか、そういうことなんだ、と話の筋道が通ると、ほっとした。「どっちが好き？」と訊いたんだから好きなほうを答えればいいのに、という気はする。でも、マキのそういう言い方には、もうだいぶ慣れてきた。おねえちゃんは猫が好き――正確には「犬よりも嫌いじゃない」でも、「嫌いじゃない」と「好き」は同じ、ということにした。

第一関門、突破。フミはつづけて言った。

「ちっちゃい頃、ウチ、猫がいたの」

「ふうん」

「ゴエモンっていう名前だったの」

「ふうん」

「ヘンな名前でしょ？」

「べつに」

えーっ、とフミは思わず声をあげそうになった。予想外の反応だった。こんなふうにあっさり言われると困ってしまう。話をどうつづけていいかわからない。

マキがちらりとこっちを見た気がした。でもフミが顔を上げる前にマキは足を速め、さっきと同じようにムスッと息をついて、言った。

「まあ、ちょっとヘンはヘンだね」

フミは顔を上げる。「でしょ？　でしょ？」と笑顔に戻った。「前の学校でも、よく言われてたもん。なんでそんな名前にしたの、って」

お楽しみ会のクイズになったこともあるんだよ、とフミは得意そうに言って、「おねえちゃんはわかる？」と訊いた。

「さあ……わかんない」

それほど本気で考えたわけではなさそうだったが、まあいいや、とフミは話を先に進めた。

「ウチの苗字《みょうじ》って石川でしょ。石川五右衛門《ごえもん》っていうひとが時代劇の頃にいたから、ゴエモンなの。石川五右衛門ってね、泥棒で、最後は釜《かま》ゆでになっちゃったんだけど、正義の味方だったんだって。だから、ヘンな名前だけど、全然悪い名前じゃないんだよ」

　マキは黙っていた。

「だからね」とフミはつづけた。ここからが本題だった。

「もしもだけどね、もしも、もしもだよ、もしもの話だよ、もしも、ウチで猫を飼うことになったら、その子の名前、ゴエモン二世がいいな、って……」

　思うんだけど、とつづけようとしたら、マキの声でさえぎられた。

「あのさ」

　ぴしゃりとした声だった。フミの言葉を止めるだけでなく、まわりの空気まで凍らせてしまうような、おっかない声でもある。

「悪いんだけど、前のウチの話するの、やめてくれる？」

　フミをにらんで、「あと、ゴエモンでもなんでもいいけど、猫のこと、お母さんにはしゃべらないほうがいいよ」と言う。

　フミは小刻みにまばたきした。理由を訊きたかったが、声がなかなか出てこない。マキににらまれると、いつもこうなってしまう。

なんとか喉《のど》から声を絞り出して訊くと、マキは「フミは知らないと思うけど、お母さんは、犬より猫のほうが嫌いだから」と言って、ぷいと横を向いた。

フミは泣きだしそうになった。お母さんが猫を嫌いだということも悲しかったが、それ以上に「フミは知らないと思うけど」の一言のほうが悲しかった。

マキはまた早足になった。フミは追いつくのをあきらめて、後ろをついていった。なにか話しかけたかったが、さっきまですんなりと言えた「おねえちゃん」が、喉の奥にごつごつとひっかかって、うまく出てきそうになかった。癖のついた髪をひっぱって伸ばしながら、まあいいや、とため息をついた。せっかく今日は朝から調子がよかったのだから、それを台無しにしてしまうより、もう学校に着くまで黙っていよう。

マキと同じ家で暮らすようになって、今日はちょうど一カ月目だった。記念日だから今夜の晩ごはんはごちそうにするね、とお母さんは出がけに言っていた。

今日は、マキのお母さんがフミのお母さんになってから一カ月目の記念日でもあった。

## 2

子猫のおかげで、友だちができた。

おしゃべりする話題がほかに見つからなかったので「二丁目の空き地に子猫がいたよ」と隣の席の子に言ってみただけなのに、二丁目の空き地ってどこだっけ、どんな猫だったの、その猫さわったりできそうなの、と何人もまわりに集まってきたのだ。

予想以上の盛り上がりだった。昨日までとは違う。おとといは初対面で、昨日もまだ、フミは新入りの転校生という立場のままだった。話しかけてくるみんなにも遠慮があったし、フミのほうはもっと緊張して、うまく笑うことさえできなかった。

でも、もうだいじょうぶ。距離がいっぺんに縮まった。ふつうの友だち同士のように軽い調子でしゃべったり笑ったりできるようになった。みんなも、フミと一緒ににぎやかに盛り上がれるきっかけを待っていたのかもしれない。

やっぱりあの猫はゴエモンの生まれ変わりなんじゃないかな、ほんとうにゴエモン二世じゃないのかな、と本気で信じたくなった。新しい学校に早くなじめますように、とお母さんが天国から送ってくれたのかも……と思いかけて、心の中で言い直した。

前のお母さん。

まだ慣れない。最初は、亡《な》くなったお母さんは「お母さん」のままで、お父さんが再婚したお母さんは「新しいお母さん」だった。でも、ふとそれを口に出したら、

「新しい」は付けちゃだめだよ、とお父さんに言われた。いまのお母さんやマキと一緒に暮らしはじめる少し前――七月頃のこと。だから、最近は「前のお母さん」と「いまのお母さん」というふうに分けている。

とにかく、ゴエモン二世に会えてよかった。友だちもできたし、通学路にいたというのがうれしい。始まったばかりの新しい生活を見守ってもらえるような気がする。

運のよかったことがもう一つあった。

最初にゴエモン二世のことを話しかけた隣の席の子は、空き地のすぐ近所に住んでいたのだ。みんなから「ツルちゃん」と呼ばれている、鶴田《つるた》さんという女の子だ。

鶴田さんによると、あの空き地には、もともと一戸建ての家があったらしい。春頃にその家が取り壊されて更地になり、売り物件の看板が立てられて、買い手がつかないまま雑草だらけになってしまったのだという。

「でも、いままで見たことなかったなあ、子猫なんて」

「わたしも、昨日とか、おとといは、全然見なかった」

「だよねー」

「鶴田さんは野良猫だと思う?」

「っていうか、迷い猫か、捨て猫だよね」

あ、そうか、とフミはうなずいた。そっちの呼び方のほうが正しいし、優しい。

鶴田さんはつづけて言った。

「やっぱり捨て猫かなあ。だって子猫だったんでしょ？　そんなに遠くまで行かないよね、子猫だと。で、近所で猫を飼ってるウチって聞いたことないから。あそこの空き地ってペットボトルとかたくさん捨てられちゃってるから、捨て猫の可能性、大ありだよね。で、捨てられたんだとすれば、それ、ゆうべのことかも」

まるで探偵みたいだ。メガネをかけた顔が急に賢そうに見えてきた。

「放課後、行ってみようか」

「一緒に？」

「うん……石川さんさえよかったら、だけど」

全然オッケー、全然オッケー、とフミは首を何度も横に振った。

「一回ウチに帰ってさ、おやつとかあるじゃない、それ、ちょっと猫ちゃんに持って行ってあげない？」

うん、うん、うん、と今度は大きくうなずいた。

猫がびっくりして怖がるといけないから、と鶴田さんは別の友だちは誘わなかった。

「でも、聞いたらみんなも絶対に行きたがるから、ナイショだよ」と口の前で人差し指を立てて、いたずらっぽく笑った。

フミも同じしぐさをして、同じように笑い返した。どんどん楽しくなってきた。二人だけの秘密というのがいい。

学校からの帰りは五、六人のグループになった。一人だった昨日やおとといは帰り道が長かったが、今日はおしゃべりをしているうちにあっという間に二丁目の空き地まで来た。

でも、フミと鶴田さん以外の子はみんな子猫のことは忘れていて、誰も立ち止まろうとはしなかった。「みんなが猫のこと思いださないように、帰りは全然関係ない話をしよう。石川さんが前の学校のいろんなことをしゃべってたら、みんなもそっちに夢中になるから」と鶴田さんが言っていたとおりだ。

空き地を通り過ぎたあと、やったね、と目配せし合った。

ありがとう、ともフミは表情で伝えた。鶴田さんがうまい調子で「石川さんが前にいた学校って、給食おいしかったの?」「昼休みはなにして遊んでたの?」と質問して、テンポよく相槌《あいづち》を打ってくれたおかげで、フミが自然とおしゃべりの主役になった。

みんなと別れたあと、早足になって歩きながら、ツルちゃん、とつぶやいてみた。まるでついさっきまでそう呼んでいたみたいに、すんなりと言えた。

家に帰ったフミは、洗面所で手を洗うと、リビングと続き部屋の和室に入った。ダッシュで二丁目の空き地に出かけたいところでも、これだけは欠かせない。

和室はがらんとしている。家具は格子《こうし》の形をした小ぶりの棚が一つきり——そこに、前のお母さんの写真が飾ってある。お客さんが泊まりに来たときのための部屋だが、ふだんは誰も使っていない。前のお母さんの部屋ということになる。

棚の前にちょこんと座り、「ただいま」と写真に声をかけたあとは、つい線香を探して手が出てしまう。そういうところが、まだ慣れない。お父さんと二人暮らしをしていたマンションには仏壇《ぶつだん》があった。学校から帰ると必ず真っ先に線香を立てていた。今度の家に仏壇はない。位牌《いはい》もお母さんの生まれ故郷に帰って、おじいちゃんとおばあちゃんがご先祖さまと一緒に供養《くよう》している。

お母さんの写真は、フミの入学式に合わせて、写真館に出かけて撮ったときのものだった。家族全員の記念写真から、お母さんの顔のところだけをプリントし直したのだ。だから、ほんとうは同じ写真にお父さんもいたし、フミもいた。ゴエモンまで、お父さんの胸に抱かれていた。それが唯一《ゆいいつ》の、三人プラス一匹がそろって写った写真だった。

その日から半年後にゴエモンが天国に旅立ってしまい、二年生の夏には、お母さんもまだ三十五歳の若さで亡くなった。もともと体が弱かった。腎臓《じんぞう》と心臓の具合が生まれつき良くなかった。子どもの頃には何度も入院して、医者から「今夜がヤマだ」と言われたこともあった。結婚後も、入院こそしなかったが病院通いは欠かせず、微熱がつづいて寝込んでしまうことも多かった。

「子どもの頃からずっと体が弱くて、自分はもうすぐ死んじゃうかもしれないって思ってて……だから、優しかったんだよ、お母さんは」

お父さんは、お酒に酔って帰ってくると、しょっちゅうお母さんとゴエモンの話をする。再婚する少し前の夜もそうだった。

ゴエモンの子猫時代は両親も知らない。新婚ほやほやの二人が住んでいたアパートに何年も前から居着いていて、すでにボス猫の貫禄《かんろく》があった。仕事で帰りの遅いお父さんはその頃のゴエモンとはほとんど会っていなかったが、家にいるお母さんは、テラスに来るゴエモンにごはんをあげているうちに、すっかり仲良しになった。

「テラスにトイレを置いて、オシッコやウンチのしつけまでやったんだ。ゴエモンがご近所に迷惑をかけて嫌われ者にならないように、って。お母さんは、そういうことまで考えるひとだったんだよ。ほんとうに優しいだろ？」

お母さんが生きている頃から何度も聞いていた話だったが、いなくなってから聞くと、いっそう胸に染《し》みてくる。

ゴエモンのほうもお母さんのことがよほど気に入ったのか、二年後に引っ越すとき、トラックの荷台に勝手にもぐりこんでしまった。そして、新居に着くと、まるでここが我が家だと宣言するみたいに、部屋の真ん中で香箱座《こうばこずわ》りをしたのだ。

「昔から『犬はひとに付いて、猫は家に付く』っていうんだ。だから、ゴエモンが一緒に引っ越してきたっていうのは、ふつうなら考えられないことなんだよ。お父さんもお母さんも、それで感動しちゃって……」

新居の賃貸マンションはペット禁止だったが、両親にゴエモンを追い出すつもりなどなかった。それでも、こっそり飼うのには限界がある。

「引っ越しちゃおうか」と決めたのは、お母さんだった。お父さんも、思わぬ出費に内心「まいったなあ……」とぼやきながらも賛成した。

そんなわけで、一カ月もしないうちに、両親とゴエモンは新しいペット可のマンションに引っ越した。二度目の引っ越しの手伝いに来てくれたお父さんの友だちは、すっかり家族の一員になったゴエモンを見て、「カギしっぽの猫は縁起がいいんだぞ」と教えてくれた。しっぽの曲がったところで幸せをかき集めてくれる、と昔から言われているらしい。

確かに、その言い伝えは正しかった。新しいマンションに引っ越してほどなく、お母さんのおなかに小さな命が宿っていることがわかった。

「それがフミだったんだよ……」

お母さんが生きていた頃は、もっとその言葉に元気があったし、両親そろって拍手をして話を締めくくっていたものだった。でも、いまはもう拍手をしてくれる相棒はいない。お父さんの寂しさも年がたって薄れるどころか、どんどん増しているようだった。

お父さんはその夜、目に浮かんだ涙をごしごしとワイシャツの袖《そで》で拭《ぬぐ》って話を終え、それっきりゴエモンの話は新しいわが家では口にしていない。

前のお母さんに「ただいま」のあいさつを終えると、キッチンに駆け込んで、「ただいまーっ！」と、いまのお母さんにあいさつをした。

いつもの順番だ。逆にしたほうがいいのかどうか、ずっと迷っている。最初の「ただいま」はいまのお母さんに言ってあげたい気もするが、いまのお母さんに会ったあとで「ちょっと待っててね」と和室に行くほうがかえって悪いようにも思う。

結論が出ないまま、とりあえずいまは「ただいま」の声の張り上げ方を変えている。それがどこまで伝わっているのか、そもそも最初から順番なんて気にしていないのか、「はいはーい、お帰りなさーい」と応《こた》えるいまのお母さんの笑顔は、いつも明るい。

「フミちゃん、まだ固まりすぎてないから、タイミングばっちり」

お母さんは冷蔵庫からプルプルのフルーツゼリーを出してくれた。口の中でとろけてしまうほどのやわらかさでも、流れてしまうわけではない、ほんとうに絶妙の固まり具合だった。

「学校どうだった？」

「うん、面白かった。それでね、あのね……」

ゴエモン二世のことを言いかけて、あわてて口を閉じた。お母さんは犬よりも猫のほうが嫌い——マキに言われたことを思いだしたのだ。ゴエモン二世にあげるごはんもお母さんにお願いして分けてもらうつもりだったが、やめたほうがいいかもしれない。

代わりに、鶴田さんの話をした。話の中では、「鶴田さん」ではなく「ツルちゃん」

と呼んだ。そのほうがお母さんも喜んでくれそうな気がしたし、実際、お母さんは「すごいねー、もう友だちができたんだね、すごいすごい」とうれしそうに拍手してくれた。

「まだ、友だちかどうかわかんないけど」

「ううん、もう友だち友だち、これからもっともっと仲良く付き合っていったら親友になれるんじゃない？」

お母さんは元気な性格だ。小柄な割には太っていて、いつもばたばたと動き回って、そこがまた、いかにもエネルギーたっぷりという感じだった。前のお母さんが病気がちだったから、よけいそう思う。

「フミちゃんって、かわいらしいもん。友だちも話しかけやすいのよ」

そうかなあ、と照れて首をかしげ、ふと、おねえちゃんはどうなんだろう、と思った。おとといの夜も、ゆうべも、新しい学校の友だちの話は出てこなかった。

「じゃあ、今度、ツルちゃんをウチによんであげれば？おいしいオヤツ、たくさんつくってあげるから」

思わず「ありがとうございます」と言って、ヤバっ、と背中を縮めた。失敗した。「ございます」は要らない。「ありがとう」も、ほんとうは「うわっ、やったーっ」ぐらいでよかった。

お母さんも「お礼なんて言わなくていいのよ」と笑った。その笑顔がちょっと寂しそうに見えて、フミはあわてて、早口に言った。

「でね、あのね、約束したから、いまからツルちゃんと遊んでくる……」

お小遣いをもらえば、コンビニでゴエモン二世のごはんを買って行ける。

でも、それを言い出せないまま、二階の自分の部屋にランドセルを置いてきた。七月に前のお母さんの三回忌の法要をしたとき、おじいちゃんとおばあちゃんからお小遣いをもらった。その残りをつかうことにした。

もう一度キッチンを覗《のぞ》いて「じゃあ、行ってくるね」と声をかけ、そのまま玄関に向かおうとしたら、お母さんに呼び止められた。

「フミちゃん、髪のはねてるところ、直してあげる」

鶴田さんとの約束の時間は迫っていたが、いいよ、そんなの、とは言えなかった。

「直るの?」

「うん、ムースをつけてブラッシングすれば、かんたんだから」

フミが二階にいるうちからそうするつもりだったのだろう、お母さんはムースの缶とブラシをもう手に持っていた。フミの後ろに来ると、手早くムースを髪につけ、ブラシをかけていく。

「すごい癖っ毛だから……」

照れくささと恥ずかしさと申し訳なさが微妙に入り交じって、フミは言い訳するように言った。

「でも、かわいらしいわよ」

お母さんはそう言って、「ここだけなのね、はねちゃうのは」と髪にムースを少し足した。

「そう……なんか、アンテナがぴーんって立ってるみたいでしょ？」

前の学校で、ときどきからかわれていた。でも、お母さんは「うまいこと言うねー」と素直に感心して、「こういう髪のこと、なんて言うか知ってる？」と訊《き》いてきた。

「名前ついてるの？」

「そう。『かわいげ』っていう毛なの。よく、この子はかわいげがあるとかないとかって言うじゃない」

「うん……」

「こんなふうに癖っ毛ではねちゃってるんだけど、見てるだけで気分がよくなって楽しくなってくる髪の毛のことを、『かわいげ』っていうの。それで、そういう『かわいげ』の生えてる子が、かわいげがある、ってわけ」

ということは、「かわいげ」の「げ」は、漢字で「毛」になる——？

「かわい毛」——？

やだぁ、とフミは笑った。さすがに、こんな冗談にひっかかるほど子どもではない。お母さんも「ちぃーっ、ばれたかあ」とアニメの悪役みたいな声をつくって、フミの肩をポンと叩《たた》いた。「はい、できあがり。もうはねてないから」

フミはマキのシオカラトンボの嘘《うそ》を思いだして、やっぱりほんとうの親子だから似てるなあ、と苦笑した。でも、嘘のつき方は全然違うけど、と苦笑いに加えてため息もついた。おねえちゃんの髪には「かわいげ」は一本もないのかもしれない。ポニーテール、よく似合ってるんだけど。

髪をさわってみた。ムースで濡《ぬ》れた髪は、すうっとまっすぐ伸びて、指でつまむと艶《つや》やかな感触が伝わった。

# 3

コンビニでソーセージと牛乳を買って、二丁目の空き地に急いだ。

自転車があればもっと早いのだが、いままで乗っていた自転車は引っ越しのときに処分してしまった。お父さんは「今度新しいのを買うから」と言ったきり、まだその約束は果たしてもらっていない。

自転車にかぎらず、お父さんは引っ越しのときにほとんどの家財道具を処分した。新居に着くと、新しい家具や家電製品がすでに運び込まれていた。フミの机もそうだ。入学のときに買ってもらった学習机がお気に入りだったのに、お父さんは「中学生や高校生になっても使えるやつのほうがいいんだ」と勝手に決めて、業者に引き取ってもらったのだ。

新しい家の新しい自分の部屋には、新しい机があった。よけいな飾りはなにもついていない、おとなっぽい机だった。マキの部屋にも同じ机がある。本棚やベッドも、きょうだいで同じものが最初からそろえられていた。

自転車も、いずれそうなるのだろう。きょうだいでおそろいの自転車が、カーポートの隅に並ぶことになるのだろう。マキもいままで乗っていた自転車を処分されていた。最近しょっちゅう「早く新しいの買ってよ」「お金だけくれたら自分で買ってくるから」とお母さんに言っている。

とにかく、早足で歩いたりダッシュで走ったりしながら、急いで空き地に向かった。鶴田さんは先に着いて、通りから空き地の茂みを覗き込んでいた。フミに気づくと、こっちこっち、と手招いて、口の前で人差し指を立てる。

い、る、よ。声を出さずに口を大きく動かす鶴田さんに合わせて、フミも同じように、い、た、で、しょ、と応えた。

ゴエモン二世は、やはり捨て猫だった。通りから見える場所に小さな段ボール箱がある。中に古いバスタオルが敷いてあったので、その箱に入れて捨てられたのだろう。

「ひどいよね、信じられない。ウチの近所にそんなひと絶対にいないから、よそから車で来て捨てて行ったんだよ」

「やっぱりゆうべだったのかなあ」

「そうだと思うよ。まだ箱も傷《いた》んでないし」

鶴田さんとフミは空き地の前に並んでしゃがんだ。段ボール箱は空っぽだった。ゴエモン二世は茂みの奥にいる。さっきはだいぶ手前のほうにいたのだが、鶴田さんが見つけると、すぐに奥に逃げ込んでしまったのだという。

「でも、この中にいるのは間違いないよ。わたし、ずっと見てたけど、まだ逃げてないもん」

空き地は隣の家との境のブロック塀で囲まれている。ゴエモン二世はまだ塀の上には姿を見せていないから、いまも茂みの中でじっと身をひそめているはずだ。

「どうする？」

フミが訊くと、鶴田さんは「どうしようか……」と迷い顔になった。

このまま待っていても、ゴエモン二世が茂みから出てくるという保証はなにもない。鶴田さんは少し考えてから、ふんぎりをつけるように「とりあえず、ごはんだけ箱の中に入れといてあげようか」と言った。「猫ちゃんも、あとでゆっくり食べればいいんだから」

「わたしたちは？」

「帰るしかないんじゃない？　だって、ウチらがいたら、猫ちゃんも出てこないでしょ、ずーっと。そんなのかわいそうじゃん」

「だよね……」

がっかりした。ゴエモン二世だけでなく、鶴田さんとも、もうちょっと一緒に遊びたい。せっかくここまで来たのだし、せっかく友だちになったのだから。

カサッ、と茂みの葉っぱが擦れる音がした。

立ち上がりかけていた鶴田さんが、またあわててしゃがんだ。

「いたよ、いた、猫ちゃん、こっち見てた」

「ほんと？」

フミも胸をはずませて、茂みの奥を覗き込んだ。

今朝の子猫がいた。目が合っても逃げない。やっぱりゴエモン二世だ。フミはうなずいた。絶対そうだ、だから気持ちがちゃんと伝わったんだ。

「猫ちゃん、逃げないね。ウチらのこと、敵じゃないってわかったのかなあ」

「猫って頭いいから、そういうのってすぐにわかるんだよ」

応える声にも自信がにじんだ。

「石川さんって、猫のこと、くわしいの？」

「まあ、いちおう。ずっと飼ってたし」

「そうだったんだぁ、すごーい、わたし、猫のこと全然わかんないもん」

照れくさくても、ほめられるのはうれしい。

「じゃあ、これからどうすればいいの？　ごはん、どこに置けばいい？」

ほんとうはフミにもよくわからなかったが、期待には応えたい。テレビで観《み》たことのある白鳥の餌付《えづ》けの光景を思いだして、「放ってあげればいいんだよ」と言った。「小さくちぎって、投げてあげるの」

ほら、こんな感じで、とソーセージをちぎって、自分たちとゴエモン二世との真ん中あたりに放った。

ゴエモン二世は動かない。でも、逃げないだけでもいい。それに、なんとなく、飛んできた食べ物に興味を惹《ひ》かれたようにも見える。

「わたし、ウチから煮干し持ってきたんだけど、これも投げればいいの?」

鶴田さんが訊いた。「うん、いい、いい。煮干しって猫はみんな好きだから」とフミが応えると、うれしそうに「よかったー」と笑って放る。

「あと、チョコもあるけど。猫ちゃんって、チョコ食べるんだっけ」

「小さく割ってあげればいいよ」

指でOKマークをつくって、いまならだいじょうぶかな、と半分ドキドキしながらつづけた。

「ツルちゃんも、絶対に猫が好きになるよ」

鶴田さん——ツルちゃんは、うんっ、とはずむようにうなずいて、煮干しとチョコレートを交互に何度か放った。

ゴエモン二世は少しずつ警戒を解いて、最初にフミが放ったソーセージに近寄った。しばらくにおいを嗅《か》いでから、かじった。食べたあとも茂みの奥へは戻らず、次の食べ物を探して、あたりを嗅ぎ回る。

フミはソーセージをまたちぎって、今度はさらに手前側に放った。ゴエモン二世は今度は最初から食べ物だとわかっていて、迷わずそっちに向かう。

ほとんど思いつきだけのアイデアだったが、予想以上にうまくいった。この調子ならあっさりとなついてくれるかもしれない。

ツルちゃんのウチで飼ってくれれば、いちばんいい。案外、それ、できるかも、と話を切り出そうとした、そのとき——。

「なにやってんの、あんたたち」

背中から声が聞こえた。年上の女子の声だった。

ひやっとして振り向くと、学校帰りのマキが、怖い顔をしてフミをにらんでいた。

「今朝の猫にエサあげてたわけ？」

「……うん」

「そっちの子も？」

顎《あご》をしゃくってツルちゃんを見るまなざしも、おっかなくて、冷たい。初対面の六年生ににらまれたツルちゃんは、身をこわばらせて立ち上がった。

あのね、あのね、とフミはあわてて事情を説明した。言い出しっぺは自分なんだと、ツルちゃんをかばった。

だが、マキは「どっちが誘ったかなんて、どうでもいいよ」と切り捨てて、「投げたエサ、この子と一緒に、ぜんぶ拾って」とフミに言った。

「ぜんぶ？」

「あたりまえじゃない、ぜんぶじゃないと意味ないでしょ」

「……どこに投げたかなんて、覚えてない」

「覚えてなかったら探せばいいじゃない」

それだけではすまなかった。マキはツルちゃんがチョコレートの箱を持っていることに気づくと、先生がいたずらを叱《しか》るときよりもずっと怖い顔をして、「チョコもあげちゃったの？」と訊いた。

ツルちゃんはすっかりおびえてしまって、消え入りそうな声で「小さく割ったから……」と言い訳しかけたが、マキは「そんな問題じゃないの」と冷たくさえぎり、フミとツルちゃんを代わる代わるにらんで、言った。

「死んじゃうよ、猫」

「……なんで？」

「チョコを食べると、猫は具合悪くなって、そのまま死んじゃうこともあるんだよ」

フミは黙り込んだ。しばらく待っても、「嘘だよ」の一言はなかった。

ツルちゃんがこっちを見ているのもわかる。それどういうこと、チョコって毒なの？　という驚いたまなざしだった。

「ほら、早く拾って。わたし、ここにいて、誰かおとなのひとに文句言われそうになったら、説明してあげるから」

うながされて、しかたなく空き地に入った。その背中に、「チョコは絶対にぜんぶ拾いなさいよ」と念を押された。

ゴエモン二世はいつのまにか姿を消していた。結局、最初のソーセージを少しかじっただけだった。あーあ……とため息をついて、つい無意識のうちに髪を指でつまんだ。お母さんが直してくれた癖っ毛のところは、もう、クルッとはねていた。

一緒に空き地に入ったツルちゃんのそばに寄って、「ごめんね、鶴田さん」と声をかけた。「ツルちゃん」とはもう呼べなくなってしまった。鶴田さんは「知らなかったんだから、しょうがないよ」と言ってくれた。よかった。やっぱり優しい。だからよけいに、せっかく最初に友だちになれた鶴田さんにあんな冷たい言い方をしたマキが恨めしい。

「ねえ、石川さん。あのひと、何年生？」

「六年生」

「あんなひとって、前からいたっけ。ランドセルもみんなのと違うよね」

フミが黙ってうつむくと、鶴田さんは「っていっても、石川さんにわかるわけないか」と笑って、「でも……」とつづけた。

「石川さん、あのひとと知り合いなの？　さっきの話し方、そんな感じしたけど」

「……おねえちゃん」

「きょうだいなの？　うそ、なんか、全然似てないっていうか、赤の他人っぽいじゃん」

だって、もともと赤の他人なんだもん——とは言えなかった。

「わたしはお父さん似で、おねえちゃんはお母さん似だから」

思わず浮かべた微笑《ほほえ》みは、いまにも泣きだしそうな寂しいものになった。

ほんとうは、フミの顔立ちは亡《な》くなったお母さんそっくりだった。でも、「わたしもお母さん似で、おねえちゃんもお母さん似なんだけど、わたしたちの顔は全然似てないの」というのをうまく説明できる自信がなかった。

お母さん、ごめんなさい。

嘘《うそ》をついたことを前のお母さんに心の中で謝って、前のお母さんに謝ったことを、いまのお母さんにも、まだ前のお母さんのこと考えててごめんなさい、と謝った。

急に悲しさがこみあげてきた。涙をこらえきれずに、その場にしゃがみこんだ。

雑草の中にもぐって、両手で顔を覆《おお》って泣いた。「ちょっと、まだ？　なにしてんの？」と通りからマキがいらだたしげに言ったが、応《こた》える気も泣きやむ気もなかった。

鶴田さんがあわてて空き地から出て、マキになにか話しているのがわかっても、振り向かなかった。

鶴田さんが戻ってきた。

「おねえさんに、先に帰ってなさいって言われたから……帰るね」

申し訳なさそうに「ごめんね」と言う。そんなことない、全然そんなことない、と

フミは泣きながら首を横に振った。

悪いのはこっちだ。せっかく友だちになった初日に泣いているところを見られるなんて、サイテーだった。マキと自分がきょうだいだというのを知られたのもサイテー

だし、そもそも鶴田さんには、なぜ急に泣きだしたのか、さっぱりワケがわからないだろう。

「あのさ……チョコ、食べる？　ウチに持って帰ってもアレだし、猫ちゃんにあげられないんだったら、人間が食べなきゃもったいないし……」

鶴田さんは自分で言っておきながら、「でも違うか、それ」と苦笑して首をかしげ、いまのマキの様子を教えてくれた。

段ボール箱を手に取ったマキは、置き手紙が入っていないか確かめ、バスタオルを鼻にあてて、オシッコのにおいもチェックしているのだという。

「すごく慣れてる感じだったから、猫にくわしいんだね」

くわしいかもしれないけど、好きじゃないんだよ、と言い返したい。犬よりは猫のほうが嫌いじゃない、というだけ——ほんとうに好きだったら、ごはんをあげているのを見て怒るはずがない。

鶴田さんも泣きやまないフミにこれ以上付き合うのをあきらめて、「じゃあ、わたし、先に帰ってるね」と言った。

せめてバイバイぐらいは言わなきゃ、と顔をなんとか上げた。

そのタイミングを待っていたように、すぐそばで、みゃあ、と子猫の鳴く声がした。

ゴエモン二世がいた。茂みの陰に身をひそめながら、じっとこっちを見つめていた。目が合っても逃げない。それどころか、一歩ずつ、フミに近づいてくる。

拾ったソーセージを手のひらに載せて差し出してみた。もうこの食べ物は心配要らないとわかっているからなのか、ゴエモン二世はほとんどためらうことなく手のひらに顔を寄せ、ソーセージを食べた。

さらに、ゴエモン二世のほんとうのお目当ては食べ物ではなかった。ひとかけのソーセージをたいらげたあとも、茂みの奥へは戻らず、おかわりをせがみもせず、フミにもっと近づいて、足元を通り過ぎるとき、しっぽを軽くこすりつけてきた。

覚えている。ゴエモンもそうだった。甘えたいときのサインだ。

いったんフミの後ろにまわったゴエモン二世は、また前に来て、座って、フミを見つめて、みゃあ、と鳴いた。

ダメでもともとのつもりで、両手を伸ばしてみた。怖がらせてはいけない。頭上に覆いかぶさらないように気をつけた甲斐《かい》あって、ゴエモン二世は逃げなかった。背中にそっと触れた。逃げない。胸のほうからすくいあげるように、腋《わき》の下に手を差し入れた。だいじょうぶ、逃げない。

抱き上げた。ゴエモン二世は体をぶらんとさせて、こんちは、というように、みゃっ、と短く鳴いた。

嘘みたいな、というより、夢みたいな話だった。

いくら子猫とはいっても、猫はもうちょっと警戒心が強い生き物のはずだ。前の学校の友だちに猫を飼っている子が何人かいて、ウチに遊びに行ったときに猫に会わせてもらったこともあるが、そのときは背中を軽く撫《な》でるのがせいぜいだった。どんなにひとなつっこい猫でも初対面で抱っこまではできないし、強引に抱き取っても、すぐに嫌がって逃げだしてしまう。臆病《おくびょう》な猫になると、ソファーの下にもぐりこんだきり何時間たっても出てこないことだって、あたりまえだった。

でも、ゴエモン二世はフミにおとなしく抱かれている。やっと自分の居場所にたどり着けた、というふうに安らいでいるようにも見える。抱っこしたまま歩いてみてもだいじょうぶ。

鶴田さんは「すごーい!」と尊敬のまなざしでフミを見ている。べつにフミが特別な技をつかったというわけではなく、むしろゴエモン二世のほうが特別なのだが、そのおかげで「ツルちゃんも抱っこできるんじゃないかなあ、この猫だったら」と——また、呼び名を「ツルちゃん」に戻すことができた。

「なついてるね、ほんと」

ツルちゃんはフミの腕の中のゴエモン二世を覗《のぞ》き込んで、おっかなびっくりの様子でしっぽの先をそっと指でつついた。ふつうは、猫はしっぽをさわられるのが大嫌いだ。でも、ゴエモン二世は嫌がる様子もなく、逆に、先っちょの曲がり具合を自慢するみたいに、ぱたぱたとしっぽを振る。

「前の飼い主にかわいがられてたのかもね」

フミは言った。そう考えれば、この常識はずれのひとなつっこさにも少しは納得がいく。

「でも、かわいがられてても、最後は捨てられちゃったわけだよね」

「うん……」

「なんか、すごいかわいそうな気がする」

「だね……」

ツルちゃんの言うとおりだった。生まれてすぐに捨てられた猫と、飼い主にかわいがられたあとで捨てられた猫と、どちらが不幸せなのだろう。

マキが通りから空き地に入ってきた。待ちくたびれて、というのではなく、もっと怒った顔で、乱暴に茂みをかき分けて、こっちに向かってくる。

「どうするの」

さっきよりさらに怖い顔でフミをにらんで言った。ケンカをするようなキツい声に、ツルちゃんまで、びくっと肩をすぼめた。

「……どうする、って？」

「責任取れるの？　フミ」

「……責任、って？」

「抱っこしちゃったでしょ、この猫」

「……したけど」

「野良猫《のらねこ》は抱っこしたらダメなんだよ。エサも手からあげたらダメなの。ほんとにかわいそうだと思って、エサをあげるんだったら、黙ってエサを置いて、あとはほっとけばいいの。かまっちゃダメなんだってば」

「猫の病気がうつっちゃうからですか？」とツルちゃんが訊《き》くと、マキは「そんなの関係ない」とそっけなく言った。「好きで抱っこして、病気がうつるのを心配するのって、身勝手すぎない？」

もうちょっと優しく言ってあげてよ、とフミははらはらして二人を見た。心配したとおり、ツルちゃんは顔を赤くして、泣きだしそうになっている。

「わたしが言ってるのは、猫のこと。抱っことか、エサを手からあげるとか、あんたたちはそれで楽しいかもしれないけど、猫にとっては迷惑なの」

「だって……無理やり抱っこしたわけじゃないよ、わたし」

フミが口をとがらせて言い返しても、マキはひるむどころか、「だから怒ってるの！」と声を張り上げた。「猫が好きなんだったら、それくらいのこと考えなさいよ、バカ！」

声が胸に突き刺さった。

止まっていた涙が、また目ににじんできた。

ゴエモン二世もただならぬ気配を察したのか、ぴょん、とフミの腕から飛び降りて、そのまま茂みの奥に姿を消してしまった。

その茂みに向かって、マキは石まで投げた。

「やめてよ！」

フミが叫んでも、マキはかまわず二つ目の石を足元から拾って投げた。ランドセルを背負ったままなのでいかにも窮屈そうな投げ方になり、本気で狙《ねら》っている様子でもなかったが、これでもう、ゴエモン二世は茂みから出てこなくなるかもしれない。

「フミちゃん、帰ろう！」

ツルちゃんに手を引っぱられた。「石川さん」が「フミちゃん」になった。でも、それに困惑したり喜んだりする余裕はない。

ツルちゃんは「こんなところでワケのわかんないお説教されてもしょうがないじゃん、帰ろうよ！」とフミの手をグイグイ引っぱって、空き地から出て行った。

マキは呼び止めなかった。帰るんならどうぞご自由に、と二人を振り向きもせず、また石を投げた。


空き地の先の角を曲がると、ツルちゃんはやっと一息ついて手を離してくれた。

フミもやっと、ここで怒って帰っても、どうせおねえちゃんとはウチでまた会うんだけど、というあたりまえの理屈を口にすることができた。

ツルちゃんは「あ、そっか……」と肩を落とした。「ごめん、キレてたから、そういうこと考えなかった」

冷静そうに見えて、意外と抜けている。「あんなふうに帰っちゃったら、あとでヤバそう？　おねえさん、もっと怒りそう？」と心配そうに訊いてくるあたり、感情が爆発するとまわりが見えなくなってしまうタイプかもしれない。

「だいじょうぶだよ、全然平気。ありがとう」

フミは笑って言った。かばってくれたのもうれしかったし、なにより、「フミちゃん」がうれしい。あまりにもうれしすぎて、さっきはなんとか目ににじむ程度でこらえていた涙が、いっぺんにあふれ出てしまった。

うれしさは、悲しさを消してしまうだけではない。倍にしてしまうことだってある。前のお母さんが亡くなって二年ちょっと——いつも一人で留守番をしていた頃よりも、家族が増えてにぎやかになったいまのほうが、逆に、前のお母さんを思いだすことが増えた。それと似ているのかもしれない。

4

家のすぐ近所までツルちゃんに送ってもらった。

涙の痕《あと》が頬に残っていないかどうかは、ツルちゃんが確認してくれた。だいじょうぶ。目の赤さもよっぽど注意深く見ないと気づかないほどらしい。

安心して家に帰ったのに、キッチンで「今夜の晩ごはん、なに？」と訊いただけで、あっけなくお母さんに「どうしたの？　泣いちゃったの？」と言われてしまった。

かくれんぼで見つかったときのような気持ちになった。ちょっと悔しくて、ちょっとほっとする。だから、ぷくっ、と頬をふくらませて、「ひどいんだよ」と言った。「意地悪な六年生に会ったの」

マキのことを「知らない六年生の女子」に置き換え、ゴエモン二世のことも「子猫」とだけ呼んで、あとはそのまま、あったことを伝えた。話しているうちにまた泣いてしまうだろうかと思っていたが、そんなことはなかった。逆に、怒りのほうが増してきた。

いまのお母さんの前では一度も泣いたことがない。べつに無理して我慢しているわけではなくても、不思議と涙が出るほどの悲しさが湧《わ》かない。そこが、前のお母さんといまのお母さんとのいちばん大きな違いだった。

話を最後まで聞いてくれたお母さんは、「なるほどね」と相槌《あいづち》を打って、なるほど、うん、なるほどね、と余韻を噛《か》みしめるように繰り返した。

お母さんは味方だ、と期待して「その子の言ってること、ワケわかんないでしょ？」と大げさに顔をしかめてみた。「ひどいよねー……」

でも、お母さんは、ちょっと困ったように笑って、首を横に振った。

「言い方は確かによくないけど、言ってることは、合ってるかもね」

「なんで？」

「まあ、野良猫をどこまで世話するかっていうのは、いろんな考え方があるんだろうけど、その六年生の子が言ってたことは、お母さんの考えと似てるみたい」

「……なんで？」

今度の「なんで？」は、不満たっぷりになってしまった。

お母さんはフミの髪を軽く撫でて、「責任取れるの、って訊いたんだよね、その六年生の子」と言った。

「そう……」

「その責任って、自分が最後まで面倒を見られないものには、中途半端《はんぱ》なことをしちゃダメだっていうことなのよ」

もしもゴエモン二世が、明日からもごはんがもらえるんだ、と思い込んだら――。

明日の夕方、フミとツルちゃんが来るのを楽しみに待っていたら――。

「わたし、明日も行くよ」

「わかってる。でも、毎日ずっと、一日も休まずに、できる？」

言葉に詰まった。

お母さんは「難しいよね」と笑って、「抱っこもそうよ」とつづけた。

もしもゴエモン二世が、人間はみーんな優しいんだ、と思い込んだら――。

明日の夕方、誰か怖いひとに、おいでおいで、と手招かれたら――。

「野良猫は、ふつうはすごく用心深いでしょ。そうしないと身を守れないのよ」

「うん……」

「でも、抱っこで楽しい思い出ができちゃうと、人間に対して警戒しなくなるでしょ」

「じゃあ、楽しい思い出、つくっちゃいけないわけ？」

また不満たっぷりの言い方になった。

すると、お母さんはフミの髪にまた手をやって、癖っ毛の場所を確かめるように指をすべらせながら、言った。

「その楽しさって、猫にとって楽しいのかな。それとも、人間にとって楽しいのかな」

胸がドキンとして、思わずうつむいてしまった。逃げるように「でも……」と返しても、つづけてなにをどう言えばいいのかわからない。

お母さんは自分から話を先につづけた。

「甘えて寄ってくる猫を抱っこしてあげるのも優しさだけど、わざと追い払って、人間の怖さを教えてあげるのも優しさなの。だから、六年生の子は、めちゃくちゃな文句だけ言ったわけじゃないと思うわよ、お母さん」

「……じゃあ、どっちが正しいの？」

お母さんは「どっちも」と答え、はねた癖っ毛を軽く伸ばしてくれた。

「そんなのって……」

「正しいことって、一つきりじゃないのよ。世の中って、ほんと」

だから面倒くさいよねー、とお母さんはおとな同士で愚痴をこぼし合うように笑った。

でも、フミは笑い返さない。最後の最後ではぐらかされたような気がして、黙って口をとがらせた。お母さんもそれ以上はなにも言わずに、フミのそばから離れた。

「お母さん」

「なーに？」

「一つだけ訊いていい？」

「二つでも三つでも、いくつでもOKだけど」

「お母さんって、猫より犬のほうが好きだって、ほんと？」

考える間もなく、お母さんは「逆、逆、反対」と首を何度も横に振りながら言った。

「そうなの？」

「そうよ。誰が言ってたの？　お父さん？」

「……おねえちゃん」

一瞬きょとんとしたお母さんは、さっきと同じように、なるほど、うん、なるほどね、と小さく繰り返しながら、フミをじっと見つめた。

「さっきフミちゃんたちに文句を言ってきた子って、六年生の女子だったのよね？」

「……うん」

ふうん、とお母さんはうなずいた。

ばれたのかもしれない。お母さんは勘が鋭く、頭の回転も速い。テレビのクイズ番組を観《み》ているときは連戦連勝だし、お父さんよりずっとたくさんミステリー小説を読んでいる。

とりあえず、前のお母さんの部屋に行こう、逃げよう、遊びに出かけたあとに「ただいま」を言うのはあたりまえなんだから……。

目をそらして、クルッと背中を向けるタイミングをはかっていたら、電話が鳴った。

助かった。電話に応《こた》えながらキッチンに入ったお母さんをよそに、フミは和室に向かった。和室で前のお母さんの写真と向き合っているときには、いまのお母さんは絶対に入ってこないし、声もかけてこない。

襖《ふすま》を開けながら、逃げ場所には最高だよね、と思いかけて、そんなのじゃないんだけど、といまのお母さんに申し訳なくなって、中途半端に襖を開けたままたたずんでいたら、お母さんの「それ、どういうことですか！」という声が聞こえ、びっくりしているうちにお母さんがキッチンからリビングに顔を出した。

「フミちゃん、猫がいたっていう空き地って、どこだっけ？」

「……どうしたの？」

「案内してくれる？」

興奮を必死にしずめるように肩を上下させて言って、「ちょっと、おねえちゃんがピンチなの」と無理に笑った。

マキは空き地の前の通りで、おばさん三人に取り囲まれていた。三人は空き地の両隣とお向かいに住むひとたちだった。

空き地で野良猫《のらねこ》に向かって石を何度も投げていたんだ、とおばさんの一人が言った。出て行け、出て行け、と猫をいじめていたんだ、と別のおばさんが言った。これって動物虐待《ぎゃくたい》でしょ、と三人目のおばさんが言って、最初のおばさんがまくしたてるように話を締めくくった。

「猫ちゃんが捨てられてて、かわいそうだから、ごはんあげようと思って外に出たら、石を投げてる子がいるじゃない。もう、びっくりしちゃって、注意したら……」

逆にマキは「野良猫にごはんやるのって、やめてください」と言い返した。それだけでもおばさんはアタマに来ていたのに、知らん顔をしてマキが投げた石が、手元がくるっておばさんの家に飛び込んで、ガラスを割ってしまったのだ。

おばさんはカンカンに怒って、ご近所まで巻き込んだ大騒ぎになった。

お母さんはひたすら謝った。とにかくガラスを割ったことはこっちが悪い。

でも、「警察に電話してもよかったんですけどね」と恩着せがましく言う三人は、ガラスのことより猫を虐待していたのがゆるせないんだ、と何度もしつこく蒸し返した。ふてくされたままのマキの態度がよほど腹に据えかねていたのだろう。

でも、石を茂みに投げたのは虐待ではない。フミにはもうわかっていた。ゴエモン二世のために、マキはわざと、本気でぶつけずに石を投げていた。絶対に。信じる。

それがおばさんたちには通じない。かわいい猫に石を投げるなんて信じられない、親のしつけが悪いんだ、心を病んでいるんじゃないか、とまで言って、さんざん罵《のの》りつづける。マキもちゃんと言い返せばいいのに、黙ってそっぽを向いたまま、まるで説明しないのがルールなんだと決めているかのように、口をきゅっと結んでいる。

それが悔しくて、悲しくて、フミは泣きだしてしまった。お母さんがびっくりするのを見ると涙がどんどんあふれ、マキがあいかわらず知らん顔をしているのを見ると、大きな泣き声まであげてしまった。

今日はほんとうに泣きどおしの一日になった。でも、いままでは自分が悲しかったから流す涙だった。マキのために流す涙は初めてだった。

おばさんたちは、あんたが泣いても関係ないわよ、という顔をしていたが、お母さんはフミの顔をおなかに抱き寄せて、初めて、自分からおばさんたちに訊《き》いた。

「ほんとうに、石を投げながら、『出て行け』って言ってましたか？」

「……言ってたわよ、そんなふうに。ちゃんと聞いたんだから」

「『出て行って』じゃありませんでした？　猫にお願いしながら、石を投げてませんでしたか？」

フミはお母さんのおなかから顔を離して、見上げた。口調は質問でも、お母さんの表情には、絶対にそうだ、という確信が宿っていた。おばさんたちもその確信に気《け》おされたように、急に口ごもってしまった。

お母さんはマキに目をやった。

「この子、猫が大好きなんです」

静かに言って、「大好きな猫と、この夏にお別れしたばかりなんです」とつづけた。

いつもごはんをあげていた近所の野良猫がいた。家の中に入ってくるぐらい、猫のほうもなついていた。でも、夏に引っ越しをして——フミやフミのお父さんと一緒に暮らすようになったから、お別れしなければいけなくなった。

「ウチの庭に来ても、もうごはんはないよ、今度からは自分で探さなきゃいけないんだよ、って……引っ越しの少し前から、わざと、もうウチに来ないように、猫に水鉄砲の水をかけたり、猫の嫌がるにおいのスプレーをしたりして……」

フミは涙で濡《ぬ》れた目でマキを見た。でも、マキはそっぽを向いたまま、どんなにしても目を合わせてくれない。代わりに、ランドセルの星のシールが、夕陽を浴びて光っていた。

「だからって、石を投げることはないでしょ」

ガラスを割られたおばさんは、ひるみながらも言い返した。「だいいちねえ、注意されて言い返すなんて、なに？　ほんと、かわいげがないっていうか」——ねえ、と三人でうなずき合ったところに、お母さんの声がぴしゃりと響いた。

「マキはいい子です！」

迷いもためらいもなく、言い切った。

あまりの勢いに一瞬ぽかんとして黙り込んだおばさん三人は、すぐに我に返ると文句を言い返そうとした。

でも、その前に、空き地の茂みを見ていたフミが、つぶやくように言った。

「あ……出てきた」

指差した先に、ゴエモン二世がいた。茂みから、とことこと姿をあらわした。いったん立ち止まり、きょとんとしたあどけない顔でみんなを見て、みゃあ、と小さく鳴いて、また歩きだして――マキの足元に近づいて、しっぽをすりつけた。

マキはお母さんに目でうながされ、おずおずとかがんで、でもフミに負けないぐらい慣れた手つきで、ゴエモン二世を抱き上げた。

「おねえちゃんと一緒に帰りたかったんだよ！　だから、この子、空き地から出て行かなかったんだよ！」

フミは胸を張って、おばさんたちに言った。「おねえちゃん」のベスト記録が大幅に更新された。

おばさんたちがひきあげたあとも、フミたちは空き地の前に残っていた。

お母さんはフミと目が合うと照れくさそうに笑って、「またはねてるね」と癖っ毛のところを指差した。

フミも照れ笑いを浮かべて癖っ毛をつまみ、「かわい毛」と小声で応えたが、お母さんは自分で言った冗談をもう忘れてしまったのか、「うん？」と要領を得ない顔で頰をゆるめただけだった。

マキはまだゴエモン二世を抱っこしている。背中を向けているので表情はわからない。ただ、赤ちゃんをあやすように体を軽く揺すっているのだろう、ランドセルの星のマークが、ときどき夕陽を浴びてまばゆく光る。

「帰ろうか」

お母さんはマキに声をかけて、ゴエモン二世が入っていた段ボール箱を拾い上げ、小脇《こわき》に抱えた。

「連れて帰るの？」

フミが訊くと、「言ったでしょ、お母さんもおねえちゃんも、犬より猫なんだから」と含み笑いの顔になって、「お母さんにも抱っこさせてよ」とマキに言った。

「あとで」

マキは背中を向けたままそっけなく応え、ゴエモン二世をさらに強く、深く、ぎゅっと抱っこして、体を左右によじった。

ランドセルの星がキラキラ光る。ポニーテールが揺れる。

おねえちゃんのかわい毛は、あのポニーテールの中に隠れてるのかもしれない。フミはふと思い、わかりづらいよお、と笑った。

「あ、そうだ、フミ」

マキはやっと振り向いて、「言うの忘れてたんだけど」と言った。

「なに?」

「あのさ、今朝のシオカラトンボの話、なんでシオカラなのかって……なんかね、オスはおとなになると、おなかが塩をまぶしたみたいに白くなるんだって。だから、イカの塩辛なんかと同じ意味で、シオカラなの」

今度はほんとうだろうか、どうだろうか、と黙っていたら、マキは「信じないんだったら、べつにいいけど」とまたそっぽを向いて、「まあ、いちおう、昼休みに図書室で調べたら、そうなってたから」と付け足しのように面倒くさそうに言った。

フミは上目づかいにマキの横顔を見て、「ありがとう」と言った。マキの返事はなかったが、代わりにゴエモン二世が、みゃあ、と鳴いた。

どういたしまして――? きょとんとするフミをよそに、ゴエモン二世は、カギのように先が曲がったしっぽをぴょんと立たせて、左右に振るだけだった。

# 第二章

## 1

背中に回ったツルちゃんが、髪を後ろから軽くひっぱった。

「どう?」フミは前を向いたまま心配そうに訊《き》く。「できそう?」

「うん……」

ツルちゃんは自信なさげに答え、ひとつかみぶん束ねた髪をゴムで留めようとした。なかなかうまくいかない。髪をひっぱる力が少しずつ強くなって、しまいにはフミの頭ごと後ろに倒れてしまった。痛い。フミは顔をしかめながらこらえた。歯医者の診療台に座っているような気分だった。

「もうちょっと、もうちょっとだから……」

ツルちゃんもがんばってくれた。でも、最後はしくじって、パチン、とゴムが鳴った。

「痛っ」とツルちゃんは声をあげて、つかんでいた髪を放す。ふりだしに戻った。今日もやっぱりだめだった。

髪が短すぎる。おかっぱの髪では、うまくポニーテールがつくれない。家でお母さんに髪を結んでもらうときもそうだ。お母さんはツルちゃんより器用なので、束ねた髪をくるっとゴムで留めることはできる。でも、ポニーテールにはならない。どちらかというと、ちょんまげのほうが近い。お母さんは仕上がったちょんまげポニーテールを鏡でフミに見せて、「ほら」と笑って言うのだ。「フミちゃんはいまの髪形のほうがずうっとかわいいわよ」

ツルちゃんの意見も同じだった。

「無理してポニーテールにすることないじゃん」

ゴムがあたって赤くなった指に息を吹きかけながら言う。「おかっぱ、よく似合ってるし」

「うん……」

「おかっぱ嫌いなの？」

「そういうわけじゃないけど」

「名前がカッコ悪いんだったら、ボブって言えばいいんだよ。ショートボブ」

ツルちゃんは四年一組の同級生の中でいちばん物知りだ。勉強にかんすることも、そうでないことも、いろいろな言葉をたくさん知っている。

「まま母」という言葉はツルちゃんから教わった。「連れ子」という言葉もそうだ。

「まあ、どっちにしても、もっと髪が伸びなきゃだめだよ」

ツルちゃんは髪留めのゴムをフミに返して、「あと半年……一年ぐらいかかるかな」と言った。同じことはお母さんにも言われた。きれいなポニーテールをつくるには、髪が肩まで伸びていないと長さが足りない。

「でも、髪はほっといても伸びるんだから」

笑いながら言うツルちゃんに、フミも、そうだね、と笑い返した。しょんぼりとした笑顔になった。自分でも気づかないうちに、おかっぱの髪の先を指でつまんで伸ばしていた。

固い癖っ毛は、おかっぱの長さでも先がぴんとはねてしまう。もっと伸ばすと、もっとはねて、もじゃもじゃになってしまうだろう。

だから、ポニーテールは無理だ。わかっている。たとえ一つに束ねて後ろに垂らすことはできても、きれいな形にはならない。わかっていても、あこがれる。

あんなふうに——と思い浮かべるのは、マキのポニーテールだった。マキの髪はまっすぐでさらさらしている。髪を束ねるのも自分でできる。学校では黒いゴムで留めているが、家ではリボンを使う。ケーキの箱に掛けるような、薄くてひらひらしたリボンを何色も持っている。でも、マキのポニーテールは、そのリボンよりも軽やかに揺れるのだ。

おねえちゃんみたいな髪だったらいいのに。いつも思っている。恥ずかしくてお母さんには言えない。お母さんに「ポニーテールにして」とせがむたびに、「なんで？」と訊かれるんじゃないかと思ってどきどきしている。お母さんはなにも訊かずに「じゃあ後ろ向いてごらん」と笑って言うだけだったが、今度は逆に、ほんとうはお母さんはぜんぶわかっているんじゃないかという気がして、やっぱり胸がどきどきしてしまう。

ツルちゃんはお母さんとは違う。

「でもさー、なんでポニーテールがいいわけ？」

きょとんとした顔で訊いてくる。どう答えるかフミが迷っていたら、「あ、そっか、わかった」と先走ってうなずく。

「おねえさんの真似《まね》したいんだ」

勘が鋭い。そして、思ったことはなんでも、あまり遠慮せずに口にする性格だ。

「べつにおそろいにしなくていいじゃん。ほんとうのきょうだいじゃないんだし」

ね、そうでしょ、と笑う。国語の授業で難しい問題を出されて、クラスで一人だけ手を挙げて正解を答えたときと同じ笑顔だった。

フミはまた髪の先を指で伸ばしながら、目を合わせずに笑い返した。


「わたし、あの子、嫌い」

その日の夕食時、マキに言われた。ツルちゃんのことだ。

さっきまでフミの部屋で一緒に遊んでいた。マキとは帰りがけに顔をちらりと合わせただけだったが、そのときのツルちゃんの表情や目つきが、マキの気に障《さわ》った。

「四年生のくせに生意気だよ」

口をとがらせて、「すごいムカつく」と、フミをにらむ。そんなときでさえ、マキのポニーテールは軽やかに揺れている。

「あとからフミちゃんに文句言ってもしょうがないでしょ」

お母さんが横から割って入ってくれた。

「それに、生意気って、なにか嫌なことされたわけ？」

「べつに、そんなのじゃないけど」

「じゃあ怒ることないじゃない」

「でも、ムカつく」

お母さんは「なに言ってんの」とあきれたが、フミにはマキの気持ちがなんとなくわかった。

ツルちゃんは好奇心いっぱいの目でマキを見たのだ。お母さんは気づいているかどうかは知らないが、お母さんのことも、ちらちらと、興味深そうに。ふうん、このひとがまま母なんだ、このひとが連れ子なんだ、ふうん、ふうん、なるほどなるほど……。声には出さなくても、フミには聞こえてしまった。きっとマキにも聞こえていたのだろう。

「鶴田さんって元気良くて、しっかりしてる子じゃない。お母さんは好きだけどな」

お母さんはフミを見て、「最初のお友だちなんだもんね」と、まるい顔をさらにまるくして笑った。フミはお母さんの笑顔が大好きだ。まんまるなところがいい。幼い頃に読んだ絵本の中に、お日さまがにっこり笑う絵があった。その顔によく似ている――と思いだすと、一緒に、亡《な》くなったお母さんのことも浮かんでしまうのだけど。

「友だちかどうかなんてわからないじゃん」

マキはそっけなく言った。「たまたま最初に仲良くなっただけでしょ」

「仲良くなったんだから友だちでいいじゃない。なに屁理屈《へりくつ》言ってんの」

お母さんはまたあきれ顔になって、「はい、もういいから、ごはん食べちゃいなさい」と食事に戻った。

マキもそれ以上はなにも言わず、ハンバーグの付け合わせのミックスベジタブルから嫌いなニンジンを選り分けはじめた。でも、機嫌を直したわけではない。その証拠に口はとがったままだった。

フミはしょんぼりとしてごはんを食べる。ニンジンはフミも嫌いだ。昔はいつも食べ残していたが、いまはがんばって食べている。なるべくコーンと一緒に、できればコーンのほうをたくさんスプーンに載せて、目をつぶって口に運ぶ。コーンの甘みで最初はごまかせても、ニンジンを嚙《か》むと、やっぱり苦くて、土臭くて、おいしくない。うえっ、となるのをこらえて吞《の》み込んで、目を開ける。お母さんは、そうそう、がんばれがんばれ、と笑ってうなずいてくれたが、マキは知らん顔をしていた。まだ怒っている。わたしに言われたって困る、とフミも少しむっとして、でも、顔はますますしょんぼりとしてしまった。

自分からわが家のことをツルちゃんに話したわけではなかった。「フミちゃんって、家族のことあんまりしゃべらないよね」と言われ、「せっかく友だちになったんだから、もっといろんなこと教えてよ」とせがまれて、しかたなく。それが昨日のこと——「まま母」と「連れ子」という言葉を教えてもらったのも、同じときだった。

「デザート、ブドウだよ」

先にごはんを食べ終えたお母さんは席を立ち、冷蔵庫に向かった。その隙《すき》に、マキは箸《はし》をフミのお皿に伸ばし、さいの目に切ったニンジンを一つつまんで、自分のお皿に移してくれた。お母さんがブドウを水洗いしている隙に、さらにもう一つ。

フミは小声で「ありがと」と言った。マキはにこりともせず、口の前で人差し指を立てただけだった。

「はい、お待たせしましたーっ」

お母さんがブドウのお皿を持ってきた。おどけた声に合わせて、フミも「やったーっ」と拍手した。マキは黙って、お皿の隅に集めたニンジンを箸の先でつつく。

「ごはんぜんぶ食べてからだからね。フミちゃん、がんばってニンジン食べちゃいなさい」

「はーい」

「マキも、ほら、あんたが残してどうするの」

「わかってる」マキはまた口をとがらせた。「まとめて食べようと思ってたの」

「じゃあスプーン出してあげようか？」

「ううん、いい」

答えるのとほとんど同時にお皿に顔を寄せて、箸でニンジンを掻《か》き込んで口に入れる。ちっともおいしくなさそうな顔をして、ほとんど嚙まずに吞み込んでしまう。そのうちの二つはフミのニンジンだったが、マキはなにも言わない。

「……お行儀が悪いんだから」

ため息をついたお母さんは、フミに向き直ると笑顔に戻って、「ブドウ、さっき一つ味見したんだけど、甘かったよ」と言った。フミも「楽しみ」と笑い返す。

お父さん、まだかな。ふと思う。ゴエモン二世は階段の下で居眠りしてるのかな、エ早くこっちに来ればいいのに、とも思う。お母さんもフミも猫が大好きなので、ゴゴエモン二世がいれば自然と話が盛り上がる。お父さんが会社から帰ってくれば、お母さんのおしゃべりの相手はお父さんになる。

でも、お母さんとマキとフミの三人だと——。

フミは声に出せないつぶやきをハンバーグで喉《のど》の奥に押し戻した。

前のお母さんがおととしの夏に病気で亡くなってから、今年の夏にお父さんが再婚するまでの二年間、夕食はいつも一人だった。

夕方から来てくれる通いの家政婦さんは、食事のしたくをするだけで一緒に食べてはくれない。フミがごはんを食べている間も、乾燥機から取り出した洗濯物をしまったりアイロンをかけたりで忙しく、食卓についてくれることもない。

寂しかった。

お母さんやマキと暮らすようになって、なによりもうれしかったのは、夕食のときに話し相手がいることだった。

でも、二カ月たったいまは、ときどき思う。

あの頃は確かに寂しかったが、あんがい気楽でもあった。

いまのわが家の食卓は、サイズは前の家で使っていたのと変わらないはずなのに、ずいぶん窮屈になった。フミとマキが並んで座り、フミの向かい側にはお母さんが座る。顔を上げるといつも目の前にお母さんがいる。にこにこ笑って、フミを必ず「ちゃん」付けで呼んでくれる。それはうれしい。ほんとうにうれしい。絶対にうれしいことなのに、なにか疲れてしまう。

昔、家政婦さんに代わって田舎のおばあちゃんがしばらくウチに泊まってくれたことがある。お父さんのお母さんだ。最初は楽しくてしかたなかった。でも、おばあちゃんはフミがはしゃぐのを見ると、すぐに涙ぐんでしまう。泣きながらフミを抱きしめることもある。それがむしょうに照れくさくて、恥ずかしくて、困っているうちにフミのほうまで泣きたくなって……おばあちゃんが帰る日は、正直に言うと、ほっとした。

そのときの気持ちと似ているような気もするが、まったく違うところもある。

お母さんとマキは、これからずっとこの家にいる。おばあちゃんのときのように「それじゃまたね、お正月に遊びに行くからね、バイバイ」と手を振って見送るわけにはいかないのだ。

ツルちゃんには「気をつけなきゃだめだよ」と言われた。「まま母も連れ子も、意地悪なことしてくるかもしれないからね。だってほら、シンデレラとか、そういう話だったじゃん」

もちろん、フミはすぐに「お母さんは全然そんなことないよ、すごく優しいもん」と言い返した。おねえちゃんはよくわかんないけど――心の中で付け加えた。

「ほんとぉ？　だいじょうぶぅ？」

「だいじょうぶだって、ほんとほんと、お母さん優しいんだから」

嘘《うそ》ではない。誰に訊《き》かれても、ちゃんとそう答えられる。

でも、じゃあなんで晩ごはんのときにあんなに疲れてしまうんだろう——。

## 2

翌朝、フミはいつものようにマキと一緒に家を出た。門の外まで出て見送ってくれるお母さんは、二人が連れ立って学校まで行くんだと思い込んでいる。

でも、最初の角を曲がると、マキは急に足を速め、フミを残してさっさと歩いていく。これもいつものこと。転校してきた直後は学校の正門まで一緒だったが、一週間もしないうちに、マキは「もう道順覚えたでしょ、べたべたくっつかなくてもいいよね」と一人で先を歩くようになった。

下級生と歩くのが嫌なのか、相手がフミだから嫌なのか、わからない。先を歩くといっても、どんどん離れていくのではなく、適当なところで歩調をゆるめて、フミの視界からは消えずにいる。フミのためにそうしてくれているのかどうかも、わからない。どっちにしても、フミは二丁目の空き地の前でツルちゃんと落ち合って、そこからはツルちゃんと並んで歩く。フミがツルちゃんと仲良くなったのを確かめて、もうわたしがいなくても平気だよね、と思ったのか。フミとツルちゃんが遠慮なくおしゃべりできるように、わざと離れて歩くことにしてくれたのか。とにかくマキの心の中は、フミにはわからないことだらけだった。

その朝も、マキは適当に距離を取ると歩調をゆるめた。近すぎないし、遠すぎない。フミにとっては並んで歩くよりそのほうがいい。あこがれのポニーテールをゆっくり見ることができる。いいなあ、いいなあ、とうらやましそうな目で見ていても、マキには気づかれずにすむ。

マキのポニーテールは、ほんとうにきれいだ。家にいるときのリボンもいいが、黒いゴム留めもいい。ゴムの色が黒髪に紛れるので、髪を束ねてポニーテールをつくっているということを、つい忘れてしまう。まるで生まれつき、この髪形だったんじゃないかと思うほど、ごく自然に見えるのだ。真ん中がふくらんで、先のほうは筆のようにすぼまって、だらんと垂れ下がって首の付け根にかかるほど長くはなく、ぴょんと立って揺れなくなってしまうほど短くもなく……お母さんがこまめにお風呂場《ふろば》で髪を切りそろえているから、なのだろう。

二丁目の空き地にさしかかると、ツルちゃんはもう来ていた。先に通り過ぎるマキに「おはよーございます」とあいさつをした。マキは面倒くさそうに小さくうなずくだけだったが、ツルちゃんは気まずそうな様子もなく、昨日の夕方と同じようにマキをじろじろ見て、ふうん、ふうん、なるほどねえ、と見送った。

「ツルちゃん、おはよう」

フミはふだんより手前から声をかけた。ツルちゃんの視線をこっちに引き戻したかった。

ツルちゃんもすぐにフミを振り向き、「おはよーっ」と元気よく駆け寄ってきた。

「ね、ね、フミちゃん、わかったわかった」

「……なにが？」

また「まま母」や「連れ子」の話になるんだろうか、と思わず身がすくんでしまったが、そうではなかった。

「フミちゃんのおねえさんのポニーテール、カンペキだよ」

きょとんとするフミに、歩きながら身振り手振りを交えて教えてくれた。

ポニーテールをきれいにつくるコツは、髪を束ねて結ぶ位置なのだという。顎《あご》の先から頬を通って、耳の中心まで線を引く。その線を頭の後ろまで延ばしていったところで結べば、バランスがいちばんきれいになる。

「そこをゴールデンポイントって呼ぶんだけど、いま横から見たら、ぴったりゴールデンポイントで結んでるの、おねえさん。自分でやってるんでしょ？　お母さんにやってもらったりしてないんでしょ？　すごいよね」

さっきはそれを見ていたのだ。ほっとした。そして、やっぱりおねえちゃんってすごいんだなあ、とも思った。

「で、ゴールデンポイントより少し上で結ぶとアーティストっぽくなって、下で結ぶとおとなっぽくなるの」

「すごいね、ツルちゃん」

「なにが？」

「ほんと、なんでも知ってるんだね」

感心して言うと、ツルちゃんは、違う違う、と笑って首を横に振った。

「ゆうべ、お兄ちゃんにインターネットで調べてもらったの」

ツルちゃんのお兄さんは高校一年生だった。中学二年生のお姉さんもいる。末っ子のツルちゃんを含めた三人きょうだいはとても仲良しらしく、ツルちゃんはしょっちゅう二人の話をしている。

「フミちゃんがポニーテールが好きだっていうから、頼んであげたんだよ」

ツルちゃんは得意そうに胸を張った。

フミは「ありがと」と笑った。すぐに応《こた》えたつもりだったが、ほんの少し間が空いてしまった。ツルちゃんは親切で優しい。でも、こんなふうに自慢っぽく言わなければもっといいんだけどな、とフミはときどき思う。

「でも、ほんと、後ろから見てもきれいだよね、おねえさんのポニーテール」

「うん……」

マキはあいかわらず、フミの話し声は聞こえなくても視界からは消えない距離を保って歩いている。学校に着くまでずっとそうだ。そして、ずっと、一人だ。

「おねえさんのランドセルって、前の学校のやつだよね」

「うん……たぶん」

マキのランドセルは、ほかの子のものとは違う。横長で、蓋《ふた》が全面を覆《おお》うのではなく、留め金具が真ん中のところに付いている。中学生の通学鞄《かばん》にショルダーストラップを付けたような形だ。金具のすぐ上の、いちばん目立つところには、星の形のシールが貼《は》ってある。

「あのシールも、前の学校で決められてたの？」

「わかんないけど……」

ランドセルにシールを貼っていいという学校は珍しいと思うし、それが決まりだという学校はもっと珍しいだろう。でも、マキは平気な顔でシールを貼ったまま登校している。

「おねえさんの前の学校って、どんな学校だったの？　あんなランドセルだったら私立だよね、きっと」

知らない。マキは前の学校や前のウチの話はなにもしないし、フミのほうもなんとなく訊きづらくて、そのままにしていた。正直に答えると、ツルちゃんは「うそ、信じられない」と驚いた。「わたしだったら初日に訊いてるよ。ヘンだよ、フミちゃんって」

「……そう？」

「だって、気にならない？　なるでしょ？」

あー、ほんと、もう、信じられない、とツルちゃんはもどかしそうに身をよじって、「じゃあ」とつづけた。「お父さんのことは？」

「お父さんって？」

「だ、か、ら、おねえさんのお父さんっていうか、いまのお母さんが前に結婚してたひとのこと。フミちゃんのほんとうのお母さんは病気で死んじゃったんでしょ？　じゃあ、おねえさんのお父さんは？　死んじゃったの？」

「……離婚したって聞いたけど」

「理由は？　ほら、いろいろあるじゃん、不倫とか性格の不一致とか、DVとか、借金とか、アル中とか」

テレビでしか聞いたことのない言葉がいくつも出てきた。どっちにしても、フミは知らない。お父さんからも、お母さんからも、もちろんマキからも聞かされていない。あきれられるのが嫌で黙っていたが、なにも答えないことで、ツルちゃんには伝わってしまった。

「フミちゃんって、意外と冷たいんだね」

「……なんで？」

「家族になったひとのことが気にならないって、冷たいじゃん。やっぱり、まま母と連れ子だと、なじめないって感じ？」

思わず足が止まった。うつむいて、うなだれて、顔を上げられなくなってしまった。

すると、ツルちゃんはあわててフミの前に回り込み、「ごめん、そういう意味じゃないから、ごめんね、ほんと、ごめん」と手を合わせて謝った。本気で謝ってくれている。それは信じる。悪気はない。ちょっと口がすべって、言わなくてもいいことを言ってしまっただけだ。ちゃんとわかっている。

フミは顔を上げて、えへへっ、と笑った。

「気にしてない、全然」

ツルちゃんもほっとした顔になって、そこから先のおしゃべりは別の話題になった。しばらく歩くと、いつものように同じクラスの子が一人また一人と合流して、学校に着く頃には十人近いグループになった。ツルちゃんのおしゃべりの相手もほかの子になって、フミは聞き役に回る。そのほうが、ほんとうは気が楽だ。

話に相槌《あいづち》を打ったり冗談に笑ったりしながら、マキの背中を見失わないように、ちらちらと目をやる。マキは今日も、校門を抜けて昇降口に入るまで、一人だった。

「ねえ、おねえちゃん、このシールってなに？」

夕食のあと、テレビをがまんして自分の部屋にこもり、ゴエモン二世を相手に練習した。

「古くなったら新しいのに替えるの？　星の形で、銀色じゃないとだめなの？」

うまく言える。だいじょうぶ。ゴエモン二世も甘えてしっぽをすりつけながら、にゃあ、と鳴いてくれた。

「まだシール、たくさんあるの？」

持ってるよ、と心の中でマキに答えてもらった。優しい声に優しい笑顔。それを想像するのは難しかったけれど。

「じゃあ、わたしにも一枚ちょうだい」

言えるかな。言えないかな。「ちょうだい」のところを、うまく甘えて、手を出してみるのも、いいかな。

もしもマキがシールをくれたら、ランドセルの蓋の真ん中に貼ってみるつもりだった。先生に叱《しか》られたら、だっておねえちゃんも貼ってるんです、と……どうせ実際には言えないことだから、いまは胸を張って言いたい。

階段を上る足音が聞こえた。

「フミ、お母さんがお風呂に入りなさい、って」

階段の途中でマキが言った。

フミは「はいっ」と甲高い声で応え、急いで廊下に出た。

ちょうどマキも二階まで上りきったところだった。

「なにあせってんの？」

笑顔ではなかった。「おっきな声で返事しなくても聞こえてるから」とつづけたときの顔は、怒っているようにも見えた。

「……ごめん」

「謝るようなことじゃないけど」

そっけなく言って自分の部屋に入ろうとするマキを、フミは「あ、ちょっと……」と呼び止めた。次のチャンスのほうがいいかも、と思うより先に、口が勝手に動いてしまったのだ。

マキはドアノブに手をかけたまま、「なに？」と振り向いた。

練習どおり練習どおり練習どおり、とフミは手をぎゅっと握りしめて、「あのね、おねえちゃん」と言った。このシールって——とつづけようとして、気づいた。マキはいまランドセルを背負っていない。

「なに？」とマキはもう一度うながした。

しかたない。練習してこなかったことを言うしかない。

「あのね……おねえちゃんのランドセルなんだけど……」

その瞬間、マキの表情が変わった。さっきは怒っているように見えていたが、いまは間違いなく、完全に、怒った顔だった。

「関係ないでしょ」

乱暴にドアを開けて部屋に入り、後ろ手にバタンと音を立ててドアを閉めた。

お風呂《ふろ》からあがると、もっと悲しいことが待っていた。

「フミちゃん、ちょっと髪が伸びちゃったね」とお母さんに言われた。

フミも気になっていた。髪が長くなったぶん、毛先の癖もキツくなった。今夜もシャンプーのあとでピンとはねてしまった髪を、ドライヤーとブラシでがんばって押さえつけたところだった。でも、明日の朝には、どうせまたはねてしまい、お母さんにムースをつけてもらって登校することになるだろう。

「いままでは、髪が伸びたときはどうしてたの？」

お母さんと一緒に暮らしはじめて二カ月、髪を切るのは初めてだった。

「近所の床屋さんに行ってたけど……」

「それ、前の家の近所ってことよね？」

黙ってうなずいた。「電車に乗って髪を切りに行くのもねえ」とお母さんが苦笑したので、フミも笑い返して、またうなずいた。

ほんとうは、床屋さんの話のあとでつづけたい言葉があった。

わたしもおねえちゃんみたいに、お母さんにお風呂場で散髪してほしい——。

もう一つ、別のことも言いたかった。

わたしもおねえちゃんみたいにポニーテールにしたいから、切りたくない——。

でも、お母さんは「じゃあ、お母さんの行ってる美容院で切ってもらおうか」と言った。「お母さんもまだ二回しか行ってないけど、感じのいいお店だし、小学生の子も来てたから」

そうしようそうしよう、とお母さんは一人で話をまとめて、「明日、学校から帰ったら連れて行ってあげるね」と、壁掛けのカレンダーにさっそく〈フミ美容院　予約すること〉と書き込んだ。

フミは生乾きの髪をそっとつまんだ。さっきあれだけ苦労して押さえたのに、髪はもうピンとはねてしまっていた。

## 3

フミちゃんのおねえさんのランドセル、ヤバいよ——。

ツルちゃんが小声で教えてくれたのは、翌日の放課後のことだった。

日直だったツルちゃんは、クラス担任の細川《ほそかわ》先生に学級日誌を提出するために職員室に向かった。戸口で「失礼しまーす」とあいさつして中に入ろうとしたら、六年生の女子が数人、「どいて、そこ、邪魔！」とツルちゃんを脇《わき》にどかして職員室に駆け込んできた。

「六年二組のひとたちだったの」

マキのクラスだった。

「担任の柳《やなぎ》先生の席に行って、なんか、みんなすごく怒ってるわけ。で、どうしたんだろうと思って、なにをしゃべってるのか立ち聞きしたの。そうしたら、もう、びっくりしちゃったんだけど……」

職員室からダッシュで教室に戻ってきたツルちゃんは、息を半分切らして、苦しそうにつづけた。

「フミちゃんのおねえさんのことだったの」

そのグループは柳先生を取り囲むと、「なんで石川さんだけみんなと違うランドセルでいいんですか？」と訊《き》いた。

「ふつうの質問じゃなくて、文句つけてたの、先生に」

転校生だから特別扱いなんですか、と言う子がいた。えこひいきです、と言う子もいた。ひきょうです、とワケのわからないことを言う子までいた。

六年生から「ヤナばあ」と呼ばれている柳先生は、ベテランのおばさん先生らしい余裕で「ランドセルに決まりなんてないのよ」と答えた。「色だって、べつに赤と黒以外の色でもいいんだし」

「そうだったの？」とフミが驚くと、ツルちゃんは「そんなのあたりまえじゃん」と笑った。「わたしとフミちゃんのランドセルだって、ちっちゃなところのデザインとかポケットの数とか、いろいろ違ってるでしょ」

確かに、フミも転入するときに体操服や上履きは学校指定のものを買わされたが、ランドセルについてはなにも言われなかった。

でも、その子たちは納得せず、かえって先生がかばったことでよけい腹を立てて、「でも、石川さんのランドセルは違いすぎます」「遊びのバッグみたいです」「縦より横のほうが長いランドセルってヘンです」「あんなランドセル、ひきょうです」と口々にまくしたてた。

「なんかねー、ランドセルがムカつくだけじゃないみたいだったよ」

ツルちゃんは帰りじたくをしながら「こんなこと言うとアレだけど、おねえさん、クラスのみんなから浮いてるって感じした」と言った。

フミは黙って、からっぽだとわかっている机の中を覗《のぞ》き込んで、忘れ物がないか確かめるふりをした。一人で登校するマキの背中が浮かぶ。ツルちゃんのことを「友だちかどうかなんてわからないじゃん」と言ったときの、そっけない顔と声も。

「はい、お待たせ」

ツルちゃんはランドセルを背負って、「帰ろう」と先に立って歩きだした。フミはあわてて後を追う。

それでね、とツルちゃんは廊下を歩きながら話をつづけた。

「最初のうちは柳先生も、まあまあ、いいじゃない、なんて笑ってたの。あと半年で卒業なのに新しいランドセルを買うのってもったいないでしょ、とか言って」

ところが、まだおさまらない一人が「じゃあシールはどうなんですか？」と言い返した。「ノートや筆箱や下敷きにシールを貼《は》るのが禁止なんだから、ランドセルはもっと禁止なんじゃないんですか？」

柳先生も、今度は答えに詰まってしまった。それで勢いづいたほかの子も、「なんで石川さんだけOKなんですか？」「先生が注意しないといけないと思いまーす」「ひきょうでーす」と言いだして、しまいには「明日の朝、先生がシールをはがしなさいって言ってるよ、って石川さんに言っていいですか？　いいですよね？」という話にまでなった。

先生は困り果てて、「石川さんには先生のほうから話すから、みんなはよけいなことしちゃだめよ。これは担任の先生の仕事なんだからね」と釘《くぎ》を刺すのがやっとだった。

「でも、わかんないよね。あのひとたち、絶対に言っちゃうと思うよ。言うだけじゃなくて、無理やりはがしたりするかも。六年生って怖いし」

「うん……」

ツルちゃんの言うとおり、六年生の女子はおっかない。みんながみんな怖いひとではなくても、背が高くておとなっぽいというだけで、やっぱりおっかない。同じ二学年の違いでも、一年生のときに見ていた三年生は、もっと近くて親しみやすかった。二年生のときの四年生もそう。でも、三年生になると、五年生が急に遠くなった。四年生のいまは、六年生に気軽に声をかけることなどできない。再来年には自分も六年生になるんだというのが信じられないほど、四年生と六年生の間には壁がある。目には見えないその壁の向こうに、マキも、いる。

靴を履き替えて外に出ると、「おねえさんに教えてあげるんでしょ？」とツルちゃんに訊かれた。

思わず「え？」と訊き返してしまった。

「だって、このままだと明日大変だよ」

「だよね……」

「先に教えといてあげれば、明日からランドセルのシールをはがして学校に行くとか、先にみんなに謝っちゃうとか、いろいろ作戦立てられるじゃん」

わたしだったら、とツルちゃんは言った。

「お兄ちゃんやお姉ちゃんに絶対に教えてあげるよ」

言葉だけでなく心からそう思っているような、きっぱりとした口調だった。

「だって、きょうだいの大ピンチなんだもん」

なんの迷いもなく言い切った。

二丁目の空き地の前でツルちゃんと別れて一人になると、急に足が重くなった。美容院の予約時間は気になっていても、足がなかなか前に進まない。

きょうだいの大ピンチというのは、フミにもちゃんとわかっていた。職員室での話を聞きながら、どうしようどうしよう、と困っていた。でも、おねえちゃんに教えてあげなきゃ、とは思わなかった。黙っていようと決めていたのではなく、最初から、まったく、その発想がなかった。

ほんとうのきょうだいじゃないから——？

お母さんに話そう、と思った。あとはお母さんにまかせよう。そのほうがいい。絶対にいい。お母さんはおとなだし……おねえちゃんのほんとうのお母さんなんだし。

足の重さが、おなかにも伝わってきた。おなかが痛いような、気のせいのような。吐き気がするような、しないような。ふだんの帰り道はオヤツが楽しみでしかたないのに、いまはなにも欲しくない。

家に帰り着くと、お母さんは出かける準備をして待っていた。大急ぎで美容院に向かわないと予約していた時間に間に合わない。

「ごめんね、オヤツはあとになっちゃうけど……」

帰りが遅くなったのはフミが悪いのに、お母さんは申し訳なさそうに言って、一口サイズのチロルチョコとミルキーをくれた。「髪を切ってもらってるときにおなかがグーグー鳴っちゃったら、これ、こっそり食べちゃいなさい」と、いたずらっぽく笑う。

お母さんは優しい。亡《な》くなったお母さんも優しいひとだったが、優しさの種類がちょっと違うような気がする。亡くなったお母さんは、フミがものごころついた頃からずっと、家よりも病院にいる日のほうが長かった。そんなお母さんの優しさは、受け取ると胸がきゅんとして、涙が出そうになる。でも、いまのお母さんの優しさは、受け取ると胸がほっこりと温かくなって、頬が自然とゆるむ。お母さんが冗談を言ってみんなが笑うと、お母さんはそれがうれしくて、もっと笑って、まんまるな笑顔になる。フミはそのまんまるな笑顔が大好きだから——美容院に向かう途中、マキのピンチのことはどうしても言い出せなかった。

美容院の椅子《いす》に座って、鏡にうつる自分の顔と向き合った。髪の先がやっぱりはねている。美容師のおねえさんもすぐに気づいて、髪をブラシで軽くとかしながら「ちょっと癖があるね」と言った。

髪を切ったあとの長さは、お母さんがすでに美容師さんに伝えてある。耳がぜんぶ隠れるか隠れないか。「夏休みの頃の髪がいちばんかわいらしかったから」とお母さんは言っていた。いまの家に引っ越してきたばかりの頃。お母さんやマキと一緒に暮らしはじめた頃。あれから二カ月かけて伸びた髪が、切られてしまう。すごろくで言うなら、ふりだしにもどる。

鏡の隅っこに、ソファーに座ってファッション誌を読むお母さんが映っていた。お母さんはこの二カ月で体重が一キロ増えたと言っていた。「こういうのを幸せ太りっていうのよ」と笑っていた。おねえちゃんはどうだろう。ふと思う。二カ月で変わったこと――できれば、増えたり伸びたりという、足し算になるようなこと、なにかあるんだろうか。もしもなにもないのなら、それは誰のせいなんだろう……。

後ろの髪にハサミが入った。切られた髪がぱらぱらと落ちていく。

見たくない。目をつぶると、まぶたの裏が急に熱くなった。びっくりする間もなく、胸の奥からもっと熱いものが込み上げてきて、肩と顎《あご》が震えた。

ハサミの音が止まった。

「石川さーん、すみません、ちょっと……」

美容師さんがあせった声でお母さんを呼んだとき、目尻《めじり》からあふれた涙が頬を伝った。

4

美容院からの帰り道、お母さんに「いいところに連れて行ってあげる」と言われて、ちょっと遠回りをして通学路に出た。

二丁目の空き地のすぐ近所に、お屋敷のような大きな家がある。道路に面した庭も広い。その庭の前でお母さんは立ち止まり、残念そうに首をかしげた。

「もうそろそろだと思ったんだけど、まだだった」

「……なにが？」

フミは涙の残った声で訊いた。

「キンモクセイ」

お母さんが庭を指差した先に、筒のような形にきれいに剪定《せんてい》された木があった。

「あれがキンモクセイ。花が咲くと、いい香りがするのよ」トイレの芳香剤を思いだしちゃうかもしれないけどね、と笑う。フミも笑い返したかったが、気を抜くとまた泣きだしてしまいそうだったので、黙ってうなずくだけにした。

「ちっちゃな花がいっぱい咲くんだけど、面白いのよ。咲いた順にちょっとずつじゃなくて、ある日、突然、ぜんぶの花が香ってくるの。もう、遠くからでもキンモクセイがあるんだなあってわかるくらい、強い香りでね……」

それがちょうどいま頃なのだという。明日かもしれないし、あさってかもしれない。

「楽しみでしょ」と笑うお母さんの顔は、冗談がウケたときのようなまんまるな笑顔ではなかった。むしろ、亡くなったお母さんが病院のベッドから「またね」とフミを見送っていたときの笑顔に似ている。だから胸がきゅんとする。せっかく落ち着かせた胸に、また熱いものが込み上げてきそうになる。

さっき美容院でさんざん泣いてきたのだ。嫌だ嫌だ嫌だ、切りたくない切りたくない、と幼い子どもが駄々をこねるようにひたすら繰り返した。お母さんに恥ずかしい思いをさせてしまった。美容師のおねえさんも、なんなのこの子、とあきれて、怒っていたかもしれない。

でも、お母さんは、嗚咽《おえつ》がおさまるのを待って「じゃあ帰ろうか」と言ってくれた。フミを叱《しか》ることも、なだめたりすかしたりすることもなく、カット代を払って美容院を出てからも鼻歌ばかり歌って、なにも言わなかったし、なにも訊《き》かなかった。

「ざーんねんでした。さ、帰ってオヤツ食べよっか」

歩きだすお母さんの背中に、フミは「ごめんなさい……」と言った。か細く消え入りそうな声だったが、お母さんは足を止めて振り向き、そんなことないよ、と首を横に振ってくれた。

「髪、伸ばしたいの？」

「うん……」

「どれくらい？」

おねえちゃんみたいな——というところは心の中でだけ言って、つづきを声に出して答えた。

「ポニーテールができるまで」

お母さんは少し間をおいて、ふうん、とうなずき、くすぐったそうな微笑《ほほえ》みとともに「マキは肩までだから……半年ぐらいかかるわよ」と言った。

「かかってもいい」

お母さんはまた微笑んで、「でも、もう一回だけ美容院に行かなきゃね」と言う。

「途中でやめちゃったから、後ろの髪、右と左で段になっちゃってるもん。明日また予約してあげるから、明日一日だけ、カッコ悪くてもがまんして」

フミは首の後ろに手をやった。どれくらい段差がついてしまったのか、指でさわっただけではよくわからなかったが、どっちにしても答えは決めていた。

「じゃあ、お母さん、切って」

「お母さんが？」

「うん……」

おねえちゃんみたいに――というところは呑《の》み込んだ。

「お母さん、美容師さんみたいにきれいにできないわよ」

「できなくてもいい」

「失敗しちゃって、どんどんどんどん短くなって、ワカメちゃんみたいになっちゃうかもよ」

「それでもいい」

きっぱりと答えると、お母さんはさっき以上にくすぐったそうな微笑みを浮かべて、

「じゃあ今夜、一丁がんばるかあーっ」と右手をぶんぶん回しながら言ってくれた。

キンモクセイの庭から家までは、並んで歩いた。しばらくはツルちゃんと一緒に帰るときのような間隔を空けていたが、小さな声でしゃべらないといけないんだから、と自分に言い聞かせて、フミのほうからお母さんに体を寄せていった。

「お母さん……」

「なに？」

迷いやためらいを振り払って、ツルちゃんから聞いた話を伝えた。お母さんが悲しそうな顔になったらすぐにやめようと思っていた。でも、お母さんは最初はびっくりした顔になったものの、途中からはうなずきながら話を聞いてくれて、最後は笑ってフミの肩を抱いた。

「フミちゃん、ありがとう」

マキの大ピンチを教えたからではなかった。

「おねえちゃんのこと心配してくれて、ありがとう」

それから、もう一つ――。

「フミちゃんが困ってることをお母さんに相談してくれたのって、初めて」

お母さんは「ありがとう」と繰り返して、フミの肩から手を離した。

「だいじょうぶ。おねえちゃん、強いから」

「でも……」

「ほんとよ。マキってね、ひとりぼっちに強いの。みんなと無理してベタベタくっつかなくても平気な子だから」

「……友だちがいなくても平気なの？」

「いないんじゃなくて、まだ出会ってないだけ。それまではひとりぼっちなのはあたりまえでしょ？　だったら、ひとりぼっちなのを寂しがることとなんてないし、無理やり友だちをつくることもないでしょ？　あの子って、そういうふうにものごとを考える子なの」

「ちっちゃな頃から？」

「うん、いまのフミちゃんよりも小さな頃から、ずっとそう」

不思議な気がした。自分の子どもがひとりぼっちだったら親はふつう心配するはずなのに、お母さんの口ぶりは、それを応援しているみたいだった。

「生まれたときから?」

「赤ん坊の頃はそんなの考えてないけどね」とお母さんは苦笑した。

「じゃあ、小学校に入る前から?」

今度は、なにも答えず、ただ苦笑するだけだった。

もしかして、お父さんとお母さんが離婚したことと関係あるんだろうか——。

ふと思ったが、口に出せずにいるうちに、お母さんは話をつづけた。

「あのシール、前の学校の校章を隠してるの。新しいランドセルを買ってもすぐ卒業だし、マキもあのランドセルのままでいいって言うから、先生にも特別に許可してもらったのよ」

「ランドセルに校章が付いてるの?」

「うん。私立だったからね」

学校の名前も教えてくれた。フミも聞いたことがある有名な女子大の附属小学校だった。

「でも、私立だったら転校しないでもいいんじゃないの?」

学校まで遠くなっても、卒業まで半年ちょっとなのだから、なんとかなるはずだ。

お母さんは、そうね、とうなずいてから、遠くを見て言った。

「苗字《みょうじ》が変わったでしょ」

「うん……」

「いままでは『紺野《こんの》』だったの。で、その前は『津村《つむら》』……今度は『石川』って、一つの小学校に通ってる間に三つも苗字が変わるのって、やっぱり、嫌じゃない」

津村という苗字の頃は、お父さんがいた。離婚して、お母さんの旧姓の紺野になった。再婚して、今度は、フミと同じ石川という苗字になった。

「……津村さんから紺野さんになったのって、いつだったの？」

「二年生のとき」

フミがほんとうのお母さんを亡《な》くしたのと同じ学年だった。マキのことよりも、むしろ自分自身の悲しい記憶がよみがえって、フミはうつむいてしまった。

お母さんはそれに気づくと、「ごめんね、暗くなっちゃったね、ごめんごめん」と笑って、「さ、早く帰ってオヤツ食べなきゃ」とフミの背中を軽く叩《たた》いた。

「……ごめんなさい」

フミはうつむいたまま言った。お母さんは「フミちゃんが謝ることないじゃない」

と笑って言ってくれたし、自分でもそう思う。でも、理由はわからなくても、いまいちばん言いたい言葉は、やっぱり「ごめんなさい」だった。

「でもね、お母さん、いま、すごーくうれしかったんだよ」

悲しい話を聞かせてしまったし、悲しい話を言わせてしまったのに――。

「今度からは、困ったことや相談したいことがあったら、なんでも言っていいからね。お母さんに、まっかせなさーいっ」

胸を張って、ゴリラみたいにドンドンと拳《こぶし》で叩いて、まんまるな笑顔になった。

5

夕食のあと、お母さんはマキの部屋に入った。二人の話は長引いていて、お母さんはなかなか出てこない。フミはリビングでテレビを観《み》ていた。毎週楽しみにしているドラマなのに、ストーリーは目や耳を素通りするだけだった。

おねえちゃんはシールをどうするんだろう、これからもクラスのみんなと仲良くならずにひとりぼっちでいるんだろうか、それでほんとうに平気なんだろうか……。

考えれば考えるほど頭の中がこんがらかってしまう。そのくせ、胸の中は、すうすうと風が吹き抜けてしまいそうなほど隙間《すきま》だらけだった。寂しい、とは思いたくない。でも、二人きりで長い話ができるお母さんとマキは、やっぱりほんとうの親子なんだな、と思う。

リビングの真上がマキの部屋なので、ときどき声が天井から漏れてくる。言葉は聞き取れなくても、楽しい会話でないことぐらいはわかる。もしかしたら、お母さんはフミの前ではマキのひとりぼっちを応援していても、本音では困っていて、なんとかしなきゃ、と思っているのかもしれない。でも、たとえどんなに話がもつれて、揉《も》めて、ケンカになってしまっても、それはほんとうの親子だからできることなのだろう。

フミには家族とケンカをした記憶がない。お母さんのお見舞いをしているときに言い争いなどできるはずがないし、お父さんもお母さんが亡くなってからは厳しいことをなにも言わなくなっていた。

マキがうらやましい。ツルちゃんはマキのことを「連れ子」と呼んだが、マキから見ればフミのほうが「連れ子」なのだ。同じ「連れ子」でも、マキにはいつも血のつながったお母さんがいる。でも、お父さんの帰りは今夜も遅い。お父さんが帰ってくるまで、フミは家の中でただ一人の他人になってしまうのだ。

ドラマをあきらめて、チャンネルを替えた。バラエティ番組をやっていた。好きな芸人のコントのコーナーなのに、ちっとも笑えない。さっきまでリビングのテーブルの下にもぐり込んでいたゴエモン二世まで、いつのまにかどこかに行ってしまっていた。チャンネルをさらに替えた。クイズ番組でいいや、もういいや、とリモコンを置いて、首の後ろに手をあてた。髪の毛に指がふれると、やっと笑顔になった。

夕食の前に、お風呂場《ふろば》でお母さんに髪を切ってもらった。マキがいつもしているように大きなゴミ袋の底に切れ込みを入れて、そこに頭を通してポンチョみたいにかぶった。「失敗したらごめんね、ワカメちゃんになったらごめんね」とお母さんは何度も言っていたが、終わってみると後ろ髪はきれいに切りそろえられていた。

楽しかった。なにか特別な話をしたわけではなくても、背中に回ったお母さんのハサミの音を聴いていた時間は、この家に引っ越してきてからいちばん楽しい時間になった。

お母さんがこれからも髪を切ってくれるんだったら、おかっぱのままでもいいかな――。

ポニーテールへのあこがれが一瞬揺らぎかけたほどだったのだ。

電話が鳴って、われに返った。楽しかった時間の余韻は吹き飛んで、お母さんとおねえちゃんの話し合いを邪魔しちゃいけない、とあわててソファーから起き上がり、ダッシュして受話器を取った。

ツルちゃんからだった。最初は「もしもし、夜分すみません、鶴田と申しますが……」とおとなびたあいさつをしていたツルちゃんも、電話に出たのがフミだと知ると、いきなり「大ニュース、大ニュース！」と声をはずませた。

「おねえさんを助けてあげる作戦があるの！」

「どうしたの？」

「ランドセル、ウチにあるの。お姉ちゃんが使ってたやつ、どこかにしまってあるはずだからって思って、ずーっと納戸《なんど》の中を捜してたんだけど、あったの。いま、見つけたの」

明日からは、そのランドセルを使えばいい。

「お古だから嫌かもしれないけど、どうせ三月までしか使わないんだし、お姉ちゃんもけっこうきれいに使ってるから、ぜんぜん平気だと思うよ。お姉ちゃんも貸してあげるって言ってくれたし、お兄ちゃんの持ってるワックスで拭《ふ》いたらもっときれいになるから……どう？　今夜はもう遅いけど、もし使うんだったら、明日の朝、空き地まで持って行ってあげるよ。中身だけ入れ替えて学校に行けばいいじゃん」

ツルちゃんは一息にまくしたてて、短いくしゃみを三回繰り返した。

「捜してくれたの？」

「うん。さっき言ったじゃん」

「ツルちゃんが？」

「そーだよ、だから、もう、埃《ほこり》でくしゃみ止まらなくなっちゃって。わたし、アレルギー性鼻炎なんだよね」

そう言うそばから、またくしゃみが出る。ハナをすすって、「感謝してよね」と言って、さらにまた、くしゃみ。

「……ありがとう」

「ほんと、わたしって親切だと思わない？」

「……思う、すごく」

「でしょ？　でしょ？　自分でもすごいと思ったもん。偉いよね、マジに」

自慢さえしなければ、もっとすごくて、もっと偉いのに──。

でも、うれしかった。ほんとうに。涙が出そうになるほど。

「で、どうする？　おねえさん使うかどうか訊《き》いてみてよ」

まだお母さんが二階から下りてくる気配はない。しかたなく、「いまお風呂に入ってる」と言った。

「なんだ、せっかく電話してあげたのに」

ツルちゃんはまた恩着せがましい言い方をして、それでも「じゃあ、使うんだったら、明日の朝でもいいから電話してよ」と言って、電話を切った。最後にもう一度「ありがとう」を伝えたかったのに、言いそびれてしまった。

せっかちすぎるよ、ほんと、と苦笑して受話器を置いた。


お母さんがマキの部屋から出てきたのは、ツルちゃんの電話の数分後だった。さんざん話してもうまくいかなかったらしく、階段を下りてくる途中、「ほんとにもう……」とつぶやく声が聞こえた。リビングを通らずにキッチンに入り、麦茶をごくごくと飲んで、蛇口をいっぱいにひねってコップを洗う。

フミはシンクを叩く水音に肩をすくめ、そっとリビングを出て二階に上がった。

明日もマキはあのランドセルで登校するつもりで、シールをはがす気もないのだろう。クラスの友だちと揉めてもかまわない、と覚悟を決めているはずだ。だいじょうぶだろうか、と胸がどきどきする。ツルちゃんの電話がなかったら、今夜は一晩中心配していたかもしれない。でも、いまは違う。胸は確かにどきどきしていても、じつは、わくわくもしている。

マキの部屋のドアを小さくノックした。ドアに顔をつけて、おねえちゃん、おねえちゃん、と小声で呼んだ。返事はなかったが、ドアはすぐに――乱暴な勢いで開いた。

「なに?」

いつも以上にそっけない言い方だった。顔もふてくされている。ちょっとでも気に障《さわ》ることがあったら、すぐにドアを閉めてしまいそうだ。でも、怖くない。フミにはとっておきの作戦がある。

「あのね、おねえちゃん、いいこと教えてあげる」

ツルちゃんにランドセルを借りる話を聞かせた。「明日だけじゃないよ、卒業するまでずーっと貸してくれるんだって」「これだったら誰にも文句言えないよ」「きれいに使ってるし、ワックスもかけてくれるっていうんだよ」……話しているうちに盛り上がって、「もしおねえちゃんがお古が嫌なんだったら、わたしがそっちを使うから、おねえちゃんはわたしのランドセルを使えば?」とまで言った。

でも、マキの顔はふてくされたままだった。いっそう不機嫌になってしまったようにも見える。話が終わってもなにも言わない。表情も変わらない。

「……それでね」

フミの笑顔もこわばった。「もし使うんだったら、明日の朝、ツルちゃんに電話することになってるんだけど……」とつづける声は、急に沈んでしまった。

気持ちよくふくらんでいたゴム風船が、はじけるのではなく空気が抜けてしぼんでしまったように、胸の高鳴りはいつのまにか消え失《う》せていた。

「……どうする？」

最後は不安いっぱいで訊いた。

マキはやっと口を開いた。

「あんた、バカ？」

冷たい声だった。感情を込めずに、ゴミを払い落とすように言った。

「……なんで？」

「バカみたいなこと言ってるから、バカなんですか、って訊いただけ」

声はもっと冷ややかになった。ふてくされていた顔も、薄笑いに変わった。

「なんで、そんなこと言うの？」

もう答えてもくれない。

「ねえ……なんで、そんな言い方するの？」

声が震えた。これなら怒られたほうがまだましだった。そっけなくドアを閉められたほうが、まだあきらめがついた。

涙が頬を伝い落ちた。夕方に美容院で泣いたときには熱いものが込み上げていたが、いまは違う。涙が流れれば流れるほど、胸の奥が凍りついてしまう。

そんなフミの涙を見て、マキの顔に初めて困惑が浮かんだ。

「あんたが心配することじゃないでしょ。そういうの、よけいなお世話だから」

フミはしゃくり上げながら、首を何度も横に振った。

マキはわずらわしそうに「とにかく、よけいなお世話なの」と言った。「なんにもわかってないくせに、おせっかいしないで」

「だったら教えてよ……なんであのランドセルじゃないとだめなのか、教えてよ……」

「教えても、あんたなんかにはわかんないよ」

「わかる」

「わかんないって」

「わかる、絶対、わかる……」

ああ、もう、うっとうしい、とマキはいったん部屋の中に入って、ランドセルを抱きかかえて戸口に戻ってきた。蓋《ふた》をめくり上げて、ほら、と裏側をフミに見せる。

時間割や連絡先を書いた紙を入れる、透明なポケットが付いていた。

連絡先の紙には、住所と名前が、どちらも三つ書いてある。上の二つは太いサインペンで消され、窮屈《きゅうくつ》そうに三つめの――いまの家の住所と〈石川真希〉があった。消された二つの住所は読み取れなかったが、名前のほうは〈津村真希〉と〈紺野真希〉だとわかった。

「わたし、このランドセル、卒業するまで使うから。よけいなことしないで」

フミは「でも……」と言いかけたが、その前にマキがドアを閉めてしまった。

でも、すぐにまた、ドアは勢いよく開いた。

「あー、もう、ほんと、バカ！　あっち行って！　邪魔！　ウザい！」

怒って、にらんで、怒鳴って、フミの背中を乱暴に押して、音が家中に響きわたるほど荒々しくドアを閉めて……それっきりだった。

しかたなく自分の部屋に戻ったフミは、背中をもぞもぞさせた。さっきマキに押されたところに、なにかヘンな感触がある。

怪訝《けげん》に思ってシャツを脱いでみたら、背中に銀色の星が光っていた。マキのランドセルに貼《は》ってあったシールだった。

翌朝、お母さんはご機嫌だった。「そう、それでいいんじゃない？　校章なんて、服のブランドのマークだと思えばいいんだから」と、シールをはがしたマキのランドセルを何度も見て、何度も満足そうにうなずいた。

「やっぱりお母さんの言ったとおりでしょ？　せめてシールだけでもはがすと全然違うんだから」

マキはなにも言わずにトーストをかじる。フミも黙って牛乳を飲む。目が合うと、フミはクスッと笑い、マキはあいかわらずそっけない顔で口の前に人差し指を立てる。

お母さんは意外と単純だ。フミはそれが少しうらやましい。単純に自分のお手柄だと思い込むことができるのは、やっぱりお母さんとおねえちゃんがほんとうの親子っていうことなんだな、と思う。

だから、亡《な》くなったお母さんの写真に「行ってきます」と手を合わせる時間は、いつもより長くなった。

家を出て最初の角を曲がっても、マキは足を速めなかった。フミと並んで歩きながら、珍しく自分から「お母さんから聞いたけど、フミも髪を伸ばすんだって？」と話しかけてきた。

「うん……」

ポニーテールのことがバレてたら嫌だな、と心配していたが、どうやらお母さんはそこは黙っておいてくれたようだ。ほっとして、はねた髪の先を指でつまんで伸ばしながら、言った。

「長くすると、髪がすごくはねちゃうから、カッコ悪くなるかも」

「そう？」

「うん……たぶん」

「でも、癖っ毛って、中途半端《はんぱ》な長さだとはねちゃうけど、そこを超えたあとは逆に落ち着いてくるっていうよ」

「ほんと？」

パッと光が射《さ》した気分だった。マキはすぐに「ひとによるけどね」と突き放したが、フミは笑顔のまま、そっか、そうなんだ、と髪の先をくるっと指に巻きつけた。

「さっき鶴田さんに電話してたでしょ。どうだった？　怒ってた？」

「……まあ、ちょっとだけ」

ほんとうは、恩着せがましいことをたくさん言われた。でも、電話を切る前に「じゃあ、あとで、空き地でね」と言ったのはツルちゃんのほうだった。

「あの子とフミ、やっぱり友だちなのかもね」

そうかもしれない、と思うから、わざと「けっこうムカつくことあるけど」と悪口を言ってみた。マキも「わたしは嫌いだけどね、あの子」と言って、でも、とつづけかけて、まあいいや、と笑った。

次の角を曲がって空き地の前の通りに出ると、キンモクセイの香りがふわっと鼻をくすぐった。今朝だ。今朝、あのキンモクセイの庭の花はいっせいに香りをたちのぼらせたのだ。学校から帰ったらすぐにお母さんに教えてあげよう。そう思うだけで、今日一日が楽しくなりそうな気がする。

空き地の前に立つツルちゃんが見えた。

マキはフミの話し相手をバトンタッチするみたいに、足を速めた。

遠ざかっていく背中を、フミは追いかけない。同じ歩調で歩きつづける。シールのなくなったランドセルは急に地味になってしまった。でも、そのぶん、きれいなポニーテールだけをじっくり後ろから見ることができる。

キンモクセイの香りはどんどん濃くなってきて、むせかえるようだった。

その香りをまとって、マキのポニーテールは軽やかに揺れていた。

# 第三章

## 1

夕食の皿をテーブルに並べているとき、つい鼻歌が出た。めずらしいことだった。この家に引っ越してからは初めてだったかもしれない。

「ごきげんじゃない」

揚げ物を皿によそいながら、お母さんがからかうように言った。

フミは照れ笑いを浮かべた。恥ずかしい。歌を聞かれたことも、浮き立った気分を見透かされたことも。

でも、お母さんは「わかるわかる」とうなずいてくれた。フミも、ふだんなら真っ赤になった顔を上げられなくなるところなのに、意外と平気でいられた。恥ずかしさを脇《わき》に押しやってしまうぐらいに、とにかく今日はごきげんで、お母さんはちゃんとその理由を知っている。

「ねえフミちゃん、天気予報見た？」

「さっき、テレビでやってた」

「どうだった？　明日」

「雨だって、やっぱり」

今朝からの雨は、前線が居座っているせいで、このまましばらく降りつづきそうだった。

「残念だね。今夜のうちにパーッと降って、明日はあがるといいのに」

「でも、どうせ家の中で遊ぶから」

「家の中にいたって、外が晴れてるほうが気持ちいいじゃない」

お母さんはそういう性格だ。青く晴れわたった空を見ていると、それだけで「生きててよかった」という気になるのだという。

「てるてる坊主《ぼうず》つくってみれば？」

一瞬、胸がどきんとした。ふだんは思いだす機会のなかった——でも胸の奥にちゃんと残っていた記憶が、不意によみがえりそうになったのだ。

あわててそれに蓋《ふた》をしたフミは、「おねえちゃん呼んでくるね」とダイニングを出た。

　二階のマキの部屋のドアには、〈立入禁止〉と書いた小さなプレートが掛かっている。小学六年生のマキではなく、四年生のフミの目の高さに、吸盤で取り付けてある。冗談だとわかっていても、ノックをする前にはいつもためらってしまう。お母さんもしょっちゅう「こんなの取っちゃいなさい」と怒っているが、マキは知らん顔をしたまま、はずそうとしない。

　それでも今日のフミは、ドアの前に立つと間を置かずにノックすることができた。ノックの音も、軽く、はずむように響いた。

「おねえちゃん、晩ごはん」と声をかけると、返事なしでドアが開いて、むすっとした顔のマキが戸口に立った。

「あのさー、フミ。いちいち呼びに来なくていいから。七時になったら晩ごはん、わかってる、あんたに言われなくても、下りるから、そんなの勝手に」

　順番がばらばらになった言葉が、とがった声になって、フミの体のあちこちにぶつかった。

「ごめん……」

「べつに怒ってるわけじゃないけど」――という声が、しっかり怒っている。

「ノックのことじゃなくて……明日のこと……」

「怒ってないよ、そっちも」

嘘《うそ》だ。絶対に、ノックのことよりももっと怒っている。フミはもう一度念を押して謝ろうとしたが、マキは「うるさくしないんだったら、べつにいいから」と言って、フミと戸口の隙間《すきま》に割り込むように部屋を出た。

「あいさつとか、しないでいいでしょ」

階段を下りる前にフミを振り向いて言って、「向こうがあいさつしてきても、わたし、知らないひととはしゃべりたくないから」と早口につづけ、さっさと階下に向かった。

階段を一段下りるごとにポニーテールが揺れる。本人はたいして自慢には思っていない様子でも、癖っ毛のフミにとってはあこがれのマキのポニーテールは、きげんが悪いときのほうが大きく揺れる。

フミは、マキがダイニングに入ったのを確かめてから歩きだした。最初はうつむいて階段を下りていたが、まあいいや、と顔を上げると、なんとか元気を取り戻すことができた。きょうだいになって三カ月、マキの無愛想な態度や言い方にはだいぶ慣れた。口で言うほど意地悪じゃないんだ、とも気づいていた。

それに、とにかく、今日のフミはごきげんなのだ。明日が楽しみでしかたないのだ。前の学校の友だちが、明日の日曜日に遊びに来る。フミと仲良し四人組をつくっていた友だちが、全員――ユキちゃんとモモコちゃんとナッちゃんがそろって、会いに来てくれる。三人とも幼稚園の頃からの付き合いだ。

子どもたちだけで電車に乗って、乗り換えまでするのは、みんな初めてのことらしい。大冒険をして再会するなんて、アニメやマンガの主人公みたいだ。胸がわくわくする。

ダイニングに入ると、先にテーブルについていたマキが、背中を向けたまま言った。

「明日、玄関の傘立てに傘を入れさせないでよ。三本も増えたら入りきらないし、こっちの傘も傷《いた》んだら嫌だから」

お母さんは「そんなこと言わないの」と軽くにらんだが、マキは「だって、ほんとだもん」と言い返す。

フミは一瞬、間をおいて「はーい」と明るく笑って応《こた》えた。「だったらさあ、玄関の外に立てかけとけばいいよね?」とお母さんに訊《き》くと、お母さんは「だいじょうぶだいじょうぶ、お父さんとお母さんの傘を外に出せば、傘立てに入るから」と言って、指でOKマークもつくってくれた。

マキは「いただきます」も言わずに、もう一人でごはんを食べはじめていた。

木曜日に確認の電話をかけてきたユキちゃんは「新しい学校のこと、たくさん教えてね」と言っていた。もちろんフミもそのつもりだった。みんなとお別れしたのが八月で、そこから九月、十月、そして十一月の昨日まで。その間のできごとをいろいろ思いだして、あれを話してあげよう、これも教えてあげたらウケるだろうな、と張り切っていた。

ユキちゃんは「新しいお母さんにも会えるんでしょ？　ぜーったいに会わせてね」とも言った。そっちもだいじょうぶ。お母さんのほうもみんなと会うのを楽しみにしているし、オヤツにはお得意のシフォンケーキを焼いてくれることになっている。

ユキちゃんはさらに言った。

「あと、新しいおねえさんとも一緒に遊べたら遊びたいって、みんな言ってるから」

それが問題だった。

マキが遊んでくれるはずがない。にっこり笑って「いらっしゃい」とも言ってくれないだろう。昨日までは、マキは「フミの友だちが帰るまで、どこか遊びに行くから」と言っていて、フミもじつはほっとしていた。でも、マキは今日になって「もし明日も雨だったら、わたし、ウチにいるから」と言いだして、「だって自転車にも乗れないのに、わざわざ傘差して、なんでわたしが外に出てなくちゃいけないのよ」と急に怒りだして、そもそもは自分で決めたことなのに「追い出す権利なんてないでしょ、あんたには」とまで言った。

身勝手だ、と思う。でも、友だちを三人も家によぶ自分のほうがもっと身勝手なのかもしれない、という気もする。お父さんが家にいればマキとお母さんをドライブに連れ出すという手もあったが、あいにくお父さんは昨日から来週の月曜日までの予定で出張に出ていた。

せめて、ユキちゃんたちがあいさつをしたら笑い返すぐらいはしてほしい。

だいじょうぶだよ、口ではあんなこと言ってたけど、それくらいしてくれるよ、と期待する気持ちと、無理だよそんなの、とあきらめる気持ちが半分ずつ。最初の頃は百パーセントあきらめるしかなかったんだから、だいぶ仲良くなれたんだよ、と思う気持ちと、三カ月たってもまだ百パーセント期待できないなんて、ちっとも仲良しになってないよ、と思う気持ちも、半分ずつだった。

ベッドに入っても、雨の音が耳についてなかなか寝付かれない。この様子なら、天気予報どおり、明日も一日中雨になるのだろう。

てるてる坊主、やっぱりつくってみようかな——。

ふと思い、ベッドの上で体を起こしかけたが、あくびのようなため息をついて、また横になった。

てるてる坊主には思い出がある。何年前の何月何日というのではない、小学二年生の夏に亡《な》くなったお母さんの思い出だった。

もともと心臓と腎臓《じんぞう》の具合が悪かったお母さんは、フミがものごころついた頃からずっと入退院を繰り返していた。

入院中は、お父さんやおばあちゃんに連れられてお見舞いに通った。お母さんもフミと会うのをいちばんの楽しみにしてくれていた。でも、病室に入ってくるフミを迎えたときの最初の言葉はいつも、「ありがとう」ではなく「ごめんね」だった。幼い頃はお母さんが謝るのが不思議だったフミも、四年生のいまは、そのときのお母さんの気持ちがわかる。

お母さんは、フミがお見舞いに来る日やその前日に雨が降ると、てるてる坊主をつくって病室の窓に吊《つる》していた。

雨の中をお見舞いに来るのは大変だから、天気が良くなるように祈ってくれていたんだ、と昔は思っていた。でも、お母さんが亡くなったあとで、お父さんが教えてくれた。

お母さんは、お見舞いを終えて病院の門まで歩くフミを、病室の窓からいつも見送っていた。顔を見てしまうと悲しくなるから、フミにこっちを振り向かせないよう、お父さんに頼んでいたのだという。そのときにフミが傘を差していると、後ろ姿が見えなくなってしまう。だから、せめてフミが帰るときには雨があがっていてほしい。そんな祈りを込めて、てるてる坊主をつくっていたのだという。

ティッシュペーパーを丸めて輪ゴムで縛っただけのてるてる坊主は、変わった形をしていたわけではない。顔のところに目や鼻が描いてあったかどうかも覚えていない。でも、それは、フミにとっては特別なてるてる坊主になった。

もっと早く、お母さんの生きているうちに教えてほしかった。フミは泣きながらお父さんを責めた。お父さんも涙ぐんで、ごめん、ごめん、ほんとうにごめん、と謝った。お母さんのつくったてるてる坊主は、手元には残っていない。もう二度と見ることも触ることもできない。もちろん、それを真似《まね》ることは誰にも――いまのお母さんにさえ、できない。

今日、いまのお母さんは雨の中を花屋に出かけて、亡くなったお母さんの写真にクリスマスローズを飾ってくれた。

「明日来るお友だち、前のお母さんのこともよく知ってるんでしょ？　ウチに来たら、最初に会ってもらってね」

それがうれしいのと、うれしくないのと——境目がぎざぎざになって、やっぱり半分ずつだった。

2

雨は日曜日の朝になってもやまなかった。

「明日も雨なんだって」

お母さんはうんざりした顔で外を見て、「体育、跳び箱だね」とフミに言った。フミも、あーあ、とため息をついた。月曜日の体育の授業は、天気が良ければグラウンドでサッカーをすることになっている。雨なら体育館で跳び箱。もともと体育は苦手だが、その中でも特に苦手で、特に大嫌いなのが、跳び箱だった。

「ま、明日のことは明日になってから考えればいいか。意外と晴れるかもしれないし」

ねっ、とお母さんは笑う。うん、とフミもうなずき返す。先のことをあれこれ心配してもしかたないし、すんだことをくよくよ悔やむのはもっと意味がない。お母さんはしょっちゅう、そう言う。大事なのは「いま」なんだからね、と笑う。マキが「そんなの、なんにも考えずに生きてるってことじゃん」と言っても、ちっとも気にしない。「おとなになったらわかるの。人生ってのは、そういうものなの」とすまし顔で言って、フミのほうを見て「お母さんの言うこと、信じててね」と、いたずらっぽくウインクをする。

ほんとうに人生とはそういうものなのかどうか、フミにはよくわからない。ただ、お母さんはわたしとおねえちゃんのためにそう言っているのかもしれない、という気はする。大事なのは「いま」——だから、もっとおねえちゃんと仲良くなりたいな、といつも思う。

ユキちゃんたちとの約束の時間に合わせて、お昼過ぎに家を出て、駅に向かった。駅までは徒歩とバス。一人でバスに乗るのは初めてだった。お母さんは「バス停まで一緒に行って、乗るところまで見ててあげようか？」と言ってくれたが、断った。バス停までの道順は簡単だし、バスの乗り方やお金の払い方も覚えているし、みんなが冒険の旅をして来るのだから、自分も少しはがんばってみたい。

マキはリビングでテレビを観《み》ていた。やっぱり外に出かけるつもりはなさそうだった。

考えてみると、マキが休みの日に誰かと遊びに行くという話は一度も聞いたことがなかった。「ちょっと出てくる」「買い物してくる」「適当に遊んでくる」と言って出かけることはあっても、「誰と」がない。学校で見かけるときも、いつも一人で歩いている。

でも、マキに寂しがっている様子はない。友だちをつくる気なんてまったくなさそうだった。

おねえちゃんはひとりぼっちに強いから寂しくないんだ、とお母さんは言っていた。確かにそうなんだろうな、と認めるしかない。

それでも、心の片隅で思う。

ひとりぼっちに強いことと、ひとりぼっちが好きだということは、違う。

「わたしだって、前のお母さんが入院してるときは留守番が得意だったけど、ぜんぜん好きじゃなかったもん」

いつか言ってみたいと思いながら、まだ言えずにいる。

改札の前でユキちゃんたちを迎えた。

おーい、やっほー、ひさしぶりー、と手を振って小走りに改札を抜けてきたのは、ユキちゃんとモモコちゃんの二人だった。

「あれ？　ナッちゃんは？」

フミが訊くと、二人は顔を見合わせて、目配せをした。どっちが説明するか押しつけ合っているような気配だった。

「風邪ひいちゃったの？」

「そういうわけじゃないけど……」とユキちゃんが言った。

「あ、わかった、やっぱりお母さんに子どもだけで電車に乗っちゃいけないって言われたんでしょ」

「じゃなくて……」とモモコちゃんが言った。

「どうしたの？」

二人はまた顔を見合わせ、小さくうなずき合ってから、かわるがわる言った。

「あのね、ナッちゃんなんだけど」「っていうか、ナッコ、ナッコでいい」「ナッコ、サイテーだから」「絶交したから」「いま、あいつのこと無視してるの、わたしたち」

「言っとくけど、こっちが悪いんじゃないからね」「ちょーわがままなんだもん」「もう限界だよね」「はっきり言って、ウチら、ずっと我慢してたんだから」「だから今日も、あんたは来ないでって言ってやったの」「もし来てもダッシュで逃げちゃうけどねーっ」「だよねーっ」……。

木曜日の電話では、ユキちゃんはなにも言っていなかった。

「だって、絶交したの金曜日だもん」

ユキちゃんはケロッとした顔で言って、「でも、その前からむかついてたけどね」

と付け加えた。

「ひょっとして、人数減ったの言わないとまずかった？」

モモコちゃんが心配そうに訊いてきた。

フミは黙って首を横に振った。人数が急に増えてしまうならともかく、減るぶんには特に問題はないし、そんなのはどうでもいい。

わくわくしてふくらんでいた胸がしぼんだ。針が刺さって割れるのではなく、どこかに穴が空いて空気が漏れてしまうように、楽しかった気持ちが外に流れて出ていくのがわかる。

その穴を、なんとかふさいで、「じゃあ、ウチに行こうか」と笑って言った。

二人も笑い返して、電車の乗り換えを間違えそうになったことや、電車の中に昼間から酔っぱらっているおじさんがいたことを話してくれた。

「思ってたより大きな町だね」とユキちゃんが言った。「わたし、もっと田舎だと思ってたけど、駅も大きいじゃん」

あたりまえだよ、だってここは急行も停まるけど、あっちの駅は各駅停車しか停まらないんだから。言いたい言葉を呑《の》み込んで、えへへっ、と笑った。

「フミちゃん、全然変わってないね」とモモコちゃんが言った。「髪の毛もやっぱり、ピョコンって、はねてるし」

でも、いまは髪を伸ばしてるんだよ、ポニーテールにできるまで長くしようと思ってるんだから。教えてあげようかと思ったが、なんだか億劫《おっくう》になって、やめた。

胸にはまだ、ふさぎきれなかった小さな穴が残っているようだった。空気が漏れる音は聞き取れなくても、気づいたときにはぺしゃんこになっている、そんな小さな穴だ。

傘を差して駅前のバスターミナルに向かった。お互いの傘が邪魔になって、くっついて歩けない。傘に当たる雨音にまぎれて、おしゃべりする声もときどき聞き逃してしまう。

雨脚は強くなかったが、肌寒い。十月までとは違う、秋の終わりの冷たい雨だった。

傘を持つ手の甲がかじかんで、自然と背中を丸めた姿勢になる。

やっぱり、ゆうべのうちにてるてる坊主《ぼうず》をつくっておけばよかった。

いまになって悔やんだ。


それでも、バスの中でおしゃべりしているうちに、少しずつ元気が戻ってきた。もともと気の合う友だち同士だ。最初はまだ微妙な緊張があったが、バスを降りて家の近所まで来た頃には、まるで昨日もこうして三人で歩いていたような気にもなった。だから逆に、ナッちゃんに会えないことが寂しい。昨日のうちに仲直りしてくれればよかったのに。四人で遊んでいた頃もケンカはしょっちゅうだった。でも、いつもすぐに仲直りしていた。「ごめんね」を特に言わなくても、なんとなく、いつのまにか、また一緒に遊んでいる。二日も三日も無視をつづけるなんて想像もできない。

わたしがいれば――。

ふと思う。転校する前も、お互い負けん気の強いユキちゃんとナッちゃんがぶつかったときには、フミが間に立って、まあまあ、となだめることが多かった。

モモコちゃんには、その役目は難しい。先に文句を聞いたほうの味方にすぐになってしまう。いまのケンカも、もしも先にナッちゃんがモモコちゃんを味方につけていたら、今日ここに来るのはモモコちゃんとナッちゃんのコンビだったかもしれない。三人そもそも四人でいるときには、なにをやっても二対二でうまく分かれられた。三人になったから、バランスがくずれてしまった。

わたしがいなくなったから──。

責任は少し感じる。でも、しかたないことだと思う。それよりも、わたしがいないとだめなんだな、と思い直すと、困っているのに頬がゆるんでしまう。

誰か新しい子をグループに入れれば、また四人組になれる。でも、二人の話の様子では、フミが転校してしまったあとはずっと三人組で遊んでいたらしい。それが、ちょっとうれしい。

家が通りの先に見えてきた。フミは、べつにどうでもいいんだけど、という声をつくって言った。

「でもさー、もう、クラスのみんなもわたしのことなんて忘れてるよねー」

「そんなことないよ」とユキちゃんがすぐに言ってくれた。

「そうそう、フミちゃんがいないと寂しいね、ってみんな言ってるし」とモモコちゃんも教えてくれた。

ほっとしたのと同じくらい、転校したくなかったな、と悲しくなった。傘を持っていないほうの手を、おかっぱの髪の先にやった。くるん、と外にはねたところを指でつまんで伸ばした。

「あ、なつかしーい。そういう癖って、ぜんぜん変わってないね」

ユキちゃんがうれしそうに言った。モモコちゃんも、ほんとほんと、と笑ってうなずいた。いまの学校でその癖に気づいている子は、たぶん、誰もいない。

3

お母さんはユキちゃんたちを最初に、前のお母さんの写真がある和室に通した。

「お仏壇じゃないからお線香はないけど、あいさつだけでもしてね」

二人は緊張気味にうなずくだけだったが、お母さんがキッチンに立つと、ユキちゃんが声をひそめてフミに訊《き》いてきた。

「仏壇、前のマンションにはあったよね。捨てちゃったの？」

違う違う、とフミは苦笑交じりに首を横に振って、「いまはお母さんの田舎にあるの」と教えてあげた。

「なんで？」

「……って？」

「新しいお母さんが追い出しちゃったの？」

違う違う違う、と今度は笑い抜きで首を強く横に振った。

「おじいちゃんとおばあちゃんが、お父さんと相談して、そうしたんだって」

「そっか……そうだよね、やっぱり邪魔になっちゃうもんね、もう」

ユキちゃんは納得顔でうなずいた。違うよ、そうじゃなくて、とフミは思ったが、うまく説明する自信がなかったので、黙ったままにしておいた。

「まま母っていうことだよね、今度のお母さん」とモモコちゃんが言った。「いじめられたりとかしてない？」

心配してくれているんだとわかるから、フミも笑って「シンデレラじゃないんだから」と返した。

「でも、なんか、なつかしいね。フミちゃんのお母さん、こういう顔してたもんね」

ユキちゃんがしみじみと言うと、モモコちゃんも「優しかったよねー」とうなずいた。

キッチンから「ケーキ切ったわよお」とお母さんが呼んだ。

いまのお母さんだって優しいんだよ——。

喉元《のどもと》まで出かかったフミの言葉は、タイミングを逃して、結局言えなかった。

お母さん得意のシフォンケーキは、いつもどおりおいしかった。甘いものが好きなモモコちゃんは大きく切ったピースをお代わりしたほどだったし、ユキちゃんも「ケーキ屋さんのよりおいしい」と言ってくれた。

お母さんもごきげんだった。ふだん以上に陽気に、冗談をたくさん言って、初対面とは思えないほど二人に親しく話しかけた。三人の予定が二人になったことも「ナッちゃんは風邪ひいたんだって」とフミが言うと、あっさり信じてくれた。

マキは、二階の自分の部屋にこもっていた。お母さんも「おねえちゃんのケーキはあとでね」と、無理に呼んだりはしなかった。

ユキちゃんとモモコちゃんがマキに会いたがっているのは、よくわかる。わかりすぎる。会うというより見てみたいのだ。一緒に遊びたいのではなく、新しくできたおねえさんがどんなひとなのか、ただ知りたいだけ。マキもすぐに気づくだろう。ムッとするだろう。それでもあいさつぐらいは愛想良くしてくれるかどうか……やっぱり無理だろうなあ、とあきらめた。

ケーキを食べ終えると、二階のフミの部屋で遊ぶことになった。

階段を上りながら、ユキちゃんが「おねえさんの部屋も二階にあるの？」と言った。声が大きすぎる。マキにも聞こえてしまったかもしれない。ひやっとして、あせってしまう。「おねえさんにも会ってみたいよね」「どんなひとなんだろうね」――ちょっと黙っててほしい。

階段を上りきった。マキの部屋のドアは閉まっていた。〈立入禁止〉のプレートに気づいたユキちゃんとモモコちゃんは、そろってなんとも言えない顔になって、フミを振り向いた。

とっさに「部屋で友だちと遊ぶねー」とドア越しに声をかけた。返事がなければそれでいい。「いいよー」と応《こた》えてくれれば、もっといい。でも、返ってきたのは、「好きにすれば？」という面倒くさそうな声だけだった。

廊下ではさすがに黙っていた二人も、フミの部屋に入ると、「おねえさんと仲悪いの？」「いじめられてるの？」と勢い込んで訊いてきた。

「違う違う、そんなことないよ」

首を横に振って打ち消しても、さっきお母さんをかばったときとは声やしぐさの勢いがぜんぜん違っていた。

「おねえさんって六年生なんでしょ？　やっぱり怖いよね、六年って。ウチらもそうだもん。六年の女子が集団で向こうから歩いてきたら、下向いちゃうもん」

学年が上だから怖い、というのとは少し違う。でも、マキの話をこれ以上つづけたくはなかった。

「シフォンケーキ、おいしかったでしょ」

話題を変えると、二人もすぐに「うん、サイコーだった」「しっとりしてるのに、ふわふわしてるんだよね」と乗ってきてくれた。

「新しいお母さん、思ってたより優しいひとなんだね」

モモコちゃんが言った。「思ってたより」のところがちょっと気になったが、フミも、まあね、と笑ってうなずいた。

「でも、わたしは前のお母さんのほうが好きだなあ……」

ユキちゃんが言った。遠くを見て、なつかしそうな顔になっていたから、本気なのだろう。

「ごめん、今度のお母さんもすごく優しくて、いいひとだと思うけど、前のお母さんってほんとにめちゃくちゃ優しかったし、死んじゃったとき、わたしまで泣いちゃったもんね」

「うん……」

　確かにそうだった。お母さんの告別式にはユキちゃんやモモコちゃんやナッちゃんも、それぞれの両親と一緒に参列して、三人ともしくしく泣いていた。

「それにさー、たとえ死んじゃっても、ほんとうのお母さんなんだもんね、フミちゃんにとっては」

　それも確かにそう。ほんの七年間しか親子ではいられなくても、フミがお母さんの娘だというのは永遠だった。

「わたしとかモモコちゃんは昔のこと知ってるんだからさ、ウチらが応援してあげないと、お母さん、かわいそうじゃん」

「応援」も「かわいそう」も、ほんとうはなにか違う気がする。でも、亡《な》くなったお母さんのことをそうやってほめてくれるのは、やっぱり、うれしい。

「それで、どう？　新しい学校、もう慣れたでしょ？　面白い？」

　ユキちゃんに訊かれた。「東小とどっちがいい？」──東小学校というのが、前の学校の名前だった。

「東小のほうがいいよ、ぜんぜん」

　言おうと決めていたわけではない言葉が、すうっと、なにかにつられたように出てしまった。

二つの学校は、同じ「小学校」といっても、いろいろなことが違う。使っている教科書も違うし、校則も違う。東小では運動会は十月だったが、いまの学校では五月のうちにすませていたので、かけっこの遅いフミにとっては転校して助かった。でも、東小では音楽の授業のときにたまに使うだけだった鍵盤《けんばん》ハーモニカに、いまの学校は全校で合奏大会を開くほど熱心に取り組んでいて、フミは放課後に居残りで練習をしても、なかなかみんなには追いつけない。学校ぜんたいの規模は東小のほうが大きかったが、クラスの人数はいまの学校のほうが多い。授業中の私語には東小の吉田《よしだ》先生はやたらと厳しかったが、いまのクラス担任の細川先生は、むしろ給食の好き嫌いのほうに口うるさい。

ただ、どっちのほうがいいか、という比べ方はしたことがない。どっちの学校にも、いいところがあるし、悪いところもある。そんなのはあたりまえだと思っていたし、勝ち負けなどは考えても意味がないことだとも思っていた。

ところが、「東小のほうがいいよ」と口にしてしまうと、それがなにかの合図になったみたいに、東小の楽しかった思い出が次から次へとよみがえってきた。

逆に、ユキちゃんたちに「今度の学校ってどんな感じなの？　教えて」とうながされて話すいまの学校での毎日は、愚痴や文句ばかりになってしまった。ユキちゃんたちも「えーっ、マジ？　ひどくない？」「そんなのありえないでしょ」とフミに同情して大げさに驚き、それでまた悪口にはずみがついてしまう。しゃべりながら戸惑っていた。こんな話をするはずじゃなかったのに、とあせってもいた。

確かに二つの学校を比べると、東小のほうになじみがある。でも、それはまだこっちの学校に来てから三カ月しかたっていないからだ。

わかっているのに、止まらない。

「転校して損しちゃった、って感じだね」

ユキちゃんが言うと、ほんと、そうなんだよね、と眉《まゆ》をひそめてうなずいてしまった。

「っていうか、ウチらの学校がすごい天国だったってことなんじゃない？」

モモコちゃんが言った。実際にはそんなはずはないのに、そうかも、と思ってしまった。

もう悪口は言いたくない。話を変えたい。ユキちゃんたちはまだ新しい学校のことをくわしく知りたがっていたが、それをさえぎって、東小のことを尋ねた。

クラスのみんなは一学期と変わらず元気にやっているらしい。二学期になって、昼休みの遊びは新しいゲームが流行《はや》っているのだという。十月の運動会では応援合戦で盛り上がって、いまは来週の日曜日に開かれるバザーの準備に忙しい。

「あ、そうだ、フミちゃんも遊びにおいでよ。四年生からはお店出せるんだから」

ユキちゃんが誘ってくれた。モモコちゃんも「たくさん買ってーっ」と甘えた声で笑った。

毎年十一月の第三日曜日には、PTA主催のバザーが体育館を会場にして開かれる。それぞれの家から不要品を持ち寄って、お客さんに安い値段で買ってもらった売り上げを学区内の福祉施設に寄付するのだ。主役は保護者と先生だったが、四年生以上はクラスごとに売り場を担当することになっていて、転校する前のフミもそれを楽しみにしていた。

「わたしも行っていいの？」

「だってお客さんは参加自由だから、誰が来たっていいんだもん」

「そっか……」

「お客さん」なのだ、確かに、もう。

「おいでよ、マジ。みんなもびっくりして、喜ぶから」

じゃあ行ってみようかなあ、とうなずきかけたとき、階下から電話の鳴る音が聞こえ、お母さんに呼ばれた。

「フミちゃん、ツルちゃんから電話よお」

ユキちゃんとモモコちゃんは怪訝《けげん》そうな顔でフミを見た。

「同じクラスの子」

フミは顔をしかめて立ち上がる。「なんなんだろうなあ……」と口をとがらせ、二人を振り向いたときには笑顔に戻って「ちょっと待っててね」と言った。

「友だち？」

ユキちゃんに訊かれた。

「うん、まあ……」とうなずくまでに少し間が空いた。

「嫌いな子なんじゃないの？」

「え？」

「だってほら、いま、うげーっていう顔してたじゃん」

ねっ、そうだったよね、とユキちゃんに言われたモモコちゃんも迷わずうなずいた。

「……すぐ戻ってくるから」

フミは二人から目をそらして言って、そのまま、逃げるように部屋を出た。

4

「今日、暇？」

ツルちゃんに訊《き》かれた。

「雨だから外で遊べなくてつまんないし、いまからフミちゃんちに遊びに行っていい？」

胸がどきんとした。なぜかはわからないが、電話で話す口元を隠したくて、片づけものをしているお母さんに背中を向けた。

「ごめん……ちょっと、いま……」

「ウチに来てもいいけど」

「……いま、友だちが来てるから」

「え、誰？　誰？　一組の子だよね？」

「前の学校の……」

「前って、こっちに引っ越してくる前の？」

「そう……」

声はどんどん細くなってしまう。

でも、ツルちゃんは「へえーっ」、わざわざ遊びに来てくれたんだあ。すごいね、うれしいよね、そういうのって」と声をはずませて、自分のことのように喜んでくれた。

ツルちゃんはそういう子だ。ちょっとおせっかいすぎるところはあっても、親切で、世話好きで、優しい。だからやっぱり友だちなのに、絶対に友だちなのに、と思うと、背中がどんどん丸まってしまう。

「前の学校の友だちって、どんな子なの？　わたし、会ってみたいなあ。だめ？　友だちの友だちって、友だちになれるでしょ？　わたしも別の学校の友だちつくりたいと思ってたし……ねえ、遊びに行っていい？　すぐ帰るから、ちょっとだけだから」

胸が、今度は締めつけられた。ごめん、また明日ね、と言って、ツルちゃんの返事を待たずに電話を切った。かすれてしまった声は、ちゃんと届いたかどうか自信はなかった。受話器を置いたあと、心の中でずっと「ごめん」を繰り返していたことも、もちろん、ツルちゃんには伝わらないんだとわかっていた。

二階の部屋に戻ると、ユキちゃんがさっそく「なんだったの？」と訊いてきた。

ツルちゃんが遊びに来たがっていることを教えたら、ユキちゃんはどう言うだろう。ユキちゃんは誰とでも仲良くなれる性格だし、好奇心も旺盛《おうせい》だから、あっさり「いいよ」と答えるかもしれない。モモコちゃんもユキちゃんが「いい」と言うなら反対はしないはずだ。二人がツルちゃんと会ったら、意外と気が合うかもしれない。

「たいした用じゃなかった」

フミは頬をふくらませて言った。「あーあ、せっかく盛り上がってたのに邪魔されちゃった」とも付け加えて、床に座るなり、おしゃべりのつづきを始めた。東小の思い出を、浮かんでくるまま、次々に話した。楽しいことしか浮かんでこない。自分でもびっくりするほどよく覚えている。最初はユキちゃんたちも「そういえば、こんなこともあったよね」とキャッチボールのように思い出話をやり取りしていたが、やがて、フミが一人でしゃべりつづけるようになった。

少しずつ気分が良くなってきた。あの頃は楽しかったなあ、幸せだったんだなあ、とあらためて思う。声も大きくなって、笑いだすとなかなか止まらなくなってきた。

それでも、まだ足りない。もっと楽しくなりたい。

ほんとうは途中から気づいていた。思い出話に、ところどころ嘘《うそ》が交じっている。

実際にはそれほど楽しくなかったできごとも、言わなかった台詞《せりふ》を加え、やらなかった行動を足していくと、最高の思い出になる。ユキちゃんたちが「そうだったっけ？」「えーっ、覚えてないなあ、それは」と首をひねることが増えてきたのにも、ちゃんと気づいていた。

話す声はどんどん大きくなり、笑う声は甲高くなっていく。

ドアが乱暴にノックされた。

「うっさい！」

マキの怒った声が廊下から聞こえた。

その瞬間、なにかの魔法が解けてしまったみたいに、フミの顔から笑いが消えた。

あわててドアを細く開けるしぐさは、おどおどとした気弱なものになってしまった。

マキはひと声怒鳴っただけでは気がすまないのだろう、まだドアの前に立っていた。

目が合うと、怖い顔でにらまれた。

「……うるさくしちゃって、ごめん」

首を縮めて言うフミの足元を、ゴエモン二世がすっと通り抜けて、部屋に入った。

「それだけ？」

マキはフミをにらんだまま訊いた。

「……しゃべるのもうるさかったし、笑うのもうるさかったから、ごめん」

ユキちゃんたちの視線を背中に感じながら、泣きだしそうな思いで言った。

マキは、そうじゃなくて、とため息をついて、フミの耳元に口を寄せた。

「サイテー」

小声で言って、外からドアを閉めた。

フミの顔は真っ赤になってしまった。ぜんぶ聞かれた。嘘もぜんぶ——マキは東小の頃のことはなにも知らないはずでも、ばれてしまったんだ、と思った。

ゴエモン二世はひとなつっこくユキちゃんたちに近寄っていき、二人も大喜びしてゴエモン二世をかまいはじめた。

助かった。ゴエモン二世がいなければ、しばらく二人を振り向けないところだった。顔が真っ赤になっただけでなく、目には涙まで浮かんでいたから。

ユキちゃんもモモコちゃんも、マキのことには触れずに、でも東小の思い出話にも戻らず、話題を「かわいいね、この猫」「こっちに来てから飼いはじめたんでしょ？」とゴエモン二世のことに変えた。

「でも、なんで『二世』ってつけたの？」

モモコちゃんが不思議そうに訊くと、フミが答える前に、ユキちゃんが「思いだした、猫、いたよね、フミちゃんち」と言った。

「うん、ゴエモンっていう猫」

「そうだそうだ、一年生の頃にいたでしょ、わたし覚えてる」

モモコちゃんはもう忘れてしまったようで、「そうだったっけかなあ……」と首をひねっていたが、ユキちゃんはゴエモンの毛の色や模様まで覚えていた。

「おじいちゃんだったけど、目が大きくて、賢そうだった」

「うん……」

「こんなこと言ったらアレだけど、この子よりかわいかったよね」

胸が、どきんとした。さっきツルちゃんと電話で話したときと同じように。

「それはさ、この子もかわいいよ、かわいいけど、ゴエモンには負けちゃう気がしない?」

そんなことない、と言いたかった。でも、確かに、ゴエモンのほうが毛並みも顔立ちも上品そうだった、と思う。

「ま、どっちが勝ってるとか負けてるとか、そんなの関係ないんだけどね」

ねーっ、あんたはあんただもんねーっ、とユキちゃんはゴエモン二世の頭の後ろを軽く撫《な》でたが、ゴエモン二世は、それを嫌がるように身をよじって、ユキちゃんのそばから離れてしまった。フミのほうを向いた。目が合った。部屋が薄暗いせいか、瞳《ひとみ》がまるくなっていた。まっすぐにフミを見つめた。猫に人間の言葉はわかるはずがない。猫が人間の言葉を話せるわけがない。ゴエモン二世は、おなかが空《す》いておやつをねだるときと変わらない顔で、ただじっとフミを見つめるだけだった。

胸が締めつけられた。これも、さっきツルちゃんと話したときと同じだった。

フミは黙って立ち上がり、ドアを開けた。ゴエモン二世は、カギのように曲がったしっぽを軽く左右に振りながら外に出た。

「ね、トランプしようか」

フミは二人に言った。もうおしゃべりはしたくなかった。

夕方になって、ユキちゃんたちをバス停まで送っていった。トランプを始めてからはそっちに夢中になって、東小の話もいまの学校の話もほとんどしなかった。でも、バス停が近づいてくると、トランプをしただけで別れるのが、なんだか急に物足りなくなってしまった。

「来週のバザー、行ってみようかな、ほんとに」

つぶやくように言うと、ユキちゃんもモモコちゃんも「そうだよ、おいでよ」「みんなも喜ぶから」と言ってくれた。

フミが転校してしまったのをみんな寂しがっている、と家に来るときに二人は言っていた。どんなふうに寂しがっているのか教えてほしかったが、タイミングがうまく合わずに訊きそびれたままになっていた。

いまから訊いてみようかと思っても、やっぱり、なにかきっかけがないと……と尻《しり》込《ご》みしてしまう。代わりに、バザーに行ったらナッちゃんにも会えるんだな、と気づいた。でも、いまのままだと、せっかく行ってもナッちゃんとは話せないかもしれない。

「ナッちゃんとまだ仲直りしないの？」

軽い気持ちで訊いたのに、ユキちゃんは見るからにムッとして「あったりまえっ、永遠に無視だよ、あんなの」と言い捨てた。

それは間に立って仲直りさせる子がいないからだよ、と思う。わたしなら、できる、という自信もある。

「ねえ、わたしがナッちゃんに電話して、うまく言ってみようか？」

転校する前は、しょっちゅうやっていた。

でも、ユキちゃんは「よけいなことしなくていいから」と、とりつく島もない。

「だって……」

「フミちゃんはもう関係ないんだから、ほっといて」

ナッちゃんの話をするだけでも腹が立つのか、ユキちゃんは急に足早になって、舗道の水たまりを乱暴に踏みつけてしぶきを上げた。

「ただいまーっ」と無理に元気な声を張り上げて、玄関のドアを開けた。「ケーキまだ残ってる？　おなか空いちゃった」と無理に子どもっぽい小走りをしてリビングに入った。

お母さんは、笑顔で「お帰り」と迎えてくれた。にこにこと笑うだけでなく、なにか、いたずらっぽい気配も漂っていた。

「フミちゃん、これ見て」

庭に面した大きな窓を指差した。

カーテンレールの端に、てるてる坊主《ぼうず》がぶら下がっていた。

「明日は晴れて、跳び箱をやらずにすみますように……って、つくったの」

お母さんのてるてる坊主は、亡《な》くなったお母さんがつくっていたのと同じように、ティッシュペーパーでできていた。

顔のところにサインペンで目と口が描いてある。

黒い丸が二つ——それが、目。

「U」の字を横に広げたような線が一本──それが、口。

思いだした。亡くなったお母さんも、そんなふうにてるてる坊主の顔を描いていた。

同じだった。まったく同じだから、まったく違う。まったく違っているから、どっちが勝っているのか、考えたくない。

「まだけっこう降ってるから、一つじゃ足りないかもね。いまから一緒につくってみる？」

フミはてるてる坊主からもお母さんからも顔をそむけて、「いらない」と言った。

「……一つでいい？」

「てるてる坊主、やめて」

「え？」

「いいからやめて！　捨てて！　こんなの捨てて！」

窓に向かってジャンプした。届かないのはわかっていても、手を伸ばして、てるてる坊主をむしり取りたかった。

何度目かで、窓に肘《ひじ》がぶつかった。痛みはなかったが、うずくまって肘をさすっているうちに、涙が目からぽろぽろとあふれてきた。

5

雨は結局、火曜日の朝まで降りつづいた。てるてる坊主の効き目がなかった――のかどうかは、わからない。

日曜日の夕方、泣きやんだフミが顔を上げると、てるてる坊主はカーテンレールからはずされて、お母さんはキッチンで夕食のしたくに取りかかっていた。

黙って二階に上がるフミに、お母さんは声をかけなかった。その後もずっと、泣きだした理由もてるてる坊主を嫌がった理由も、訊《き》かなかった。フミもなにも話さないまま、まるでそこだけがすぽんと抜け落ちてしまったみたいに、翌週は過ぎていった。

ただ、月曜日の夜、もう日付が火曜日に変わりかけた頃、リビングの話し声が、二階で寝ていたフミにかすかに聞こえた。

出張から帰ってきたばかりのお父さんが、お母さんと話をしていた。話の内容は聞き取れなかったし、お母さんがすすり泣いているような気もしたが、それは雨の音を聞き間違えただけなのかもしれない。

さらに夜が更《ふ》けて、フミが寝付いた頃、部屋のドアがそっと開いた。お父さんとお母さんが並んで戸口に立って、フミを見ていた。よく寝てるな、とつぶやいたお父さんは、のんびりやればいいんだよ、とお母さんに笑いながら言って、ドアを静かに閉めた。でも、それもすべてが夢の中のできごとだったのかもしれない、と朝になって思った。

マキはあいかわらず無愛想でそっけない。でも、日曜日の「サイテー」のことは蒸し返してこなかった。お父さんやお母さんに告げ口した様子もない。てるてる坊主の騒ぎも、気づいていないはずはないのに、なにも言わない。

ほっとした気持ちは少ししかなかった。マキはお父さんとはふつうに話す。お母さんとも、もちろん、ふつうに接している。突き放すような態度をとるのはフミに対してだけだったから、黙ったままでいるのも「サイテー」なことをした罰のうちなのかもしれないと思うと、泣きたくなってしまう。

ツルちゃんが電話のことを気にしていなかったのは、たった一つの救いだった。

でも、「やっぱりフミちゃん、前の学校の友だちが忘れられないんだね」と小さなトゲのあることを言われた。

「だって、夏まで一緒だったんだから、忘れるわけないよ。忘れるほうがおかしいじゃん」

フミが言うと、そりゃそうだ、とおばさんみたいな言い方をして笑う。

「わたし、転校したことないからよくわからないんだけど、前の学校ってなつかしいものなの？」

「うん、まあね……」

「でも、ウチの学校のほうがいいでしょ」

自信たっぷりに、というより、当然のことのように言うものだから、フミも肩の力が抜けて、笑ってうなずくことができた。

週の後半は、また天気がくずれてきた。一日中暗い色の雲がたれ込めていた木曜日はなんとか天気がもったが、金曜日の夕方から雨になった。前の週よりもさらに冷たい雨だった。

雨は土曜日も降りつづき、強い北風も加わって大荒れの天気になった夜、フミは東小のバザーのことをようやく切り出した。

「次の日曜日って、明日のこと？」

お母さんはまず、急な話に驚いた。ユキちゃんたちに誘われていたんだと言うと、「だったら、すぐに言ってくれればいいのに」と少し困った顔にもなった。

「行くかどうか迷ってたから……ごめん」

嘘《うそ》をついた。フミも月曜日からずっと、タイミングをうかがっていたのだ。それをうまく見つけられないまま、土曜日の夕食どきまで来てしまった。

でも、それも、フミにしかわからない嘘だった。お父さんもマキもそばにいないときはたくさんあった。一人でいるお母さんはちっとも不機嫌そうではなかったし、お母さんのほうから「今日は学校どうだった？」と訊いてくるときも何度もあった。話を切り出すのは簡単だった。どうしても行きたいから、と言えば許してもらえるだろう、とも思っていた。でも、簡単だから逆に、言葉が喉《のど》の奥につっかえたまま出てこなかった。最後の最後は反対されないとわかっているから、言いたいことを呑《の》み込んだ笑顔でうなずくお母さんが思い浮かんで、なにも言えなくなってしまったのだ。

「先週友だちと会ったばかりなんだろ？」

お父さんは顔をしかめて、「また今度でいいんじゃないか？」と言った。

「でも、バザーは明日しかないもん」

「だから……べつにバザーに行かなくても、別の日にすればいいだろ。明日も雨なんだし、そんな遠くまで、わざわざ行くことないと思うけどなあ、お父さんは」

雨だから、ではない。遠くだから、でもない。ユキちゃんたちと会ったばかりだから、でもない。

お父さんが顔をしかめるほんとうの理由は、フミにもわかる。お父さんは、お母さんの代わりに――お母さんのために反対しているんだろうな、とも思う。

「でも、行くって言っちゃったから」

「違うだろ、さっきはずっと迷ってたって言ってたじゃないか」

お父さんはいっそうムッとした顔と声になって、「とにかくだめだからな、だめだめっ」と話を打ち切ろうとした。

「みんな待ってるの、わたしが来るのを」

フミは食い下がる。マキがこっちを見ている。目が合ったら言葉の勢いが止まってしまうから、気づかないふりをしてつづけた。

「わたしが転校しちゃって、みんな寂しがってるって、ユキちゃんが言ってたし」

お父さんは一瞬あきれたような苦笑いを浮かべ、「あのな、フミ、フミの気持ちもわかるけど、そういうのって、あんまり真に受けないほうが……」と言いかけた。

それをさえぎったのは、お母さんだった。

「そうよね、みんな待ってるんだもんね、行ってあげなきゃね」

にっこり笑って、お父さんに目配せして大きくうなずいた。お父さんも「だったら……まあ、いいけどな……」と、納得しない顔ではあっても許してくれた。

フミはうつむいてしまった。叱《しか》られるときのように肩も落ちた。

「……ありがとう」

消え入りそうな声で、お母さんに言った。願いが叶《かな》ってうれしいはずなのに、「ごめんなさい」と同じ言い方になってしまった。

「よしわかった、うん、じゃあ、車で連れて行ってやるよ」

お父さんは気を取り直して言ったが、フミはうつむいたまま首を横に振った。

「電車で行きたい」

「雨なんだし、車でいいだろ」

「一人で……行きたい」

「なに言ってるんだ。電車だと乗り換えもあるし、一人で電車に乗ったこと、まだ一度もないだろ？　危ないよ、そんなの」

また機嫌が悪くなりかけたお父さんを、まあまあ、となだめて、お母さんが言った。

「だったら、お母さんと二人で電車に乗って行く？　お母さんもフミちゃんの前の学校に行ってみたいし、バザーって意外な掘り出し物があるから面白いんだよね」

うれしかった。でも、そのうれしさは、さっきと同じように、悲しさや申し訳なさとよく似ている。

「ごめん……一人で行く」

首を横に振って、自分の膝《ひざ》をじっと見つめた。お母さんにひどいことをしているのかもしれない、と思う。お父さんもお母さんも黙り込んでしまった。お父さんを怒らせて、お母さんを困らせて、どうしてこんなになってしまうんだろう、と考えると、頭がパンクしそうになる。

「わたしが一緒に行く」

マキが言った。

驚いて顔を上げると、マキは目が合うのを待ちかまえていたように、「だったらいいでしょ」と言った。にこりともせず、最初からこれが正解だと決めつけているような口調だった。フミは黙ってうなずいた。まっすぐに見つめてくるマキの目に吸い寄せられたみたいに、うつむいたり横を向いたりすることができなかった。

雨のなか、駅まではみんなで車に乗って行った。お父さんとお母さんは、フミとマキを降ろしたあとデパートに行って、冬物の服を買うのだという。

「お母さんたちのほうが先に帰ってるから、もしも途中でおねえちゃんとはぐれたりしたら、すぐに電話してね」

お母さんは心配そうに何度も念を押した。マキにも「いい？　一人でさっさと先に歩いていっちゃだめよ」と釘《くぎ》を刺した。

フミもだんだん不安になってきたが、マキは「だいじょうぶだよ」とうっとうしそうに言う。「四年生で電車に乗れないほうがおかしいんだから」――早くもフミをしょんぼりさせる。

駅に入ってからも、マキはあいかわらず無愛想だった。

でも、意外とよくしゃべった。

改札を抜ける途中で立ち止まるな、駅の通路を歩くときにはキャリーケースを引く人に気をつけて、ガムを踏まないように注意して、ここの駅の階段は左側通行だから間違えるな、ホームの点字ブロックの上にカバンを置くのは非常識、この駅は急行まては停まるけど特急は通過するから、ホームの端のほうに立つと危ない、電車に乗ったら奥に入ること、ドアの前に立っていると乗り降りするひとの邪魔になる、吊革《つりかわ》に手が届かないならシートの端のポールをしっかり持って、足を踏ん張って、広告なんかいちいち見なくていいからアナウンスをよく聴いて、降りる駅が近くなったら早めにドアの近くまで移動して……。

口うるさい。そんなに怒ったように言わなくてもいいのに、とも思う。

それでも、なんだかうれしい。二人で遠くに出かけるのはこれが初めてなんだなと、乗り換え駅の跨線橋《こせんきょう》を渡りながら気づいた。

気づいたことがもう一つ。マキのポニーテールは、今日はキラキラ光る金色の大きなリボンで結んである。人込みの中で歩くのが遅れて、はぐれそうになっても、すぐにわかるように——？　訊いてみたかったが、絶対に怒られるだろうと思ったので、黙っておくことにした。

代わりに、電車を乗り換えてロングシートに並んで座ると、「おねえちゃんって、なんでそんなに駅とか電車に慣れてるの？」と訊いた。

「使ってたから」

「電車を？」

「前の学校、電車通学だったときもあるから」

「……おねえちゃんは、いまの学校と前の学校、どっちが好き？」

マキは前を向いたまま、「考えたことない」と言った。

「そうなの？」

「だって、どっちが好きでも嫌いでも、選べるわけじゃないもん。もうこっちに転校しちゃったんだし、あっちのほうがいいからっていっても戻れるわけでもないんだし、だったら比べたって意味ないじゃん」

あきらめて、すねているようにも聞こえた。でも、そうじゃないんだろうな、というのは、不思議なほどはっきりとわかった。

電車が駅に近づく。この駅で降りる。

「学校だけじゃないよ」

マキはぽつりと言って、「お父さんとかお母さんも、そうだよ」とつづけたのと同時に立ち上がった。座ったままのフミの視線を払い落とすように「傘、忘れないでよ」と言って、一人でドアのほうに向かった。

バザーは盛況だった。今年は近所の大学の自治会とも組んで、去年までの倍の規模でお店を開いているのだという。

四年生のいる売り場も忙しそうだったが、ユキちゃんが真っ先にフミに気づくと、クラスのみんなに声をかけてくれた。

みんな、「ひさしぶりーっ」「元気だったーっ?」と喜んでくれた。

でも、それだけだった。最初に盛り上がっても話はあまりつづかず、お店のほうも忙しくて、フミを取り囲んだ輪はすぐにほどけてしまった。誰も、フミが転校したのをずっと寂しがっていたようには見えない。

あーあ、と苦笑いが浮かんだ。

お店にはナッちゃんもいた。ユキちゃんと一緒に「百円均一だよーっ、安いよ安いよーっ」とお客さんの呼び込みをしていた。なーんだ、仲直りしてるんだ、と苦笑いはさらに深くなった。

悲しくはない。悔しくもない。そういうものなんだろうな、と現実をさばさばと受け容《い》れることができた。なによりフミ自身、ひさしぶりに足を踏み入れた学校に、なつかしさは感じても、それ以上のものはなかった。そういうものなんだろうな、ともう一つの現実を受け容れたら、やっと少しだけ悲しくなってきた。

黙って隣に立っていたマキに、「ぐるっとお店を回って来ていい?」と言った。

マキは「いいよ」とだけ答えて、でも、一緒に歩いてくれた。

「わたしねー、そんなに人気者って感じじゃなかったんだよね。年賀状も二十人ぐらいからしか来てないし、学級委員の選挙しても、二票とか三票とかで、だったらゼロのほうが名前が出ないからいいのに、って……」

返事はない。相槌《あいづち》もない。だからフミも、早口になったり間を空けたり、自分の思いどおりのペースで話しつづけることができた。

「いまの学校でも、一緒に帰ったりするのってツルちゃんだけだし、来年クラス替えでツルちゃんと別々になったらどうしよう、って思ってるんだけどね-……」

これからもずっと、そういう不安や心配はつづくのだろう。ひとりぼっちに強くない子は、いつもよけいなことをいろいろ考えて、失敗したり後悔したりしてしまうのだろう。

ひとりぼっちに強くなればいい——?

でも、ひとりぼっち嫌いだしなあ、と心の中でため息をついた。

「おねえちゃん」

返事はなかったが、かまわずつづけた。

「お母さんのてるてる坊主《ぼうず》って、昔から同じ顔? 目が黒い点々で、口が笑ってる?」

「そうだよ」

唐突な質問でも、マキはべつに怪訝《けげん》そうな様子もなく、軽く答えた。

「それでね、おねえちゃんびっくりするかもしれないけど、亡《な》くなったお母さんも、同じような顔を描いてたの」

「知ってる」

「そうなの？」

「お母さん、てるてる坊主のこと、あとでお父さんから教えてもらったって言ってた」

「……ほんと？」

「うん、フミに悪いことしちゃった、って落ち込んで、後悔してた」

わたしはそんなの気にすることないじゃんって言ったんだけどね、とマキは付け加えた。ちょっと意地悪そうな口調だったが、フミもマキと同じことを思っていた。後悔なんてすることないのに——。

でも、そういうところがお母さんらしい。というより、それがお母さんなんだな、とも思った。あの日、うれしそうにてるてる坊主を指差していたお母さんの顔が浮かぶ。跳び箱しないですむように、と言ってくれた声が聞こえる。胸が高鳴って、締めつけられる。お母さんも同じように胸が痛かったのかもしれないと思うと、いてもたってもいられない。

「……わたしも、あんなこと言わなきゃよかったって後悔してる」

「ふうん」

「……ほんとのほんとに、後悔してる」

「あ、そう」

「絶対にほんと、すごく後悔してる」

「じゃあいいじゃん、お互いさまで」

面倒くさそうに言ったマキは、不意に立ち止まった。ペット用品コーナーの前だった。「これ、買おうか」と手に取ったのは、まだ箱から出していない猫用のオモチャだった。紐《ひも》を引っぱると、ボールの中からネズミが顔を出したり隠れたりするというオモチャだ。

「これも百円なの？」とフミは訊《き》いた。

「そうだよ」

百円なら、お小遣いで買える。月の初めにもらうお小遣いは残りわずかになってしまうが、今月はもうお菓子食べない、と決めた。

「ねえ、わたしが買っていい？　ゴエモン二世に、わたしからプレゼントしたいんだけど」

勝手に比べてしまったお詫《わ》びに――。

「買いたいんなら買えば？」

マキはそう言って、自分の財布から出した百円玉をフミの頭のてっぺんに置いた。

東小を出た頃から、雨脚は少しずつ弱まってきた。電車に乗っている間に空はずいぶん明るくなって、帰り道では、無理をすれば傘なしでも歩けそうなほどの小雨になっていた。

「誰のおかげだと思う？」

フミとマキをリビングで迎えたお母さんは、えっへん、と胸を張って、一週間前と同じように窓のカーテンレールを指差した。

てるてる坊主が二つ吊《つる》してある。

でも、それは先週と同じ顔ではなかった。

どちらも睫毛《まつげ》の長い女の子だった。髪の毛もサインペンで黒く塗りつぶして描いてある。一つはおかっぱで、もう一つは、ちぎったティッシュペーパーでつくったしっぽをセロハンテープで頭の後ろに付けた、ポニーテール。

「こっちがフミちゃんで、こっちがマキ。意外とよく似てるでしょ？　てるてる坊主は男の子だから、ウチのは、てるてる娘」

マキは「暇だねー」とあきれて言って、さっさと自分の部屋に入ってしまった。でも、ポニーテールは、風にそよぐように軽やかに揺れていた。

フミは窓辺に寄って、てるてる娘を見上げた。おかっぱもかわいい。それでも、やっぱりポニーテールがいいなあ、と思う。

「お母さん、わたしのほうにも、しっぽ、つけて」

お母さんは「オッケー」と笑って、すぐにリクエストに応《こた》えてくれた。おかっぱ頭にポニーテールのてるてる娘ができあがった。

「ポニーテールの、てるてる娘……てるテール娘……」

ぼそぼそとつぶやくように言ったお母さんは、自分のダジャレに自分で「やだぁ」と噴き出した。フミにはそれほどウケるダジャレとは思えなかったが、おなかを抱えてひとしきり笑ったお母さんは、最後に目に溜《た》まった涙を指で拭《ぬぐ》った。

リビングの床では、お父さんが箱から出してくれたネズミのオモチャで、さっそくゴエモン二世が遊びはじめた。ボールの穴から顔を出したり引っ込めたりするネズミを、ゴエモン二世は不思議そうに、楽しそうに、前肢《まえあし》でつついていた。

# 第四章

## 1

抱っこさせてもらった赤ちゃんは、思っていたよりずっと重くて、ずっと温かかった。

「どう？　お人形とは全然違うでしょ」

お母さんに声をかけられて、フミはこくんとうなずいた。声を出して返事をするのが、ちょっと怖い。ほんとうは話しかけられるのも迷惑だった。しゃべることや聞くことに気をとられて赤ちゃんを落っことしてしまったらと思うと、それだけで全身がこわばってしまう。

「そんなに緊張しなくてもだいじょうぶだから。あとで肩凝りになっちゃうわよ」

コタツの向かい側に座った響子《きょうこ》さんが笑う。赤ちゃんのママだ。フミと会うのは三カ月ぶり——赤ちゃんが生まれたとき以来になる。

「赤ちゃんを抱っこするのって、生まれて初めてなんだって。だから、もう、ゆうべからドキドキしちゃってて、枕《まくら》でリハーサルしてたの。これでいい？　こんな感じ？　って」

お母さんは身振りを交えて響子さんに説明した。ナイショにしてほしかったことも言われてしまったが、響子さんは、わかるわかる、と笑顔でうなずいてくれた。

赤ちゃんが背中をそらすように動いた。フミはあわてて腕に力をこめる。窮屈なのだろうか。抱っこされるのに飽きてしまったのだろうか。おー、よしよし、と軽く揺すってあげると赤ちゃんはよろこぶ。テレビやマンガではいつもそうだし、ゆうべも枕で練習した。肘《ひじ》の力をうまく抜くのがコツだった。でも、そんなこと、とてもできそうにはない。赤ちゃんの体はとにかく重くて、温かくて……熱いほどだった。

「初めてでも、けっこうサマになってるよ、フミちゃん」

響子さんが言った。「やっぱりそういうところ、女の子よね」「そうね、ちゃんと胸でも抱いてあげてるしね」とお母さんと二人でフミを見て、うなずき合う。お世辞だろうか。ほんとうだろうか。どちらにしても、はにかんで笑う余裕すら、いまのフミにはなかった。

「お兄ちゃんなんて、ひどいものよ」

響子さんは、隣に座る息子のケンちゃんを笑顔で軽くにらんだ。「外から帰ってきたら手も洗わずに赤ちゃんにべたべたさわるんだから、ばっちくてバイキンマン」

ケンちゃんは口をとがらせてうつむいてしまった。さっきからずっと、この調子だった。口数が少ない。出されたクッキーは響子さんのぶんまで食べたのに、話しかけられても返事もろくにしない。怒ったりスネたりしているのではなく、恥ずかしがっているのだ。フミは恥ずかしいときにもじもじしてしまうタイプだが、ケンちゃんはムスッとしてしまうタイプ——まだ学校から帰ってきていないマキと、ちょっと似ている。

「ケンちゃん、学校面白い？」

お母さんに訊《き》かれて、黙ってうなずく。

「いちばん得意な科目は給食なんだよね？」

響子さんにからかわれて、体育も得意だよ、と不服そうに小声で言う。

「でも、今年のケンちゃんはすごいよね。ピッカピカの一年生になったし、お兄ちゃんにもなったんだから、大忙しだったね」

お母さんはそう言って、音をたてずに拍手をした。ケンちゃんはいっそう照れて、いっそう口をとがらせてしまったが、お母さんはうれしそうにケンちゃんを見つめる。お母さんと響子さんは、大学時代からの親友だった。お母さんはケンちゃんのことを生まれたときからよく知っているし、フミのお父さんと再婚することも真っ先に響子さんに伝えた。

そんな縁があって、夏休みの終わりの数日間、ケンちゃんはこの家で過ごした。おなかがはち切れそうなほど大きかった響子さんが体調をくずしてしまい、赤ちゃんが生まれるまで入院することになったので、その間、お母さんがケンちゃんを預かったのだ。

新しい家で初めて迎えるお客さんだった。

あの頃、フミは家から学校までの道順を覚えきっていなかったし、マキはお風呂《ふろ》の給湯器の使い方が前の家と違っているので文句ばかり言っていた。

フミがお母さんと親子になり、フミのお父さんとマキが親子になり、フミとマキがきょうだいになってから、半月足らず――生まれたてのほやほやの家族だった。

すべてが新しく、すべてが始まったばかりだった。

フミはまだ、新しいお母さんのことを「お母さん」と呼べずにいた。

赤ちゃんをお母さんに抱き取ってもらうと、やっと緊張から解放された。安心して息をついたら、気が抜けるのと一緒にぐったりとしてしまった。腕も、おなかも、額の生えぎわまで、じっとりと汗ばんでいる。ミルクの香りが交じった目に見えない湯気が、さっきまで赤ちゃんのいた膝《ひざ》やおなかのあたりから立ちのぼっているような気もする。

「暑かったでしょ」とお母さんが言う。「赤ちゃんって体温が高いし、体ぜんたいが蒸し暑いっていうか、湿度があるのよね」

そうそう、ほんと、そんな感じ、とフミは大きく何度もうなずいた。

「赤ちゃんはそれだけ一所懸命に息を吸ったり吐いたりしてるわけだよね。すごいでしょ？　まだこんなにちっちゃいのに」

「うん……」

「でも」横から響子さんが言った。「外に出たら小さい体でも、ママのおなかの中に入ってたんだと思うと、それもすごくない？」

フミは思わず自分のおなかに目をやって、ほんと、すごいなあ、とまたうなずいた。

もちろん、生まれたときの赤ちゃんはいまより小さかった。五十センチだった身長は六十センチを超え、体重も三千二百グラムから七千グラムに増えているらしい。たった三カ月で体重が倍以上になったということだって、すごいと思う。

「あ、そうか」

響子さんは不意に言った。「さっきから、ずーっと思ってたの」

「なにを?」

「フミちゃんのこと。夏に会ったときよりもおねえさんっぽいから、四年生っていうのは思い違いで、五年生だったかなあ、って思ってたんだけど……髪だったんだ、髪が長くなったから、おとなっぽくなったんだね」

「そうそう、秋からずっと伸ばしてるの」

本人より先に応《こた》えたお母さんは、「ポニーテールにしたいんだって」とも言った。これもほんとうはナイショにしてほしいことだった。もしも「マキみたいに」という一言も付け加えられていたら、恥ずかしさに顔を上げられなくなってしまっただろう。

響子さんは、ふうん、とゆっくりうなずいて、うれしそうに微笑《ほほえ》んだ。お母さんも、少しだけはにかんで、同じようにうなずいた。

クッキーにつづいておせんべいをかじっていたケンちゃんが、ちらりと、髪の長さを確かめるようにフミを見た。目が合うとすぐにうつむいてしまう。夏休みに初めてここに来たときよりも、むしろいまのほうが人見知りしている。

それに気づいた響子さんは、「ごめんね」と笑いながらフミに言った。「この子、フミちゃんと仲良しになったから、かえって照れちゃってるみたい」

ケンちゃんはうつむいたまま、おせんべいをリスのようにかじっていった。フミも赤くなった顔を見られたくなくて、コタツ布団《ぶとん》の中で体育座りをして、膝に顔を埋めた。

赤ちゃんのミルクの香りがうっすらと残っている。深呼吸してそれを嗅《か》ぐと、コタツにもぐり込んでうたた寝するときのように気持ちが安らいだ。記憶に残っているはずがないのに、亡《な》くなったお母さんに抱っこされていたときもこんな感じだったんだろうな、と思った。

## 2

ケンちゃんと初めて会ったときには、仲良くなれるとはとても思えなかった。

真っ黒に日に焼けて、髪はスポーツ刈り。いかにもワンパクで気が強そうな顔立ちで、タンクトップから伸びる両腕にも、半ズボンを穿《は》いた両脚にも、すり傷やアザがたくさんあった。

フミのいちばん苦手なタイプの男子だ。教室でも、そういう男子のそばにはなるべく近寄らないようにしている。

家まで送ってきた響子さんが「この子、一年生なのに甘えん坊だから、よろしくね」とフミに言ったときにも、そんなの絶対に嘘《うそ》だ、と思っていた。実際、玄関に入っても落ち着きなくきょろきょろして、響子さんに言われなければあいさつもしない。そのあいさつだって、ごにょごにょとはっきりしない声で、おじぎもいいかげんだった。そういう男子にかぎって、友だち同士でいるときには大声を張り上げ、わけもなく走りまわって、物が壊れたり自分がケガをしたりするまで騒ぎつづけるものなのだ。

響子さんとケンちゃんは、お父さんと三人で海辺の町に暮らしている。東京から電車で一時間半ほどの、小さな漁港と海水浴場のある町だ。ケンちゃんの日焼けにはシャツの跡がない。海で毎日泳いでいるうちに、こんがりと、きれいに焼けたのだろう。

お母さんは二人を車で迎えに行ってきた。車だと電車よりさらに時間がかかって、片道二時間。お母さんは帰りも響子さんを送って行く、と言った。

「夕方は道が混みそうだから、ウチでトイレだけすませとけば?」

響子さんは「大変だからいいわよ、わたし電車で帰れるから」と遠慮していたが、お母さんは「こういうときに使い倒さないと、親友の意味がないでしょ」と譲らない。

優しいお母さんだ。明るくて元気なお母さんでもある。一緒に暮らしはじめる前から、フミにもそれはよくわかっていた。だから逆に、お母さんに「ね？　フミちゃんもそう思うよね？　それが親友ってものだよね？」と話を振られると、全身が固まって、なにも応えられなくなってしまう。

フミの返事がなかったので、ぎごちない空気がリビングに流れた。

それを救ってくれたのは、マキだった。

「響子おばさん、お母さんにドライブさせてあげて」

幼い頃からよく知っている仲なので、口調も親しげだった。

「そう？」と響子さんもほっとした顔になる。

「だって、お母さんがウチにいても宿題のことばっかり言ってうるさいし」

まあっ、とお母さんはおどけて頬をふくらませた。

「あと、お母さんって車の中でユーミンをがんがん歌うのって大好きじゃないですか。一緒に乗ってたら迷惑なんだけど、帰りは一人になるわけだから、たまには思いっきり歌わせてあげようかな、って」

なるほど、と笑った響子さんは、「ストレス解消ってわけだよね」とうなずいた。なにげない軽い一言だった。でも、お母さんは一瞬ひやっとした顔になり、響子さんも、あ、いけない、というふうに目をそらした。

フミもストレスの意味は知っている。お母さんはストレスが溜《た》まっているんだろうか。だとすればなにが原因なのか、考えると悲しい答えに行き当たってしまいそうなので、聞こえなかった聞こえなかった、全然ワケがわかんなかった、と自分に言い聞かせた。

「じゃあ、トイレ借りるね」

響子さんは大きなおなかを両手でかばいながらソファーから立ち上がった。

ケンちゃんはトイレに向かう響子さんを心配そうに見送っていた。それに気づいたフミは、ほんの少しだけ、ケンちゃんのことを見直した。意外と優しい子かもしれない。でも、やっぱり、仲良くなれるとは思えなかった。

トイレをすませてリビングに戻ってきた響子さんは、戸口からお母さんに目配せした。

お母さんは小さくうなずいて、「ねえ」とフミを振り向いた。「フミちゃん、響子おばさんがね……ごあいさつしたいって言ってるんだけど、いいよね？」

一言だけ、大事な言葉を端折《はしょ》っていた。ちょっと考えれば見当のつくことだったのに、考えるより先に「誰に?」とつい聞き返してしまった。

水ようかんを食べていたマキは、いかにもムッとした様子で顔をそむけた。声にはならなかったが、言わせんなよ、と口が動いた。

「あのね……だから、お母さんの写真に……」

お母さんの声は、いつものおしゃべりのテンポの良さが消え失《う》せていた。

ここにいるじゃんお母さん、とマキがつぶやいた。フミはそれでやっと、お母さんが端折った言葉や、言い淀《よど》んでしまった理由がわかったのだ。

「……ごめん」

しょんぼりとうつむいて謝ると、お母さんは逆に「そんなことない、全然ないって。お母さんって、ほら、おしゃべりなくせに抜けてるから、こっちこそごめんね」と謝ってくれた。

でも、マキは「お母さんが悪いわけじゃないと思うけど」と早口に言うと、食べかけの水ようかんのお皿を持って二階に上がってしまった。

いつものことだった。マキはこの家に来てからずっと不機嫌で、気に入らないことがあるとすぐにプイッと顔をそむけてしまう。もともと無口なのはフミも知っていたが、一緒に暮らしはじめる前、日曜日の昼間だけ外で会っていた頃よりもさらに無愛想になってしまった。

響子さんはお母さんに案内されて、フミのほんとうのお母さんの写真がある和室に入った。お父さんとフミが二人暮らしをしていたマンションには、仏壇もあったのだが、この家に引っ越してくるとき、仏壇はお母さんの実家に引き取られた。お父さんがそう決めたのだ。

写真も、最初はなかった。お父さんは仏壇と一緒に家族のアルバムもいったん手放していた。でも、いまのお母さんは、引っ越し荷物にアルバムがないのを知ると、急に怒りだした。泣きながら怒っていた。お父さんと夜遅くまで話をした翌朝、亡くなったお母さんの実家に自分で電話をかけて、送り返してもらった。そのアルバムの中から写真を選んだのも、いまのお母さんだった。亡くなったお母さんがいちばん美人に撮れている一枚を選んでくれた。

お母さんは優しい。ほんとうに優しくて、好きか嫌いかで訊《き》かれたら、迷うことなく「大、大、大好き」と答えられる。

なのに、心のどこかで、お母さんのことを「大、大、大好き」になってはいけないんじゃないか、とも思っている。お母さんが優しければ優しいほど、お母さんのことを好きになればなるほど、その思いは強くなっていく。

響子さんとお母さんが和室に入ると、リビングにはフミとケンちゃんだけが残された。

水ようかんをあっという間に食べ終えていたケンちゃんは、退屈そうにスプーンをカチャカチャとお皿にあてて鳴らしていた。

フミは「今日、暑いねー。車の中も暑かったでしょ」と声をかけてみた。

ケンちゃんは「暑かった」とだけ応えた。

「最高気温、何度ぐらいになるんだろうね。三十五度ぐらいになっちゃうかもね」

「さあ……」

「知ってる？　最高気温が三十五度以上だと『猛暑日』っていうんだよ」

「ふうん」

「でも、ほんと、今年って暑いよね。もうすぐ九月なのにね」

「うん……」

「宿題すんだ？」

「まだ」

「けっこう残ってるの？」

「残ってる」

「工作とか？」

「うん」

まるで会話にならない。あきらめて、手持ちぶさたになってしまわないよう、水ようかんを少しずつ食べていった。

ケンちゃんがこっちを見ている。フミが顔を上げると、すぐにうつむいてしまう。でも、フミの目が水ようかんに戻ると、またちらちらと様子をうかがう。やりにくい。

考えてみれば、前の家でもいまの家でも、自分より年下の子がいるというのは初めてのことだった。

そうでなくてもマキの顔色ばかりうかがって、お母さんとの会話に気疲れしているのだ。九月から転入する新しい学校のことも、友だちができるか、勉強についていけるか、いじめられたりしないか、心配でしかたない。

正直に言えば、ケンちゃんの相手をしている余裕などなかった。

でも、お母さんに「フミちゃん、ケンちゃんのことよろしくね」と頼まれたのだ。

「ケンちゃん、ママのことすごく心配してるから、フミちゃんが優しくしてあげて。ケンちゃんとフミちゃん、きっと仲良くなれるから」

ほんとだよ、といたずらっぽくウインクして、笑ったのだ。

お母さんの車に乗り込む響子さんを、ケンちゃんは門の外で見送った。

「じゃあ悪いけど、ケンスケのこと、よろしくね」

後ろの席に座った響子さんは、窓を開けるとまずマキとフミに声をかけ、それからケンちゃんと向き合った。

「おばさんやおねえさんたちの言うことをよーく聞いて、ワガママ言っちゃだめよ」

ケンちゃんはうつむいて、とがらせた口をキュッと結んでいた。

「赤ちゃんが生まれそうになったら、すぐに連絡するからね」

返事はない。

「赤ちゃんの名前、考えといてね」

へえーっ、名前を付けさせてもらえるんだ、とフミはちょっとうらやましくなったが、ケンちゃんはあいかわらず、響子さんと目も合わせずに黙り込んでいる。

響子さんもそれ以上はなにも言わず、微笑《ほほえ》み交じりにうなずいて窓を閉め、前に向き直った。

お母さんは車をゆっくりと発進させた。ケンちゃんはずっとうつむいていた。車が角を曲がって見えなくなってからも、うつむいたまま、その場から動こうとしなかった。

マキは車が走り出して早々に「暑ーい、もう死にそう」と家の中に入ってしまったので、フミが付き合って居残るしかなかった。

ケンちゃんは、やっと顔を上げた。車が角を曲がってからもう何分もたっていたのに、もしかしたら万が一の奇跡を信じていたのだろうか、通りの先に車の姿がないのを確かめると、またうつむいて、とぼとぼと歩きだした。

リビングに入るまでは、それでも感情をグッとこらえていた。

フミがよけいなことを言ってしまった。

「だいじょうぶだよ、ママ、元気に赤ちゃん産んでくれるよ」

励ますつもりだったのに、張り詰めていたものがその一言でプツンと切れてしまったみたいに、ケンちゃんはテーブルに突っ伏してしまった。

やがて、丸まった背中が小刻みに震えはじめた。押し殺した嗚咽《おえつ》が聞こえてきたのは、それからほどなくのことだった。

フミはその背中をじっと見つめ、その嗚咽をじっと聴いた。

ごめん。声に出さずに言って、ほんとにごめん、と繰り返した。

マキもリビングにいた。ソファーに寝ころんでマンガを読んでいた。でも、マキはなにも言わず、フミにもケンちゃんにも目を向けずに、マンガのページをめくるだけだった。

3

ケンちゃんは夕方には元気を取り戻していた。泣き疲れた頃を見計らって、フミが「ゲームでもする?」と誘ったのがよかった。家から持ってきたゲームソフトをずらりと並べたケンちゃんは、よっぽど好きで得意なのだろう、「なんでもいいよ」と自信たっぷりに言ったのだ。

フミもゲームは得意なほうだ。もともとお父さんもゲームが好きなので、二人暮らしの頃には、よく一緒にやっていた。でも、ケンちゃんには歯が立たない。一年生とは思えないほどうまい。「すごいねー」と感心すると、「だってオレ、男子だもん」と生意気なことを言って、しゃべっている間にも敵をどんどん倒してポイントを貯《た》めていく。

「ゲームばっかりやってるんじゃないの?」

「そんなことないよ。オレ、クロールでプールの長いほうを泳げるし、短いほうだったら背泳ぎでも泳げるし、平泳ぎでいいんだったら、長いほうを往復できちゃうもん。それってクラスで五人しかできないんだから」

「へえーっ、水泳得意なんだね」

「サッカーもうまいよ」

「勉強は？」

「……ふつー」

っていうことは普通以下の成績なんだろうな、とフミは笑った。ケンちゃんも「ふつーだけど、あんまり好きじゃない」と、少しだけ正直に認めた。

「海で釣りとかするの？」

「たまにパパと行くけど、オレ、ほんとは磯《いそ》遊びのほうが好き」

「磯遊びって？」

「知らないの？　四年生なのに？」

「……いいから教えてよ」

潮が引いたときに海岸の磯に出ると、でこぼこした岩場に、満ち潮のときの海の水が残る。それを潮だまりという。広さも深さもさまざまで、プールのように泳げる潮だまりもあれば、手のひらで水をすくったらなくなってしまう潮だまりもある。

「いろんな生き物がいるんだよ。ヒトデとか、イソギンチャクとか、クラゲとか。カニもいるし、エビもいるし、あと、ウミウシとかアメフラシとかがいたらラッキーだし、魚もけっこういるから」

「どんな魚？　タイとかマグロ？」

「いるわけないじゃん」

ケンちゃんはあきれたように笑った。沖に棲《す》む魚や大きな魚は、さすがにいない。でも、小さなハゼはしょっちゅう見つけられるし、広い潮だまりには、ときどきボラの幼魚の群れが取り残されていることもある。

「中学生とか高校生は、タコも獲《と》ったりしてる。竹の棒を岩の陰に突っ込むだけだから」

「そんなので獲れるの？」

「うん、楽勝。タコが勝手に棒に巻き付いてくるんだもん」

「面白そーうっ、やってみたいなあ」

「今度遊びに来ればいいじゃん」

「うん、行く」

そんなおしゃべりをしているうちにも、ケンちゃんは敵を次から次へと倒しつづけている。ポイントの欄には、いままでフミが出したことのない高得点の数字が表示されていた。ケンちゃんも「あ、今日、マジに調子いい」と、ご機嫌になってコントローラーを操作する。

さっきの涙の名残は、もうどこにもない。もうすぐ帰ってくるはずのお母さんに心配をかけずにすんで、ほっとした。それに、ケンちゃんと仲良くやっていくコツも覚えた。ゲームのついでにおしゃべりするほうが、お互いに言葉がすんなりと出てくる。笑い方も素直になる。目が合わないぶん、照れくささを感じずにすむのだろうか。考えることのぜんぶを話に集中させない方が、気が楽になるのだろうか。

お母さんやマキとも、こんなふうにすれば、もっと自然なおしゃべりができそうな気がする。

でも、二人はゲームをまったくやらない。一緒に暮らすまで知らなかったのだが、ゲーム機すら持っていなかった。お母さんはともかく、マキがゲームをやらないというのは信じられなかった。友だちと遊ぶときに困らないのだろうか。

マキはまだリビングにいる。ソファーでマンガを読んでいる。ゲームの音楽がうるさい、と文句を言われるのは覚悟していたのに、なんの関心もなさそうにページをめくっている。

「死んじゃうよ！」

ケンちゃんの声に我に返った。マキに気を取られていた隙《すき》に、敵に挟み撃ちにされた。いけない、とあわててコントローラーを操作したが、逃げ切れなかった。

これでフミのプレイヤーは全員やられてしまい、ゲームオーバーになった。

「だいじょうぶだよ。オレがクリアしたら、フミちゃんのもよみがえるから。ちょっと待ってて、すぐクリアしちゃう」

ケンちゃんはフミがやられた敵をあっさり倒した。

「……すごいね、ほんとに」

一緒にやっていても、足手まといになってしまう。ケンちゃんのうまさに感心する思いは変わらなかったが、さっきまでのワクワクした楽しさはいつの間にか消えてしまい、代わりに、げんなりした疲れを両肩に感じた。夢中になりすぎたのだろうか。目がしょぼしょぼするし、動かしつづけた親指の関節も痛い。延々繰り返されたテーマ音楽が耳にこびりついて、その奥でケンちゃんの声がいくつか聞こえていた。

死んじゃうよ。だいじょうぶだよ。よみがえるから。死んじゃうよ。だいじょうぶだよ。よみがえるから……。

あまり気分のいい響き方ではなかった。

フミはコントローラーを床に置いて、マキを振り向いた。ダメでもともとのつもりで「次、おねえちゃんがやってみる？」と声をかけると、マキはマンガから目を離さず、ページをめくりながら、「やらない」と言った。とりつく島もない無愛想な言い方が、いつも以上にキツく聞こえた。

ダメでもともとのつもりだったはずなのに、約束を破られたような悲しい気持ちになってしまった。しょんぼりと肩を落とすと、マキはまたマンガのページをめくりながら、「あのさー、フミ」とつづけた。

「……なに？」

「お母さんがあんたに言ってた『仲良くなる』って、こういうことじゃないと思うよ」

その言葉に覆《おお》いかぶさるように、音楽がファンファーレに変わった。

「よーし、クリア！　全員、ふっかーつ！」

ケンちゃんは歓声とともにガッツポーズをして、フミに言った。

「生き返ったよ！　フミちゃんのプレイヤー、全員よみがえったでしょ？」

画面に表示されたプレイヤーの数は、〈0〉から〈3〉に増えていた。

でも、ちっともうれしくない。

「すごいねー……」

形だけケンちゃんを褒めて、「もうやめようか」と言った。

「やめちゃうの？」

「うん、ちょっと疲れちゃったし、もっと難しくなるんでしょ？　わたしには無理だよ」

「平気平気、死んでもまたオレが生き返らせてあげるから、いいじゃん」

ケンちゃんは張り切っている。楽しそうだ。でも、たしかに「仲良くなる」というのとは違う気がする。

「ねえねえ、ケンちゃん」

マキが言った。「どうでもいいんだけどさあ」と、なにかのついでのような軽い声で、マンガのページをめくりながら、つづけた。

「死んじゃうとか、生き返るとか、そういうこと言うの、やめてくれる？」

「え？」

「ムカつくんだよね、聞いてると」

ケンちゃんはきょとんとしていたが、フミは大きくうなずいた。あ、そうか、そうなんだ、そうだったんだよね――さっきから胸でモヤモヤしていたものの正体が、やっとわかった。

目が合ったらいいな、と期待してマキをしばらく見つめた。

でも、マキはまたマンガの世界に戻ってしまい、肝心のケンちゃんも、マキの言いたいことをちっともわかっていなかった。

「じゃ、オレ、一人でやっていい？　いいでしょ？　いま、マジ、調子いいから」

コントローラーを構え直して、新しいステージに入る。さっそく敵が現れた。いままでよりうんと強くてタフな敵だった。ケンちゃんも攻撃をかわすのに苦労している様子だったが、最後はみごとに倒した。

「やった！　ママ！　見て見て！」

はずんだ声でフミを振り向き、言い間違いに気づいて、決まり悪そうに苦笑した。

ゲームで勢いがついたのだろう、お母さんが帰ってきてからも、ケンちゃんは元気によくしゃべって、よく笑った。ごはんもたくさん食べたし、お風呂《ふろ》にも一人で入った。ときどきお母さんを「ママ」と呼び間違えることがあったが、照れ笑いからは少しずつバツの悪さが消えていき、おかげでフミも「ほら、また間違えた！」と笑ってからかうことができた。

晩ごはんのあとは、お母さんが、帰り道での響子さんの様子を教えてくれた。ケンちゃんを預かってもらったことで、響子さんはとても安心していたという。これで大きな心配事が消えた。明日の朝には病院で検査を受けて、そのまま入院する。あとは数日中に訪れるはずの陣痛を待つだけだった。

「ケンちゃんの写真も病院に持って行くって言ってたわよ。あと、『母の日』に描いてくれたママの絵も飾っておくから、って」

「あんまりうまく描けなかったんだけど……」はにかんで言ったケンちゃんは、ふと不安に駆られた顔になって、「だいじょうぶだよね？」と念を押した。「赤ちゃんが産まれるとき、病院まで連れてってくれるんでしょ？」

「うん、そうよ」

「間に合う？　絶対に間に合うよね？」

「平気平気。おなかが痛くなってから赤ちゃんが産まれるまでは、何時間もかかるんだから。マキのときなんて、朝におなかが痛くなって、産まれたのは夜の九時過ぎだったんだよ」

「ナンザン？　アンザン？」

「難しい言葉、よく知ってるねえ」

お母さんは、いい子いい子、と頭を撫《な》でる手振りをして、「思いっきり難産だった」と言った。「おばさんのおなかの中にいるとき、ヘソの緒が体に巻き付いちゃって、それがなかなかほどけなくてね……」

フミも初めて聞く話だった。マキは顔をしかめて「もういいじゃん」と言ったが、お母さんはフミが身を乗り出して聞いているのを確かめると、ケンちゃんに「ママはだいじょうぶよ。ちゃーんとお医者さんが調べて、だいじょうぶってわかってるから」とひと声かけて安心させてから、話をつづけた。

「結局、ヘソの緒を巻いたまま産まれてきたんだけど、ちょうど首のところにヘソの緒がかかってて、最後は息があんまりできない感じになっちゃって……もうちょっとヘソの緒が上のほうに巻き付いてたら、もしかしたら、危なかったかもしれない、って」

ふうん、とうなずいたケンちゃんは、「フミちゃんのときは？」と訊《き》いてきた。

お母さんは一瞬ぎくっとした顔になり、フミの背中にも冷たいものが走った。

「うん……フミちゃんは、ふつー、だった」

お母さんの言葉に、フミも「そうそうそう、ふつー、ふつー、ふつー」と合わせた。

ケンちゃんは屈託なく「じゃあ、よかったね」とフミに笑いかけてくれたが、うまく笑顔で応《こた》えられたかどうか、自信はなかった。

マキは黙っていた。言ってほしくないことは、なにも言わずにいてくれた。さっきよりさらに険しいしかめっつらになって、お母さんをにらむ。ほら、だから言ったじゃない、と勘の悪さを咎《とが》めるようなまなざしだった。

とにかく、ケンちゃんは元気だったのだ。寝る前にも元気いっぱいに「おやすみなさーい」とあいさつして、人見知りされたらどうしようと案じながら会社から帰ってきたばかりのお父さんをホッとさせていたのだ。

和室にお母さんと布団《ふとん》を並べて寝た。横になるとすぐに寝付いて、掛け布団代わりのタオルケットもすぐにはだけて、気持ちよさそうに大の字になったのだ。

でも、真夜中の二時過ぎ、半分寝ぼけながら、しくしくと泣きだした。そのときはお母さんに背中をさすってもらっているうちにまた寝入ってしまったのだが、明け方には、おねしょをしてしまった。

朝、洗濯したシーツを乾燥機にかけながら、お母さんは起きてきたフミに言った。

「ちょっとずつ、ちょっとずつ、寂しさが溜《た》まってたんだろうね」

「でも……元気だったけど」

「寂しいから元気だったんじゃない？」

お母さんを「ママ」と呼び間違えたときの照れ笑いを思いだした。ほんとうはあれは泣きだしそうな笑顔でもあったんだと、いまになって気づいた。

「悲しいときって、涙に向かって一直線っていう感じでしょ。でも、寂しさって、そうじゃないのよね。夜のうちに雪が積もって、朝になったら外が真っ白になってるみたいな……」

こんな暑い日に雪のたとえ話をされてもよくわかんないか、とお母さんは笑った。

そんなことはない。伝えたいことはなんとなくわかる。

「だから……男の子ってうっとうしいと思うけど、ケンちゃんと仲良くしてあげてね」

その言葉も、最初に聞いたときよりもすんなりと胸に染《し》みた。

4

二日目のケンちゃんは、初日よりずっとおとなしかった。夏休みの宿題をやっていた午前中はもちろん、午後になっても家から持ってきたクイズの本を黙って読んでいるだけだった。

「あの子、爪《つめ》を噛《か》んでるね」

お昼ごはんの片づけを手伝いながら、マキがお母さんに言った。お母さんもすでに気づいていて、「小学校に上がる前に直したって言ってたんだけどね……」とため息をついた。

「赤ちゃん返りっていうんでしょ？」

「そう……」

知らなかったフミに、お母さんが説明してくれた。赤ちゃんができると、上の子が急に幼くなって、お母さんにべたべた甘えたり、いままでできていたことができなくなったり、幼かった頃の癖が出てきたりすることがある。それを「赤ちゃん返り」と呼ぶのだという。

「ママを赤ちゃんに取られたくないのよ。だから、自分も赤ちゃんに戻って、ママにかまってもらおうとするの」

実際に赤ちゃんのようなしゃべり方になってしまう子もいるし、お母さんのおっぱいを欲しがる子もいるらしい。

「ケンちゃんもそうなの？」

「うん……まあ、おねしょや爪を噛んだりする程度だから、たいしたことないんだけどね、でもやっぱり、寂しいのよ。ママに会えないっていうのも寂しいし、会えないまま赤ちゃんが産まれちゃうっていうのも寂しいし、ママが遠くに行っちゃうような気がしてるんだろうね」

お母さんは、自分のぶんのお手伝いを終えたマキがキッチンを出て行くのを待って、小声でフミに言った。

「きょうだいができるのって、すごくうれしいことだけど、すごく寂しいことなんだよね、上の子にとっては」

ほんとよ、と念を押して笑う。小さくうなずいたとき、庭のほうから話し声が聞こえた。ケンちゃんとマキだった。ケンちゃんははしゃいで笑っていた。マキの声はほとんど聞き取れなかったが、庭でなにをしているんだろう……と思う間もなく、ケンちゃんがテラスからリビングに上がって、キッチンまで駆けてきた。

「見て見て見て！　マキちゃんにテントウムシもらっちゃった！」

テントウムシを載せた手のひらに、もう片方の手のひらで蓋《ふた》をしていた。

「いい？　逃げたら困るから、一瞬だけね、一瞬だけ」

もったいぶって手のひらの蓋を開けて、テントウムシを見せると、お母さんはびっくりするほど大げさに「うわあっ！　すっごーいっ！」と驚いて、「よかったね！　宝物だね！」とうれしそうにケンちゃんに言った。

えへへっ、とはにかむケンちゃんの後ろを、庭から戻ったマキが「もう、なんでこんなに暑いのかなー……」とぶつくさ言いながら通り過ぎて、二階に上がっていった。

「マキちゃん、ありがと！」とお礼を言うケンちゃんに階段を上りながら応える声は、「はいはーい」といかにも面倒くさそうだったが、ケンちゃんは満足顔でお母さんに向き直り、「おばさん、ジャムかなにかの空き瓶ちょうだい！」と声をはずませた。

仲良くなるというのは、こういうことなのかもしれない。

「じゃあ、探しとくから、その間にケンちゃんとフミちゃんは、ヒマワリとかアサガオの葉っぱを取ってきてくれる？」

お母さんは、フミとも仲良くしてくれる。

仲良くなろう、と思っていてくれる。
それがわかっているのに——わかっているから、「お母さん」と呼びかけようとすると、喉《のど》の奥がキュッとすぼまってしまう。

夕方になって陽が少し翳《かげ》った頃、お母さんは買い物に出かけた。

マキは自分の部屋で本を読んでいて、フミはリビングで算数のドリルをやっていた。

「フミちゃん、今日もゲームで勝負だよ」と張り切っていたケンちゃんは、和室でお昼寝をしている。ガーゼの蓋をしたガラス瓶に入れたテントウムシを見ているうちに、寝入ってしまったのだ。でも、たとえケンちゃんが起きていても、今日はゲームはやらなかったような気がする。

カナカナゼミが近所のどこかで鳴いている。夏休みもあとわずかで終わる。二学期からは新しい学校に通って、ほんとうの意味での新しい生活が始まる。わくわくする気持ちと不安な気持ちとを比べてみたら、やっぱりまだ、不安のほうが強い。

和室でケンちゃんが起きた気配がした。おねしょ、だいじょうぶだったかな、と襖《ふすま》を開けて様子をうかがうと、ケンちゃんはタオルケットをおなかに巻きつけたまま体を起こして、フミの亡《な》くなったお母さんの写真を見つめていた。

勝手に見ないでよ、と言いたかったが、そんなのひどいか、と思い直して、部屋に入った。

「よく寝てたね」

声をかけると、ケンちゃんは写真を見つめたまま、「オレ、知ってるよ」と言った。

「なにが?」

「このひと、フミちゃんのほんとうのお母さんでしょ?」

「うん……」

「フミちゃんとマキちゃん、きょうだいでも、血がつながってないんだよね?」

「そう……」

「フミちゃんとおばさんも、同じだよね?」

赤の他人でしょ、と言われたら、そんなことないよ、と首を横に振るつもりだった。でも、ケンちゃんはそれ以上はなにも言わず、しばらく黙り込んだ。フミも、話を先に進めるわけにも部屋を出て行くわけにもいかずに、しかたなくケンちゃんの隣に座った。

不思議だった。ぺたんと座って、ケンちゃんと同じようにお母さんの写真を見つめていると、自然と言葉が出てきた。

「赤ちゃんって、女の子なんだってね」

「うん。妹でも弟でも、オレ、兄ちゃんになるのは同じだけど」

「そっか、どっちにしてもお兄ちゃんはお兄ちゃんなんだ。そういうの考えたことなかったけど、ほんとだね」

「お兄ちゃん」「お姉ちゃん」だけでなく、「お父さん」や「お母さん」もそうなんだ、とも気づいた。子どもが息子でも娘でも、お母さんはお母さん。子どもが一人でも二人でも三人でも、もっとたくさんいても、お母さんはお母さん――それは、すごくいい考えだと、思う。

「赤ちゃんの名前、ケンちゃんが付けるんでしょ？　もう決めたの？」

「うん……でも、どうしようかな、って思って……まだわかんない」

「いいじゃん、教えてよ」

「えーっ」

「絶対に言わないから、ね、教えて」

ワイドショーのレポーターみたいに、マイクを突き出す真似《まね》をした。体をよじってマイクをかわしたケンちゃんは、「じゃあさあ、その前に、オレにも教えて」と言った。

「なに？」

「あのね……ほんとうのお母さんと、いまのお母さん、フミちゃんはどっちが好きなの？」

部屋の空気が、一瞬にしてこわばった。のどの奥がいつもよりキツくすぼまって、声どころか息も詰まってしまった。

動かないお母さんは、ただ静かに微笑《ほほえ》んでいる。

動いているお母さんが、いま、「ただいまー」と玄関のドアを開けた。

ケンちゃんは質問の答えを急《せ》かそうとはしなかった。でも、言葉にならない答えまで読み取ろうとするように、フミの顔をじっと見つめていた。

「ケンちゃん、マキ、フミちゃん、アイス買ってきたから、しゅうごーう！」

お母さんの声が聞こえる。

もう一人のお母さんの声は、忘れていないけれど、もう聞こえない。

逃げるように目をそらした、そのとき――リビングの電話が鳴った。

予定日より早く陣痛が始まった。ケンちゃんのパパも同じように病院からの連絡を受けて、急いで会社から向かうのだという。

お母さんはケンちゃんを車に乗せると、おろおろするフミに「一緒においで」と声をかけた。「わたしも？」とフミは驚いて、いっそうあせってしまったが、お母さんは「いいから！」と、珍しく——というより初めて、叱《しか》りつけるようなとがった声をあげた。

マキも一緒だった。お母さんよりも先にケンちゃんから「マキちゃんも来てよ」とせがまれて、後部座席にケンちゃんと並んで座った。マキはケンちゃんには優しい。あわてて家を出たケンちゃんが置き忘れていたテントウムシのガラス瓶のこともマキが思いだして、家に取りに戻ってくれた。「こんなもの置いて行かれても迷惑だから」とガラス瓶を渡すときの口調はぶっきらぼうだったが、ケンちゃんはうれしそうな笑顔で受け取った。

「生き物なんだから大事にしてあげないとダメなんだよ」

「はーい」

「で、どうするの？」

「って？」

「向こうのウチに着いたら放してあげるんでしょ？　このまま瓶に入れてても、すぐに死んじゃうんだからね」

うなずくケンちゃんの顔が微妙にこわばった。死んじゃう、の一言が怖かったのだろうか。ゲームではあれほど軽く口にしていたのに。

「それとも」マキはつづけた。「遠くに連れて行っちゃうのがかわいそうだと思うんなら、ここで放してあげる?」

ケンちゃんは少し迷って、首を横に振った。

マキは「わかった」と言うと、あとはもうテントウムシの話はしなかった。

フミは助手席に座っていた。お母さんが運転してフミが助手席というのは初めてのことだった。最初はフミも後部座席に座るつもりだったのに、マキに「三人だと狭いから、あんた前に行ってよ」と追い払われた——助手席を譲ってもらったんだろうな、といまなら思う。あの日マキが優しかった相手はケンちゃんだけじゃなかったんだな、とも。

赤ちゃんはその夜、日付が変わった頃に産まれた。出産に立ち会って分娩室《ぶんべんしつ》で響子さんと一緒にがんばったパパに代わって、看護師さんが待合室に呼びに来たとき、ケンちゃんはベンチに横になって眠り込んでいた。じつを言うとフミも、起きてなきゃ起きてなきゃ、と自分に言い聞かせながらも、そのときはベンチで寝入ってしまっていたのだ。

閉じたまぶたの中に、夢とも記憶ともつかない風景が広がっていた。病院に向かう途中、海辺の道路を走った。ケンちゃんが磯《いそ》遊びをしている海岸のそばも通りかかった。「ここだよ、ここにいろんな生き物がいるんだよ!」とはずんだ声で教えてくれたケンちゃんは、窓を開けると、潮風を気持ちよさそうに吸い込んでいた。ほんの一晩でも海から離れると、潮風が恋しくなるのだろう。あいにく日はすでに暮れ落ちていたし、潮も満ちていたので、磯の様子はほとんどわからなかった。でも、沖のほうで光る漁《いさ》り火はとてもきれいで、キラキラとした光が星座のように並んでいた。その光が暗闇《くらやみ》の中で光って、揺れて、流れて……お母さんに肩を揺さぶられているんだと気づいて、あわてて起き上がった。

「産まれたみたい、赤ちゃん」

「ほんと?」

「うん。最初にケンちゃんが会うから、わたしたちはそのあと、赤ちゃんが産湯《うぶゆ》をつかってきれいになってから、ガラス越しにご対面だね」

そのケンちゃんは、まだ半分寝ぼけているのか、ぼうっとした顔でベンチに座っている。隣にはマキがいる。ケンちゃんを起こすために、ほらしっかり、と半ズボンから出た太股《ふともも》を、けっこう強めに叩《たた》いた。ビチャッ、という痛そうな音が聞こえて、それでやっとケンちゃんは眠りから覚めた様子だった。

看護師さんが「パパもママも待ってるわよ」と声をかけた。

うなずいて立ち上がったケンちゃんは、ふと思いだしたようにその場にしゃがんで、ベンチの下からテントウムシを入れたガラス瓶を取り出した。

「どうしたの？　そんなの持って行くの？」

お母さんはさすがに止めようとしたが、ケンちゃんは、ううんそうじゃなくて、と首を横に振って、ガラス瓶をマキに差し出した。

「あのね……やっぱり、連れて帰ってやって」

「いいの？」

「このテントウムシ、友だちとか、きょうだいがいる気がしてきた、だんだん」

マキも、フミも、お母さんも、笑わなかった。みんな真顔で相槌《あいづち》を打った。いちばん深くうなずいたのはお母さん――いちばんうれしそうなうなずき方でもあった。いちばん面倒くさそうだったのはマキだったが、「だから最初に言ったじゃん」と口をとがらせながら、小さなガラス瓶を大事そうに両手で受け取った。

看護師さんにうながされて、ケンちゃんは歩きだす。「お兄ちゃん」になったばかりのケンちゃんの歩き方は、緊張気味で、でも元気いっぱいで、ちょっとだけイバっていた。

5

学校から帰ってきたマキは、リビングの戸口で「いらっしゃい」と響子さんたちにあいさつすると、すぐに洗面所に向かった。

ほどなく、手を洗う水音と、のどをうがいする音が聞こえてくる。

やっぱりおねえちゃんだなあ、とフミは思う。フミも家に帰ってくると、うがいと手洗いは必ずやっている。でも、今日は、赤ちゃんを見たとたん、ついそのままコタツに入ろうとして、お母さんに「うがいが先でしょ」と言われてしまった。

響子さんも感心したように「マキちゃん、もうほとんど中学生だね」と言った。

「フミちゃんも夏休みの頃よりずーっとおねえさんになったけど、マキちゃんも、また一段としっかりしてきたよね」

「そんなことないって」

お母さんは苦笑交じりに顔の前で手を横に振って、「どんどん扱いづらくなっちゃって。先が思いやられるんだから」と言った。

半分は謙遜《けんそん》でも半分は本音なのだろう、今朝も二人は、「本屋に寄ってから晩ごはんまでに帰る」「なに言ってんの、お客さんが来るときぐらい早く帰ってきなさい」

「だって、響子おばさんはお母さんの友だちだけど、わたしには関係ないじゃん」と、朝ごはんそっちのけで口げんかをしていた。

「フミだって、いまはまだいいけど、マキのときを思いだしてみると、やっぱり五年生になるとダメかもね、一気に生意気になっちゃうから」

とばっちりをくってしまったフミは、肩をすぼめてミカンの皮を剝《む》いた。

ほんとうだろうか。五年生に進級すると、お母さんとぶつかったりするようになるのだろうか。お母さんの口ぶりは、その日を思って早くもげんなりしているようにも、逆にそうなるのを楽しみに待っているようにも聞こえる。

「まあ、やっぱり、子どもは赤ちゃんのうちがいちばんよね」

お母さんはそう言って、響子さんに抱っこされた赤ちゃんの顔を覗《のぞ》き込んで、「ねーっ、ヒロミちゃん」とおどけて言った。

ヒロミという読みはケンちゃんが決めて、パパとママが「宏海」という字をあてた。響子さんは「どうもね、ヒロミちゃんっていう子が同級生にいて、その子のことが入学したときから好きみたいなの」とこっそり教えてくれていた。両親が「海」という字をつかってくれたことを大喜びしていた、とも。

うがいと手洗いをすませて服を着替えたマキが、リビングに入ってきた。

「じゃあ、マキちゃんも抱っこしてあげてくれる？」

「うん……」

フミより少しはましな抱き方だった。でも、やっぱりぎごちない。「まだまだだね」と、お母さんはなぜだか少しほっとしたように言って、「それにしても……」と思い出を嚙《か》みしめるようにつづけた。

「ママのおなかの中にいた赤ちゃんが、大変な思いをして産まれてきて、こうやってどんどん大きくなって、おとなになっていくっていうのは、すごいことだよね」

「いい歳《とし》して、なにあらたまって言ってるの」

響子さんはおかしそうに笑って、「こっちなんてそもそもの結婚が遅かったから、四十歳で新米ママだよ」と言った。「先は長いよ、ほんと……」

「でも、わたしだって新米だよ」

お母さんはきっぱりと言った。「フミとの付き合いは、まだ始まったばかりなんだから」と言ってくれた。

響子さんは、お母さんではなくフミを見て、微笑み交じりにうなずいてくれた。

それがうれしくて、胸がじんとして、うれしさのあまり悲しくもなってきて、ミカンの汁が目に染《し》みた、ことにした。

「はい、赤ちゃん返しまーす」

しんみりした空気に小石を投げ込むように、マキが言った。響子さんがヒロミちゃんを抱き取ると、ミカンを二つ手に取って、さっさとコタツから立ち上がる。ミカンの一つをケンちゃんの前に置き、もう一つは自分のカーディガンのポケットに入れて、二階に上がっていった。

そっけない。冷たくて、無愛想で、めったに笑わず、やっぱり嫌われてるんじゃないかとフミをびくびくさせるところは、夏休みの頃とあまり変わっていない。

それでも、マキとフミは、まだ新米のきょうだいだった。おねえちゃんはおねえちゃんになったばかりなんだからと思うと、フミも少しだけ元気になる。わたしだってまだ妹になりたてのホヤホヤなんだからと思うと、ときどきうまくいかなくなるのはあたりまえかもね、という気もする。

「響子おばさん」

「うん？」

「もう一回、ヒロミちゃんを抱っこしていいですか？」

二度目の抱っこは、最初のときより緊張がほぐれて、自然な抱き方になった。響子さんやお母さんにも「そうそう、そういう感じ」「これくらい力を抜いたほうが赤ちゃんも安心するのよ」と褒めてもらった。

二度目だけど、こんにちは——。

フミはヒロミちゃんと見つめ合って、微笑《ほほえ》んだ。

わたしたち、同じ誕生日なんだよ——。

あの夏の日、長かった一夜が明けた帰り道、お母さんは磯遊びの海岸で車を停めてくれた。マキとフミは二人とも後部座席でうたた寝していたが、お母さんはフミだけをそっと起こした。マキが目を覚ましたかどうかはわからない。どっちにしても、車を降りたのは、お母さんとフミだけだった。

潮が引いている。行きに見たときよりもうんと遠ざかった波打ち際《ぎわ》で、カモメが何羽も餌《えさ》をついばんでいた。

「足元が危ないから、遊ぶのはまた今度にしようね」

「うん……」

「海ってすごいよね。波が寄せたり引いたり、潮が満ちたり引いたり……ここだって、またあと何時間かすれば、海の中に沈んじゃうんだもんね」

「うん……」

「お母さん、川より海のほうが好きだなあ」

「広いから？」

「それもあるけど……川って、一つの方向にしか流れないじゃない。山のほうから海のほうにって、目の前を通り過ぎちゃったものは、もう二度と戻ってこないでしょ。なんかね、それよりも、ゆーっくり、ゆーっくり、波が来て、引いて、潮が満ちて、引いて……そういうほうが、いいなあ、って……」

お母さんは歌うように言って、フミを振り向いて「赤ちゃん、かわいかったね」と笑った。

「うん……」

ほんとうは、しわくちゃで頭だけやたらと大きな赤ちゃんは、それほどかわいいとは思えなかった。ケンちゃんも本音では少しがっかりしていたみたいで、「えーっ？赤ちゃんって、こんなのだったの？」と不服そうに言う声が、聞こえなくても、なんとなく伝わった。でも、白い産着《うぶぎ》にくるまれた赤ちゃんを抱っこした響子さんは、ぐったりと疲れ切った様子なのに、心の底から気持ちよさそうな笑顔だった。そしてパパは、自分が産んだわけでもないのに、すごいよ、すごいよ、すごいよ……と興奮して繰り返しながら、涙をぽろぽろ流していた。

「赤ちゃんが産まれたのって、一時過ぎだったよね。あとで帰ったら、満潮がいつだったか調べてみようか」

「そんなの関係あるの？」

「うん。どこまで科学的に正しいのかは知らないけど、潮の満ち引きと人間の命が深いところでつながってるっていう学者さん、けっこう多いのよ」

赤ちゃんが産まれるのは満ち潮のときで、ひとが亡《な》くなるのは引き潮のとき――。

「あとね、人間の血って、しょっぱいでしょ。あれも海と関係あるっていう学者さんが多いのよ。ほら、人間ももともとは海の中にいたわけだから、遠いご先祖さまが陸に上がったときにも、体の中に海が閉じ込められてたんじゃないか、って」

だから、とお母さんはフミを指差して、つづけた。

「フミちゃんの体の中にも、小さな海が入ってるのかもね」

フミは思わず自分の胸に手をあてた。どきどきする。磯《いそ》に打ち寄せる潮騒《しおさい》のリズムは、不思議と耳に心地よく響く。見わたす海の眺めも、初めて来た海岸なのに、なぜか懐《なつ》かしい。海水浴に出かけると、よくそう思う。初めての海水浴場でも、前にも来たことがあるような気がしてしかたない。プールではそんなことは全然ないのに。

「涙もしょっぱいでしょ」

「うん……」

「泣いちゃうときっていうのは、体の中の海が満ち潮になってることなのかもね」

わかる。ほんとうにそうかもしれない。胸に熱いものが込み上げるのは、確かに潮が満ちてくる感じに似ている。

お母さんは沖のほうを眺めて、大きく深呼吸をした。いや、あくびだった。ほとんど徹夜の睡眠不足だ。フミやマキは車の中で眠っていればいいけれど――。

「お母さん、だいじょうぶ?」

するっと声が出た。あまりにもなめらかすぎて、言ったフミも言われたお母さんも、最初は聞き逃してしまったほどだった。

お母さんは目をしょぼつかせて「平気平気」と応《こた》え、ワンテンポおいてから、「え?」と驚いた顔でフミを見た。フミもそれで気づいて、口をぽかんと開けた。

いま、言った。ずっと言えなかった言葉が、こんなにもあっさりと、簡単に。

そして、どうしていままであれほど苦労していたんだろうと笑ってしまうほど、言葉はくちびるにすんなり馴染《なじ》んでいく。

「お母さん、眠くなったらいつでも休んでいいからね、っていうか、居眠り運転しちゃだめだよ、もしアレだったらコンビニに寄って、缶コーヒーとか買ってきてあげるし……」

口にした「お母さん」はたった二回でも、もうだいじょうぶだと思った。

お母さんも「ありがと」と少し照れくさそうに言って、もっと照れくさそうにつづけた。

「いろんなこと始まったね、いま」

フミの体の中に閉じ込められた小さな海は、ちょうど潮が満ちていたのかもしれない。赤ちゃんが産まれるのと同じように、フミとお母さんの新しい生活も、満ち潮のタイミングで始まるのかもしれない。そうだ。絶対にそう。その証拠に、満ち潮は、フミの胸からあふれそうになっている。

ヒロミちゃんの産まれた夏の終わりのあの日は、だから、フミにとっても大切な誕生日になったのだ。

「じゃあ、そろそろ帰ろうか」

響子さんは帰りじたくを始めた。

ひさしぶりに会ったケンちゃんは、最初から最後まではにかんでしまって、フミとはほとんど話さなかった。仲良くなったと思っていたのはフミだけで、ケンちゃんのほうはべつになんとも思っていなかったのかもしれない。

でも、フミにはどうしても伝えておきたいことがある。

あの日、あのままになっていたケンちゃんの質問に、いまなら答えられる。

ヒロミちゃんをキルトのおむつ替えシートの上に寝かせた響子さんは、カバーオールのお尻《しり》のボタンをはずしながら、「荷物を先に車に載せといてくれる?」とケンちゃんに言った。

ケンちゃんは面倒くさそうな生返事をするだけだったが、フミは「あ、じゃあ、わたしも手伝う」と、哺乳《ほにゅう》びんや紙おむつの入ったトートバッグを肩に掛けた。

「ケンちゃん、一緒に来てよ」

断られるのも覚悟して言うと、ケンちゃんは意外とあっさり、むしろそのタイミングを待っていたようにうなずいた。

外に出て、夕暮れの肌寒さに身震いしながら、「ねえ」とケンちゃんに声をかけた。

「夏休みに、わたし、ケンちゃんから質問されたことがあるんだけど……覚えてる？」

ケンちゃんは黙ってうなずいた。まるで叱《しか》られているような、しょげかえったしぐさだった。

「どうしたの？」

「……オレのこと怒ってるでしょ、フミちゃん」

聞き返す前に、ケンちゃんは「ごめんなさい」と頭をぺこりと下げた。「ほんと、ごめんなさい、ごめんなさい、ごめんなさい……」

きょとんとしていたフミの顔は、やがて笑顔に変わった。困惑が安堵《あんど》になった。よかった。だいじょうぶだった。もうケンちゃんは自分で、正しい答えを見つけたのだろう。

フミはうなずいて、言った。

「わたし、どっちも好きだよ。お母さん二人いて、どっちも、大、大、大好き」

ケンちゃんも顔を上げてうなずいた。答え合わせをして、二人とも満点だったのだろう。

「ケンちゃんのママもそうでしょ？　ケンちゃんとヒロミちゃんのこと、どっちも、大、大、大好きでしょ？」

「うん……」

「心配することなかったでしょ？」

ちょっとだけ先回りして言うと、ケンちゃんは「オレ、心配なんかしてなかったもん」と口をとがらせて、車のドアを開けた。

トートバッグを入れたとき、気づいた。後部座席のチャイルドシートに、テントウムシのステッカーが貼《は》ってあった。

ふうん、なるほどね、とケンちゃんをからかってやるつもりで振り向くと、なわばりの見回りを兼ねた散歩に出ていたゴエモン二世が、ちょうど帰ってきたところだった。

ケンちゃんと会うのは初めてなのに、ゴエモン二世は物怖《ものお》じした様子もなく、かえって仲良しぶりを見せつけるみたいに、フミの足元に寄って、ごろごろと喉《のど》を鳴らしながら、曲がったしっぽをすりつけた。

「この猫、飼ってるの？」とケンちゃんが訊《き》く。

「そう。もともと捨て猫だったみたいなんだけど、ウチでごはんとかトイレのお世話してる。半分野良猫《のらねこ》っぽくて、けっこう好き勝手に歩き回ってるんだよね」

「オス？　メス？」

「じゃあいいなー、弟だもんなー、妹より弟だよなー、やっぱり」

なに言ってんのと笑うと、ケンちゃんも、いまのナイショね、しーっ、しーっ、と口の前で人差し指を立てた。

ヒロミちゃんを抱っこした響子さんが、「お待たせしましたー」と玄関から出てきた。それを見たケンちゃんの顔に、ほんの一瞬だけ寂しさとも悔しさともつかない翳《かげ》りが落ちた。

でも、ケンちゃんはその翳りを振り払って、フミを「どいてどいて」と邪魔もの扱いしながらチャイルドシートのある側のドアを開けて、慣れた手つきでシートの小さな糸くずをつまみ上げる。けっこう細かい。顔に似合わずきれい好きなのかもしれない。そして、なにより、やっぱり妹が大好きなおにいちゃんだった。

ベッド型のチャイルドシートに寝たヒロミちゃんの手元に、人差し指をそっと出してみた。小さな手が、意外と強い力で指を握り込んでくる。

家の中に入っていくゴエモン二世を見送りながら、ケンちゃんは言った。

「このまえはいなかったよね、あの猫」

「うん、ウチに来たのは九月だから」

「男の子」

「じゃあ家族が増えたんだ、フミちゃんちも」

ケンちゃんはうれしそうに言った。

フミはそっと深呼吸する。胸がほんのりと温かくなってきた。

フミの胸の中で、また、ゆっくりと潮が満ちはじめた。

# 第五章

## 1

フミ。

あなたはもう少しだけ大きくなったら、今日のことを「あれはなんだったのかなあ」と首をかしげながら思いだすだろう。

もっと大きくなったら、中学生や高校生のあなたを想像するのはとても難しいけれど、それくらいの歳《とし》になったら、小学四年生の頃にはわからなかったことも少しずつわかってきて、今日話したことや今日考えたことをせつなく振り返るかもしれない。

ついさっき、あなたは不意に泣きだした。カエデの葉が降り積もった地面にしゃがみ込んで、涙をたくさん流した。あんなに激しく泣きじゃくるあなたを見たのはひさしぶりだった。その涙がとても大切な、かけがえのないものだったんだと、おとなになってからでいい、気づいてくれるとうれしい。

わたしは、あなたになにもしてあげられない。あなたをうんと遠くから黙って見守ることしかできない。いつもそれを申し訳なく思っていて、でも、その申し訳なさを伝えるすべさえ、いまのわたしにはない。

だから、わたしは今日の出来事を短いお話にしておこう。目に見えることはなにひとつできないわたしは、その代わり、あなたの目には映らなかったものをお話の中の小さな場面にして、あなたに伝えられる。

フミ、あなたは今日をどんなふうに記憶に刻むのだろう。十二月二十五日という日付はきっと忘れないだろう。土曜日だった。冬休みの最初の日だった。天気は晴れ。ただし、北風が強くて、寒かった。

わたしは思う。世界中でいったいどれほどたくさんの子どもたちが、その日の朝、胸をときめかせて目を覚ましたのだろう。クリスマス・イブの翌朝だ。夜中に寝入ってしまって、今年もまたサンタクロースの姿を見ることはできなくても、枕元《まくらもと》にはきっとプレゼントが置いてある。それを信じているから、子どもたちは眠りから覚めると勢いよく起き上がって、どきどきしながら枕元を見て、そして歓声をあげるのだ。

十二月二十五日は、どんな子どもでも、そうやって一日を始めてほしい。世界中のすべての子どもたちが笑顔になる朝であってほしい。あなたと出会ってから、わたしはずっとそう願っていたし、あなたと会えなくなってしまってからは、もっと深く、それを祈っている。

でも、今朝、あなたは笑えなかった。目を覚ましたあとも布団《ふとん》を頭からすっぽりかぶって、背中をまるめ、抱きかかえた枕に顔を埋めて、少し泣いた。

わたしのせいだ。ごめんね、とあなたには届かない声でつぶやくと、わたしまで泣きだしてしまいそうになる。

せめてものお詫《わ》びに、フミ、あなたの知らないことを教えてあげる。

クリスマスの朝を笑顔で迎えられなかった子どもは、もう一人いた。

あなたのすぐそばにいる年上の女の子も、目覚まし時計を止めたあと、しばらく起き上がらなかった。ベッドに横になったまま、こわばった表情で天井をにらむように見つめていた。

じつは、あなたのすぐそばにいる二人のおとなも、もちろんプレゼントを楽しみにすることは最初からできないのだけど、やっぱり沈んだ顔をして、朝刊を読んだり朝食の卵をボウルに割り入れたりしていた。

フミと、マキと、お父さんと、お母さん。

わたしがこれから伝えるのは、あなたとあなたの家族の、十二月二十五日のお話だ。

2

いつもは食欲がありすぎるほどのお母さんが、十二月に入ってしばらくたった頃から、ご飯をお代わりしなくなり、おかずも食べ残すようになった。

「クリスマスのケーキやお正月のお餅《もち》が入る場所を空けてるのよ、いま」

おなかの贅肉《ぜいにく》をセーターの上から軽くつまんで、「おせちの栗《くり》きんとん、たくさん食べたいから、もっとダイエットがんばらなきゃ」と笑う。

体の具合が悪いんじゃないかと心配していたフミも、「やだぁ」と笑い返す。そういうお母さんだ。冗談が大好きで、フミを笑わせるのをなによりの楽しみにしている。

もうすっかり慣れた。八月にお母さんと親子になってからまだ四カ月しかたっていなくても、笑った回数は、それまでの二年間――お父さんと二人暮らしだった頃の合計よりも多いかもしれない。

でも、数日たつと、お母さんは目に見えて元気をなくしてしまった。ごはんはいままでどおりたっぷり食べるようになったのに、あまり笑わず、得意の冗談も出てこない。

「ねえねえ、お母さん、ダイエットするんじゃなかったのぉ？　やめちゃったのぉ？」

フミがわざと意地悪に言っても、反応は鈍い。面白い言い訳が出てくるだろうと期待して誘っているのに、ちっとも乗ってくれない。ごはんを食べるときの様子も、それほどおいしそうに見えない。むしろ、無理やり口の中に押し込んでいるような感じだった。

一緒に食卓を囲んでいるマキは、あいかわらず無口で無愛想で、「栗きんとん、あきらめちゃったの？」「ダイエットはねばりが大事なんだよ」とお母さんに話しかけるフミに、「うるさいから少し黙ってて」と言う。「お母さんが太っても、べつにあんたには関係ないでしょ」

フミはビクッとひるみかけた。でも、きょうだいになったばかりの頃のように、しょんぼりとして涙ぐんだりはしない。黙ってうつむくだけでもない。最近は、ときどき言い返すことだってできる。

「だって、心配だもん」

「食欲がないんだったら困るけど、あるんだから、べつにいいでしょ」

「ごはんのことじゃなくて……」

「平気だよ」

ぴしゃりと言う。フミのほうを見ることすらなく、うっとうしそうに箸《はし》の先を動かして、おかずの焼き魚の身を骨からはずす。

いつもなら、お母さんがすぐにとりなしてくれる。「そんな言い方しないの」とマキを叱《しか》ってくれることもある。でも、その夜のお母さんは二人のやり取りをよそに、ごはんを食べる手と口も休めて、じっとなにかを考え込んでいた。

「……お母さん？」

フミが顔を覗《のぞ》き込もうとすると、そのまなざしを引き戻すように、マキは言った。

「いいじゃない、太ったって死ぬわけじゃないんだから」

口にした直後、ほんの一瞬だけ、マキの顔がこわばった。お母さんも我に返って、マキを強い目で見た。怒っている。もうやめなさい、と無言で叱る。マキも決まり悪そうに目をそらし、ご飯をかきこんだ。

フミはエヘヘッと笑う。「太りすぎで死んだらテレビに出ちゃうよ」と、面白いのかどうか自分でもよくわからないことを言って、もうそれ以上お母さんのダイエットの話はしない。

話が途切れたまま、お母さんはご飯をお代わりした。フミは炊飯器からご飯をよそうお母さんの背中と、黙って味噌汁《みそしる》を啜《すす》るマキの横顔を交互に見つめてから、肩をすぼめて苦手なニンジンのグラッセをかじる。

ひとりぼっちの食事には、フミは幼い頃から慣れっこだった。お母さんが一人でしゃべりどおしのにぎやかな食事にも、最近だいぶ慣れてきた。でも、三人いるのに話がはずまない食卓の空気には、めったにないことだから、慣れる機会がなかった。

お父さん、まだかなあ。口の中のニンジンをほとんど嚙《か》まずに呑《の》み込んで、思う。

お父さんは、十二月に入ってから毎晩帰りが遅い。年末を控えて残業が増えているし、そうでない日は忘年会がいくつも組まれていて、フミの起きている時間にはもう何日も帰れないでいる。

早く帰ってこないかなあ。ニンジンよりさらに苦手なパプリカのマリネを、はちみつを利《き》かせたマリネ液にしっかり浸しながら、思う。

お父さんのいない食卓は、二対一――。

ふだんは考えないようにしていることを、こういう夜には、つい考えてしまう。

八月以来、少しずつでも順調に前に進んできたものが、十二月に入ってから、古いオモチャみたいに動きがぎごちなくなってしまった。十月の終わりからつづいていたフミの野菜完食連続記録も、この日、途切れた。お母さんは残念がってくれず、「あと一切れじゃない、がんばって食べちゃいなさい」と応援もしてくれず、そもそも野菜を食べ残したことにも気づかなかったようで、黙って食器を片付けていった。

その三日後の夜、フミがお風呂《ふろ》に入った隙《すき》を見計らって、お母さんはマキの部屋のドアを小さくノックした。「ちょっといい？」と訊《き》くお母さんも、「いいよ」と答えるマキも、ささやくような低い声だった。

マキは勉強机に向かっていた。でも、広げたノートは真っ白なままで、算数の教科書は一学期の単元のページになっていた。お母さんはベッドの縁に腰かける。いつもの軽口も小言もない。マットレスが思いのほかはずんで、お母さんは背中からひっくり返りそうになったが、それでも二人ともにこりともしなかった。

「どうする？」

お母さんが訊く。「そろそろ向こうにも返事しないと……」

マキは椅子《いす》を回して机に向き直り、卓上カレンダーを見つめる。

「終業式、二十四日でいいのよね？」

「うん……」

「向こうは二十五日でも二十六日でもいいって言ってるから」

十二月二十五日は土曜日で、二十六日は日曜日だった。

「会わなくてもいいって言ってなかった？」

マキがカレンダーから目を離さずに訊くと、お母さんは返事の代わりに長く深いため息をついて、「ぜんぶマキに任せる……って」と言った。

「ふうん、責任押しつけられたんだ、わたし」

「そうじゃなくて……」

わかってるってば、とマキもため息交じりに言って、机にほとんど突っ伏すような格好で頬杖《ほおづえ》をついた。

「で、お母さん、フミには教えたの？」

「……ううん」

「秘密にする？」

「とりあえず今年はそうしようって、お父さんとも相談して決めたんだけど」

「お父さんって、どっちの？」

頬杖をついていて顎《あご》がほとんど動かなかったせいで、声が間延びした。投げやりに、からかっているようにも聞こえた。お母さんは少し口調を強めて「そんなの決まってるでしょ」と返す。「バカなこと言わないで」

「わかってる……ごめん」

マキも頬杖をはずし、卓上カレンダーを手元に引き寄せた。日付の数字だけのシンプルなデザインだった。もしも日付を見つめるまなざしが痕《あと》になって残るのなら、他のどの数字よりも〈25〉のまわりが黒ずんでいるはずだった。十二月に入ってから――いや、その前からもずっと、何度も、見つめてきた。

「お母さんはどっちがいいと思う?」

いったんそう訊いてから、質問を微妙に変えた。

「お母さんは、どうしてほしい? 会ってほしい? 会わないでほしい?」

返事はない。フミのお風呂はカラスの行水なので、もうすぐあがるだろう。

マキはピンクのマーカーのキャップを取って、「じゃあ決めた」と、〈25〉を丸で囲んだ。

「行くから、場所とか時間とかは向こうに決めてもらってよ」

お母さんの表情が何通りかに変わったのを、背中で感じた。でも、結局それは言葉にはならず、お母さんはただ「わかった」とだけ言って部屋を出て行った。

お母さんの前の夫――マキの実の父親は、津村さんという。

マキが二年生のときに離婚をした。お母さんに引き取られたマキは、「津村真希」からお母さんの旧姓の「紺野真希」に変わり、そして六年生の夏に、いまの「石川真希」になった。

離婚の原因は、津村さんのほうにあった。一方的に津村さんが悪い。津村さんはお母さんと結婚をしていて、マキという一人娘までいたのに、別の女のひとと付き合って、そのひとに赤ちゃんができたので、お母さんに「離婚してほしい」と言いだしたのだ。

お母さんは離婚に応じた。応じるしかなかった。もともと津村さんは若くして事業を営んでいたので、慰謝料や養育費については十分なものが支払われて、そのおかげでマキはお母さんが再婚するまで私立の小学校に通っていられた。

でも、お金なんて、ほんとうはどうでもいい。お母さんは親しい友だちには話していた。妻としての自分は否定されても、マキを産んだ母親としての自分は認めてほしい。そして、離婚は夫婦の関係の解消ではあっても、マキが自分の娘であることまでは打ち消さないでほしい。

マキと津村さんは、年に三度、マキの学校が休みに入った初日に会うことになった。

それは、お母さんだけでなく、津村さん自身が望んでいることでもあった。

その約束は一度も破られることなく、四年目になった。このまえ会ったのは夏休み初日の七月二十一日で、次は冬休み初日の十二月二十五日——五カ月ぶりという計算になる。

でも、それはただの五カ月というわけではない。七月に会ったときは「紺野真希」だったマキは、十二月には「石川真希」になって津村さんと会う。七月まではマキが「お父さん」と呼べるひとは津村さんしかいなかったのに、いまは新しいお父さんがいる。

フミに「お母さん」が二人いるのと、同じように。

その夜遅く帰ってきたお父さんは、お酒に酔っていた。仕事の付き合いで、別の会社の忘年会に顔を出したのだという。

背広を着たまま食卓についたお父さんは、酔い覚ましに冷たい水を飲んでから、ぽつりとお母さんに訊いた。

「……マキ、どうするって言ってた？」

もう何日も繰り返してきた問いだった。

お母さんはヤカンをガスコンロにかけながら、「やっぱり行くって」と言った。

お父さんは、そうか、と息だけで応《こた》え、ネクタイの結び目に指を掛けて、一気にほどいた。喉元《のどもと》が楽になると、「まあ、それでいいんじゃないかな」という言葉も、小さな笑い声も、すんなりと出た。

でも、引き替えに酔いが回った。食欲も急に失《う》せてしまった。

「お茶漬け、もういいや、寝るよ」

椅子から立ち上がる。お母さんは黙ってコンロの火を止めたが、リビングを通って寝室に向かうお父さんの背中に、こらえきれないように言った。

「……マキのこと、信じてあげて」

お父さんは足を止め、半分だけ顔を振り向かせて、いや、べつに、信じるもなにも、そんなの、と口をぼそぼそと動かした。

「マキのお父さんは、あなたしかいないんだから……」

わかってるわかってる、あたりまえだろ、とお父さんは笑って、一度もお母さんと目を合わせないまま、寝室に姿を消した。

その背中を困惑した顔で見送ったお母さんが、ふと横を見ると、ゴエモン二世がキッチンに入ってきて、オヤツをねだるように、にゃあ、と鳴いた。

お母さんは、やれやれ、と苦笑して、カツオ節の缶を開けた。ふだんは子どもたちに甘えることのほうが多いのに、こんなふうにお母さんが居心地悪くなったときには、不思議とそばにいてくれる。優しいところのある猫なんだな、とお母さんは思い、カツオ節をつい多めに皿にあけた。

3

クリスマスが近づいて、友だちとのおしゃべりにプレゼントの話題が出てくるようになった。

みんなはゲームソフトや映画のＤＶＤをお父さんやお母さんに買ってもらうらしい。

フミは十一月のうちに、帽子をリクエストしていた。赤いベースボールキャップ。「エンブレムはなんでもいいけど、後ろがベルトになってるやつにしてね」とお願いした。ほんとうはベルトがお目当てなのではなく、その上の隙間が大切だった。マキはキャップをかぶるとき、ポニーテールをベルトの上の隙間から外に出している。それを真似《まね》したかったのだ。

もっとも、フミの髪はマキほど長くない。夏の頃に比べるとだいぶ伸びたものの、いまはまだ髪を束ねてもブラシのように先が太くなるだけで、ふわっとしたポニーテールにはならない。

早く伸びないかなあ、といつも思っている。物知りのツルちゃんが「髪の毛には海藻がいいんだよ」と教えてくれたので、苦手だったワカメや、もっと苦手なモズクも、がんばって食べるようになった。お風呂でシャンプーをするときには髪の毛をつかんでひっぱり、癖っ毛のところは特に念入りに、クルッとはねたところを指でしごいて伸ばす。

ツルちゃんは髪の伸びる速さについても教えてくれた。一カ月にだいたい一センチだという。三月の終わりまで待てばなんとかなるかもしれない。なってほしい。なってくれないと困る。四月からはマキは中学生になり、通学路も別々になってしまう。卒業までに、一度でいいから二人そろってポニーテールを揺らしながら歩いてみたい。それが、家族や友だちの誰にも話していないフミの夢だった。

「正ちゃん帽や耳当てのついた帽子じゃなくていいの？　野球帽だと寒くない？」

日曜日の朝、洗面所で顔を洗っていると、乾燥機から洗濯物を取り出しているお母さんに念を押して訊かれた。今日デパートで買ってきてくれるのだという。

フミも「赤いのがなかったら何色でもいいけど、ぜーったいにベルトのついてるやつだからね」と念を押した。

「色はお母さんが決めていいの？　責任重大だなあ」

お母さんは悩んだ顔になって、「フミちゃんも一緒に行けると一番いいんだけどね」と残念そうに言った。

「うん……でも、急に休んだら、ツルちゃんたちにも悪いから」

残念なのはフミも同じだ。デパートに買い物に行くことは土曜日の夕方に決まった。その少し前に、フミはクラスの友だち同士で遊ぶ約束をしていて、お母さんにも伝えていたのだ。

昨日は、しかたない、と納得していた。でも、今朝になってマキもデパートに行くんだと知ると、急に寂しさと悲しさが湧《わ》いてきた。

「デパートに行くの、今度の土曜日か日曜日になったらいいんだけどなあ」

「それじゃあクリスマスに間に合わないでしょ？」

「……そうだけど」

クリスマス・イブは金曜日の夜だ。確かに平日は学校があるので都心のデパートまで行く時間はないし、プレゼントの帽子だって、お母さんがどんなエンブレムや色のものを選んだのか、包みを開けるまでわからないほうがわくわくする。

それでも、やっぱり、寂しくて、悲しくて、ちょっと悔しい気分もする。

「おねえちゃんが一緒に行くのって、珍しいよね」

半分皮肉を込めて言った。ふだんは、お母さんとフミが買い物に出かけるとき、マキはたいがい留守番している。近所のコンビニやショッピングセンターでさえめったに付き合わないし、デパートにはまず行かない。人混みが嫌いなのだ。だから、お母さんとマキが二人きりでデパートに行くのは——。

「ひょっとして、ここに引っ越してきてから初めてなんじゃない？」

「うん……そうかもね」

お母さんの声が、ちょっとくぐもって聞こえた。鏡に映る顔も、いまの会話とは別のことを考えているみたいに見える。

「おねえちゃんのプレゼントって、もう決まってるの？」

マキはフミがどんなに訊《き》いても「あんたには関係ないでしょ」と教えてくれない。そもそもクリスマスが来るのをちっとも楽しみにはしていないみたいで、通販で買ったクリスマスツリーにオーナメントを飾るときも手伝ってくれなかったし、ケーキを選ぶのもお母さんとフミに任せきりだったのだ。

「ねえ、どんなプレゼントなの？」

お母さんは「さあ……」と言うだけだった。答えをごまかしているのではなく、話を聞いていなかったような、頼りない口調だ。

「ねえってば」

フミが振り向いて声をかけると、お母さんはやっと気づいて「あ、ごめんごめん」と応《こた》えた。

やっぱりヘンだ。十二月の初めほどではなくても、お母さんの様子はどこかおかしい。ごはんを食べる量は元に戻っても、おかずの味付けや火加減に失敗してしまうことが増えたし、冗談も面白くない。笑えることを無理やりひねり出しているのがわかるから、逆にこっちは笑えなくなってしまうのだ。

じつは、お父さんも、先週からどうも機嫌が悪い。帰りが遅いことや酔っぱらって帰ってくることはそれまでと同じでも、翌朝の様子が違う。いつもは夜に会えないぶんの埋め合わせなのか「おう、おはよう━っ」と元気にあいさつしてくれるのに、ここ何日かは、フミやマキがダイニングに下りてきても、朝刊に読みふけったまま、こっちの「おはよう」に低い声で「おはよう」と返すだけだ。お母さんともあまり話さず、新聞に気に入らない記事があるのか、ときどき舌打ちをして、ばさばさと乱暴に新聞をめくり、最近はなくなっていた貧乏揺すりの癖もまた元に戻ってしまった。

ゆうべもお父さんの帰りは遅かった。それも、うんと遅かったらしい。土曜日で会社は休みだったが、学生時代からの親友三人で集まってお酒を飲んだ。飲みすぎて、酔っぱらいすぎて、今朝はまだベッドから出てこない。

「お母さん」

「なに？」

よかった。今度はちゃんと最初から話を聞いてくれている。

「遊びに行く前に、お父さんを起こさないでいいの？」

「うん、ゆっくり寝させてあげればいいから。朝ごはんはレンジでチンすればいいだけにしてあるし、日曜日にしっかり寝ないと、また明日から忙しいんだから」

「忘年会ばっかりだけどね」

フミが笑って言うと、お母さんも、そうだね、ほんと、と笑い返してくれた。

それがきっかけになったのか、お母さんは気を取り直して「じゃあ、今日は特別大サービス」とフミの後ろに回った。「髪をといてあげるね」

フミは、やったね、と笑った。自分でブラシをかけると、後ろのほうの髪がうまくとかせない。癖っ毛が直らないのもそのせいかもしれないと思うし、ブラッシングがおろそかになると髪が伸びるスピードも落ちるんじゃないかと、ときどき心配しているのだ。

「ねえ、ポニーテールにしてみて」

お母さんは、はいはい、と軽く応えて、手早く髪をゴムで束ねてくれた。やっぱり、まだ長さが足りない。

「もうちょっと、っていうところだね」

「うん……」

「でも、これくらいの長さだったら、こっちの手もあるかも」

お母さんは髪をほどいて、左右に分けて束ね直した。「一本でポニーテールにするより、こっちのほうがかわいいわよ」

確かに鏡で見てみると、左右に短いポニーテールがあるのも悪くない。癖っ毛ではねてしまうところをうまく隠せるのもうれしいし、お母さんに「かわいい」とほめてもらうのは、もっとうれしい。

「今日は時間がないけど、今度、編み込んであげる」

「できるの？」

「横で二本に分けるんだったら、二、三回しか編み込めなくてもおかしくないわよ。

大きなリボンで結ぶと不二家のペコちゃんみたいだし、小さなリボンや髪留めをブローチみたいに付けてもかわいいし」

あ、それ、いいかも、と胸が高鳴った。

でも、やっぱり、マキのポニーテールにはかなわないだろうな、とも思った。

先にお母さんとマキが家を出て、少したってからフミも出かける時刻になった。お父さんはまだベッドで寝入っている。よっぽど疲れが溜《た》まっていて、二日酔いも重いのだろう。「行ってきます」と声をかけて起こすのがかわいそうになったので、黙って出かけた。

午前中は、ツルちゃんたちと近所の教会の日曜学校に行った。十一月に一度出席したときは、聖書の話はよくわからず、賛美歌も知らない歌ばかりだったので、あまり面白くなかった。でも、出席したら絵のついたカードをおみやげにもらえる。クリスマス前には、そのカードがひときわ華やかなものになるらしい。みんなそれをお目当てにしていたのだ。

期待どおり、神父さんが帰りぎわに配ってくれたカードはとてもきれいだった。生まれたばかりのイエスを抱く聖母マリアの絵だ。空には天使が舞ってイエスの誕生を祝福している。

「イエスさまがマリアさまに抱かれているように、皆さんも、お母さんの深い愛に包まれてこの世に生を受け、すくすくと育てられ、これからも少しずつおとなになっていくのです。だから、クリスマスにはお母さんへの感謝の気持ちも忘れずにいてください」

白髪の神父さんはおだやかに微笑《ほほえ》みながら言った。二年生か三年生の男子が「はーい」と声に出して返事をしたので、みんなクスクス笑った。

日曜学校が終わると、お昼ごはんをウチで食べる友だちとはお別れして、残り数人でツルちゃんの家に向かった。早めのクリスマスプレゼントでたこ焼き器を買ってもらったツルちゃんは、さっそく「たこ焼きパーティーしよう」と、昨日みんなに電話をかけていたのだ。

たこ焼きは、タネがゆるすぎたり固すぎたり、もう焼けたと思っても中が冷たかったり、ひっくり返すコツがつかめなくて真ん丸にできなかったり……意外と難しかったが、みんなできゃあきゃあ笑いながらつくっていると、失敗作もおいしかった。

たこ焼きとジュースでおなかが一杯になっても、まだお昼過ぎだった。集まっていた友だちは一人また一人と帰っていった。午後から家族で遊びに出かける友だちもいるし、習いごとのある友だちもいる。

気がつくと残っているのはフミだけになっていて、みんなを集めたツルちゃんまで、「二時からお兄ちゃんと雪合戦する約束してるから」と言いだした。お父さんが会社の忘年会のビンゴゲームで当てたスポーツゲームソフトに、家族そろって夢中だった。特に末っ子のツルちゃんにとっては、実際のスポーツでは高校生のお兄さんや中学生のお姉さんにはとてもかなわなくても、ゲームならいい勝負になる。雪合戦も、高校一年生のお兄さんと一勝一敗で、今日、決戦をするのだという。

フミちゃんも一緒にやらない？　とは言ってくれなかった。家族は家族、友だちは友だち。ツルちゃんのそういうはっきりした性格がうらやましい。友だちがたくさんいて、きょうだいが仲良しだというのは、もっとうらやましい。

「あ、そうだ。フミちゃん、今度からこの髪形にするの？」

左右に分けたポニーテールのこと――。

「けっこう似合ってるよ」

「ほんと？」

「顔の形とかに合ってる。さっきから、ずーっと、かわいいなあって思ってたんだ」

お母さんが考えてくれたんだと言うと、ふうん、とツルちゃんは感心したようにうなずいた。

「やっぱりフミちゃんに一番似合う髪形、よくわかってるんだね、お母さん」

「うん……」

ちょっとうれしい。

「まま母になってまだ四カ月ぐらいしかたってないんでしょ？　それでちゃんとわかってくれてるんだから、いいお母さんだよね」

よけいなことを特に気にせず口にしてしまうところも、真似《まね》をしようとは全然思わなくても、ほんとうは少し、うらやましい。

とにかく、お母さんが考えてくれた左右のポニーテールは、予想以上に好評だったのだ。

お母さんもそれを知ったら大喜びするだろう。早く教えてあげたい。でも、まだ一時半だから帰ってくるのはだいぶ先だな、と思うと、浮き立った気持ちもまた沈んでしまった。

家に帰ると、びっくりした様子のお父さんに迎えられた。

「あれ？　フミだけ先に帰ってきちゃったのか？」

ついさっき起きたばかりのお父さんは、ダイニングテーブルに置いたお母さんの〈デパートに行ってきます〉というメモを見て、てっきり三人で出かけたと思い込んでいたのだ。

「違う違う、デパートに行ったのはお母さんとおねえちゃんだけ」

笑って答えた。お父さんに言いつけているつもりは、まったくなかった。

ところが、お父さんは眉《まゆ》をひそめて、「なんでフミは行かなかったんだ？」と訊いた。

日曜学校とたこ焼きパーティーのことを説明しても、お父さんの頬はゆるまない。

「じゃあ、最初から今日はフミが行けないっていうのは、わかってたわけだよなあ」

「しょうがないよ。だって、クリスマスまでに買い物に行けるの今日しかないんだもん」

「でも、お母さんは会社に行ってるわけじゃないんだから、平日でもいいだろ」

「おねえちゃんは学校あるもん。おねえちゃんのプレゼントも買うって言ってたから、やっぱり今日しかないんだよ」

「……それはフミだって同じだけどな」

ため息交じりにつぶやいたお父さんは、すぐに「まあいいか」と笑った。でも、その笑顔はいかにもぎごちなかった。

「……うがいしてくるね」

フミは逃げるように洗面所に向かった。手洗いとうがいをしたあとも、鏡に映る自分の顔としばらく向き合っていた。

首を横に振った。でも、左右のポニーテールはほとんど揺れない。

「フミ」リビングからお父さんが呼んだ。「お父さん、コンビニに行くんだけど……フミも服着替えてないんなら一緒に行くか？　お菓子でもアイスでも、なんでも買ってやるぞ」

欲しいものは特になかったが、「すぐ行くから、待ってて」と応《こた》えた。

お父さんと二人きりで外出するのは、お母さんとマキの外出と同じように、この家に引っ越してきてから初めてだった。

お父さんとフミ、お母さんとマキ——家族が二つに分かれた。

パタパタとスリッパを鳴らして洗面所から玄関に向かうフミを、階段の踊り場からゴエモン二世が黙って見つめていた。

## 4

コンビニまでは歩いても十分足らずで着く距離だったが、お父さんは「車で行こうか」と言った。「ついでにドライブしよう」

「いいけど……」

後ろの席のドアを開けたら、「助手席が空いてるんだから、前に来ればいいだろ」と言われた。いつもはお母さんが助手席に座る。でも、それまでは、そこはフミの席だった。

ひさしぶりに助手席に座ると、眺めの良さにあらためて気づいた。お父さんも「なつかしいな、なんだか」と笑った。少し照れくさそうだったし、なんとなく寂しそうでもあった。

お母さんやマキがいないから寂しいのだろうか、と最初は思っていた。

でも、車が走りだしてしばらくすると、お父さんはぽつりと言った。

「フミと二人で乗ってると、お見舞いに行ってた頃のこと思いだしちゃうな……」

誰の――は言わなかった。「前の」や「亡《な》くなった」を付けたくなかったのかもしれない。でも、ただ「お母さん」とだけ呼ぶことは、いまはもう、できない。

車はすぐにコンビニの前まで来たが、お父さんは看板をちらりと見ただけで、そのまま通り過ぎてしまった。フミもなにも言わない。さっきのお父さんの笑顔が寂しそうだった理由がわかると、フミまで寂しくなってしまった。

「フミは、まだ昔のこと、たくさん覚えてるか？」

黙ってうなずくと、お父さんは質問をしたことを後悔したように、そうかそうか、うん、よしわかった、それだけ、と笑った。

「いま、コンビニ通り過ぎちゃったな」

「うん……」

「次のコンビニで止まるから、看板あったら教えてくれよ」

「うん……」

話が途切れた。通りの少し先にコンビニの看板を見つけたが、逆方向だから、と黙っておくことにした。お父さんも気づいているはずなのに、知らんぷりしている。

「そうだ、フミ。いいこと教えてやろうか」

「なに？」

「人間の体って、何年で新しくなるか知ってるか？」

お父さんは「細胞」という言葉を説明して、「六年ぐらいで全身の細胞が入れ替わるんだって」と言った。ゆうべ一緒にお酒を飲んだ学生時代の友だちが教えてくれたらしい。

唐突すぎて、わけがわからない。フミはきょとんとするだけで、お父さんもそこから先に話を広げるわけではなく、「コンビニ、そろそろあるかなあ」とつぶやいて、また黙り込んでしまった。

フミちゃんに無理をさせていないか——。

お父さんは親友二人に言われたのだ。二人とも長い付き合いだ。亡くなったお母さんのことやフミのこともよく知っているし、なにより、お父さんが弱音を吐ける貴重な相手だった。

ゆうべも、マキが津村さんと会うことを少しだけ愚痴った。理屈では納得していても、やはり寂しい。あせってはいけない、と自分に言い聞かせてはいても、ほんとうに親子になれるんだろうか、と不安にもなってしまう。

勝ち負けではない。わかっている。どちらがどう、と比べるべきものでもない。もちろん、よくわかっている。ただ、マキには血のつながった「お父さん」がいて、その気になればいつでも会える。まるで時限爆弾を仕掛けられたような気がしてしまう。それがいつ爆発するかはわからないし、永遠に爆発せずにすむかもしれない。だからこそ、逆に、怖くてたまらない。

「フミと違って、向こうは父親がまだ生きてるわけだから、難しいよ……」

泣き言を締めくくるつもりで、ため息交じりに言った。

すると、友だち二人はそろって「それは逆なんじゃないか？」と言いだしたのだ。

フミは幼い頃から聞き分けのいい、扱いやすい子どもだった。ぐずったりわがままを言って親を困らせることはほとんどなく、たまに激しく泣いたり、すねてしまったりしても、一晩たてばケロッとして、また上機嫌に戻っていたのだ。そんな明るさや大らかさに、まわりのおとなたちは、いつも救われていた。とりわけ、入退院を繰り返していたお母さんにとっては、屈託のない笑顔がほんとうに励みになり、慰めになっていた。お母さんが亡くなったあとは、今度はお父さんがフミの笑顔に慰められ、励まされた。

新しい家族の日々を始めるときも、そうだった。お父さんも一歩ずつ慎重に話を進めたが、その心配以上に、フミは素直に、前向きに、新しいお母さんとお姉さんができることを受け容《い》れてくれた。お父さんはホッとして、そこから先は、無口で無愛想なマキとどうやって親子になっていくかのほうに気持ちを注いだ。フミのことはだいじょうぶ。新しいお母さんも明るいひとなので、きっとすんなり親子になれるだろうと信じていたし、実際に二人はとても仲良しになった。事情を知らなければ、誰もがほんとうの親子だと思うはずだった。

「でもなあ……」

友だちの一人は言った。「フミちゃんだって、たまには後ろ向きになりたいときだってあるんじゃないかな」

もう一人の友だちも、そうそう、とうなずいて話を引き取った。

「でも、産んでくれたお母さんはいないわけだから、後ろを向いても誰もいないんだ。だから前を向くしかない。言ってみれば、あの子、ずーっと背水の陣なんだよ。それってキツいことだと思わないか？」

そして二人は、交互につづけた。

「ときどき後ろを向かせてやれよ」「お母さんにはもう会えなくても、思い出ぐらいはたどってもいいんじゃないかな」「亡くなったお母さんの思い出話ができる相手は、おまえしかいないんだしさ」「いまの奥さんだってわかってくれるよ」「で、おまえも一緒に後ろを向いてみたら、上の子が親父《おやじ》さんに会うっていうのも、ちょっとは受け容れられるんじゃないかな」「そう、新しい生活を始めたからといって、前ばっかり向くのは疲れるだろ」「人間の記憶とか思いって、パソコンのデータみたいにきれいに消去できるわけじゃないんだから」「知ってるか？　人間の細胞がぜんぶ入れ替わるまでには六年ぐらいかかるんだぞ。ってことは、ほんとうの意味で新しい生活を始めるには『よーい、どん』から六年もかかるんだよ」……。

コンビニでお菓子を買った。フミはスナック菓子を一つだけにするつもりだったが、お父さんは「遠慮するなよ、もっと買っていいぞ」と言って、クリスマス用のお菓子やジュースが並ぶ特設棚にふと目を止めた。

「これ……買ってみるか」

お菓子の詰め合わせが入った赤いクリスマスブーツに手を伸ばす。

「こんなの買うの？」

フミはあきれ顔になった。ブーツの中身のお菓子はいかにも安っぽいものばかりだったし、こういうのを買ってもらって喜ぶ小学生は、せいぜい一年生ぐらいのものだろう。

でも、お父さんは「昔は、フミもこれが欲しくて欲しくてしょうがなかったんだぞ」と笑う。「お父さんが買ってやったの、覚えてるだろ？」

「うん……まあね」

「お見舞いの帰りだったかな」

「行きだよ。だって――」

つづく言葉を呑《の》み込んで、「見せてあげたもん」と言った。

お父さんはブーツを買い物カゴに入れて、「そうか、うん……お母さんに見せてあげたんだよな、病室で」と、フミが言わなかった言葉を口にした。

「前の」も「亡くなった」も付かなかったせいで、「お母さん」と聞いた瞬間、ほんとうにほんの一瞬だけ、フミの頭にはいまのお母さんの顔が浮かんでしまった。

胸がドキンとした。ごめんなさいっ、とあわてて言いたくなった。

どっちの「お母さん」に――？　それがわからないから、ごめんなさいっごめんなさいっごめんなさいっ、と何度でも謝りたい。

お父さんはブーツをもう一つカゴに入れた。

「これ、おねえちゃんのぶんだ」

いたずらっぽく笑って、その笑顔のまま、店の外に目をやってつづけた。

「今度、お母さんのお墓参りに行くか」

「……え？」

「次の土日で、おばあちゃんのところに泊まればいいだろ。しばらく行ってないし、やっぱり、お正月までに一度はお墓参りしたほうがいいもんなあ」

急に言われても困る。

でも、お父さんはフミに目を戻さず、「お父さんと二人で行こう」とだけ言った。


同じ頃、お母さんとマキは混み合ったデパートで買い物をしていた。予定ではとっくに帰りの電車に乗っている時間なのに、まだマキの買い物が終わらない。

「もう、いいかげんにしなさいよ。みんな似たようなものじゃない」

お母さんがうんざりして言っても、マキは「全然違うじゃん」と譲らない。ダッフルコートを探して、デパートを三軒はしごした。気に入ったものが見つからず、地下街のブティックまで回って、それでもまだ決まらない。

「茶色のコートでしょ？　みんな茶色じゃない。どれでもいいじゃない」

「よくない」

微妙な色合いの違いがある。生地の仕上げもそれぞれ違うし、フードの裏地、トグルとループの大きさや素材やデザイン、ポケットの形……とにかく、すべてが気に入らないとダメなのだ。ふだんから「べつにどうでもいいよ、そんなの」と投げやりに言うところと、細かいところまでこだわってしまうところが、複雑に同居している。

今日もコート以外のものには目もくれず、お昼ごはんすら食べていない。

二十五日は、そのコートを着て津村さんと会うことになる。気に入らないコートを着て行きたくないというのは、お母さんにもわかる。「だって、ヘンなコート着てたらお母さんがバカにされちゃうかもしれないんだよ。そんなの悔しいでしょ？」——その言葉にひそむ本音と強がりの割合も、たぶん、わかっているつもりだ。

ダッフルコートを羽織ったマキは、鏡の前でクルッと回ってから言った。

「フードの裏がチェックだと、やっぱりよくないね」

本人よりもお母さんのほうが、がっかりした顔になってしまう。

「それより、お母さん、フミのプレゼントまだでしょ。ここ、帽子けっこうあるよ」

言われるまで忘れていた。いけない、とあわてて帽子のコーナーに向かった。

「しょうがないなあ……」

マキは苦笑して、脱ぎかけていたコートをもう一度着て、鏡の前で回ってみた。

まあ、べつにこれでもいいんだけどね。ぽつりとつぶやき、あーあ、とため息もついて、あらためてコートを脱いでハンガーに戻した。

お母さんとマキが家に帰ってきたのは、午後六時を回った頃だった。すでに外は真っ暗で、お父さんもフミも二人の帰りを待ちくたびれていたし、買い物に疲れた二人はもっとぐったりしていた。

ねばった甲斐《かい》があって、マキのダッフルコートは最後のお店でやっと気に入ったものが見つかった。

ところが、フミの帽子のほうは——。

「ねえ、いま開けていい？」

張り切った顔は、包みを開けた瞬間、微妙にこわばってしまった。

確かにリクエストどおり赤いベースボールキャップだったが、肝心なところが、お願いしていたものと違う。帽子の後ろにベルトがない。ポニーテールを外に出すための穴がない。ばたばたと買ったので、お母さんはその約束をうっかり忘れてしまったのだ。

でも、言えなかった。「どう？」とお母さんに訊《き》かれると、「サイコー！　ありがとーっ！」と声をはずませて、顔をくしゃくしゃにして笑うしかなかった。

「よかったーっ」と笑い返してキッチンに立ったお母さんは、気づいていない。「今夜開けちゃったらクリスマスプレゼントの意味がないのになあ」とあきれて言うお父さんも、気づいてはいないだろう。

ただ、マキが黙ってこっちを見ていた。笑うでも話しかけるでもなく、「汚れるといけないから、しまっちゃうね」と帽子を包み直すフミの横顔をじっと見つめていた。ばれてしまったかもしれない。お母さんがせっかく買ってくれたプレゼントに文句をつけている、と思われたかもしれない。

違う違う、文句なんてない、うれしい、サイコー、おねえちゃん勘違いしないでよ……。

いち、にぃ、さん、で顔を上げた。マキを振り向き、「ねえねえ、おねえちゃん、いいものがあるんだよ」と言って、お父さんが買ってくれたクリスマスブーツを掲げた。

「じゃーん！　これ、おねえちゃんのだからね」

マキはたいして驚かなかったし、ちっとも喜ばなかった。

「そんなのいらない」

いつもにも増してそっけなく言って、「あんたにあげるから、中のお菓子、ぜんぶ食べていいよ」と面倒くさそうに顎《あご》をしゃくった。

「わたしのはあるの。これ、おねえちゃん専用」

「勝手に決めないでよ。いらないって言ってるでしょ」

コートの入ったショッピングバッグを提げて立ち上がる。

フミはあわてて言った。

「でも、これ、お父さんが買ってくれたんだよ、おねえちゃんに」

マキは一瞬気まずそうな顔になって、お父さんを見た。お父さんも、どうしていいかわからない様子で、すっとマキから目をそらしてしまった。

「……あとで食べるかもしれないけど、いまはいらない」

マキがリビングを出たあと、お父さんは小声でフミに言った。

「お菓子、ぜんぶ食べていいぞ」

「でも……」

「どうせ食べないよ、おねえちゃんは」

フミも、ほんとうは、そう思う。

お父さんは、ふーう、とため息をついて肩の力を抜きながら、「お墓参り、フミが行きたくないんだったら、やめるけど」と言った。

フミは首を横に振って、「行きたい」と応《こた》えた。

## 5

クリスマスの週は、月曜日から毎日、微妙にぎごちなく過ぎていった。

フミも、お父さんも、言いたいことがあるのに言えない。でも、マキとお母さんだって、自分でもどう言葉にすればいいのかわからない、もやもやした心を持て余している。

お父さんはフミと二人分の飛行機のチケットを取った。位牌《いはい》や仏壇、そして東京から移したお墓を守っている、亡《な》くなったお母さんの両親――フミのおじいちゃんとおばあちゃんにも連絡をした。二人はフミにひさしぶりに会えるので大喜びしてくれた。

でも、それと引き替えに、いまのお母さんは寂しい思いをすることになる。お母さんのほうも、マキが津村さんと会えばお父さんが寂しい思いをしてしまうことはわかっている。だから、お父さんとお母さんは寝室に入ると、二人で「ごめんな」「ごめんね」を、まるで合言葉のように言い交わす。

フミは夕方、洗面所の鏡の前で、プレゼントされたキャップをかぶってみる。ポニーテールを左右に分けるのなら、キャップの穴は要らない。でも、やっぱりポニーテールは後ろで一つにまとめたい。しょんぼりしてキャップを取ると、学校から帰ってきたマキがうがいをするために洗面所に入ってくる。

「なにしてんの？」

とっさにキャップを腰の後ろに隠す。

「うん……べつに、なんでもない……」

マキも晩ごはんのあと、自分の部屋の窓ガラスを鏡にして、ダッフルコートを羽織ってみる。トグルを留めたりはずしたり、フードをかぶったり脱いだりする。口をとがらせたり、ため息をついたり、うつむいたり、ツンと鼻を上げたり、ムスッとしたり、すまし顔をしたり……コートの着こなしではなく、ほんとうは表情を決めかねている。ただ、無邪気な笑顔にだけはならないだろう。

コートをベッドに脱ぎ捨てると、ドアがノックされる。

「おねえちゃん、シャーペンの芯《しん》、一本ちょうだい」

やれやれ、と苦笑して「ちょっと待ってて」と応える。いまの笑い方でいいのかもな、ともふと思う。

フミ。

あなたの家族は、みんな、どこか似ている。

わたしにはわかる。ゴエモン二世を見てごらん。みんなのところを、まるで看護師さんが病室を巡回するように順繰りに回って、頭を撫《な》でられたり、抱っこされたり、オヤツをもらったりしている。みんな、ここのところゴエモン二世に優しい。つらかったり寂しかったりするぶん、ゴエモン二世が部屋に入ってくるのをみんなが歓迎してくれる。

だから、「よかったね」とあなたに言おう。つらい思いや寂しい思いをすることはあっても、あなたは幸せなのだと、わたしはいま、確かに思う。


十二月二十四日の夜は、家族そろってケーキを食べた。ほんとうはもっとごちそうを食べて、もっとにぎやかに一家団欒《だんらん》の時間を過ごしてもよかった。

でも、あなたとお父さんは翌朝早起きしなければいけない。朝一番の飛行機に乗って、おじいちゃんとおばあちゃんの待つ山あいの小さな町に向かうのだ。

マキは明日、津村さんと水族館に行って、お昼ごはんは焼肉を食べることになった。

「油っこいものをつづけて食べるのはキツいから」というマキのリクエストで、クリスマス・イブの晩ごはんのおかずは魚の蒸し物になった。

ローストチキンを楽しみにしていたあなたにとってはがっかりだったが、お父さんは妙に機嫌がよかった。

お母さんと二人きりになったときに話していたのだ。

「なんで水族館と焼肉なんだと思う？　水族館だと、津村さんと向き合わなくてもいいじゃないか。ごはんも焼肉だったら肉を焼くのが忙しくて、ゆっくり話なんかできないだろ」

ミステリー小説の名探偵気取りで言う。

「要するにマキとしては、津村さんと会うのは親孝行なんだよ。義理なんだよ。優しさなんだな、うん。自分から会いたくて会いたくてたまらないってことじゃないんだ。間が持たないのが自分でもわかってるから、水族館と焼肉なんだ」

えへん、と胸を張る推理が正しいのかどうかは——わたしからは、いまはなにも言わずにおこう。

ただ、お父さんは、病気がちの奥さんと一緒だった頃に比べると明るくなった。本人が「そんなことはないって」と打ち消してもダメだ。元気で陽気ないまの奥さんのおかげだと、わたしは思う。ちょっと扱いづらい長女との出会いも、意外と、お父さんの心に奥行きをつくってくれていそうな気がする。

だから、わたしはお父さんにも「よかったね」と言おう。お父さんはいま幸せだ、と確かに思う。わたしもそれがなによりもうれしくて、少しだけ、悔しい。

明日の遠出に備えてふだんより早めにベッドに入ったあなたは、なかなか寝付かれなかった。亡くなったお母さんといまのお母さん――二人の「お母さん」に挟まれて、どうすればいいかわからない。

寝返りを打つと、プレゼントのキャップのことも思いだしてしまう。なぜ「これ違うから、取り替えて」とお母さんに言えなかったのだろう。いまになってじわじわと後悔が胸に湧《わ》いてくる。マキの真似《まね》ができなくなったことよりも、お母さんに「取り替えて」と言えなかったことのほうが悲しい。でも、「取り替えて」と言ってもらえなかったお母さんのほうが、きっと、もっと、ずっと悲しいだろう……。

フミ。

もう寝なさい、フミ。

ずっと昔、まだあなたが小学校に上がる前、サンタクロースについてお母さんに質問をしたことを覚えているだろうか。

その年のクリスマスを、お母さんは病院から一時帰宅して過ごした。あなたがものごころついてからクリスマスを親子そろって自宅で迎えられるのは初めてのことで、それが最後だった。

サンタさんは、とあなたは言ったのだ。

サンタさんはみんなにプレゼントを配ったら、すぐに帰っちゃうの――？

不服そうな訊き方だった。年末にはまた病院に戻らなければならないお母さんを、サンタクロースに重ねていたのかもしれない。

とっさの質問に、そのときのお母さんはうまく応えられなかった。

でも、あなたにだけ、こっそり教えてあげる。子どもの頃から体の弱かったお母さんは、運動がほとんどできなかった代わりに、たくさん本を読んでいた。やがて、読むだけでなく、自分でもお話を書きたくなった。じつはお母さんは童話作家になりたかったのだ。

残念ながら、その夢は果たせなかった。

それでも、いまのお母さんには、永遠の時間がある。小さなお話を、ゆっくり、ゆっくり、考えていけばいい。

いくつかできあがったお話もある。

主人公はみんな女の子。モデルにしているのは、フミ、あなただ。野良猫《のらねこ》と出会うお話をつくった。てるてる坊主《ぼうず》の出てくるお話もできた。赤ちゃんを抱っこするお話もあるし、ポニーテールのよく似合うおねえちゃんに憧《あこが》れるお話もある。

照れくさささとくすぐったさで、背中がほっこりと温《ぬく》もってきた？

だったらもう、だいじょうぶ。目をつぶれば、きっとすぐに眠れるだろう。

翌朝、あなたは目を覚ましたあとも、ベッドの中でぐずぐずしていた。キンと冷え込んだ朝になった。その寒さのせいにして「やっぱりお墓参りやめる」と言いだしたら、お父さんはどうするだろう。怒るだろうか。悲しむだろうか。亡くなったお母さんは、がっかりするだろうか。しょうがないね、とゆるしてくれるだろうか。いまのお母さんはどうだろう。心の中でこっそり喜んでくれるのだろうか。それとも逆に、心の中でこっそり悲しんで泣いてしまうのだろうか……。

そんなことを考えていたら、自分のほうが涙ぐんでしまった。

マキの部屋のドアが開く音が聞こえた。廊下を歩き、階段を下りる足音も。

ほどなく、リビングのほうからマキとお父さんの話し声が聞こえてきた。マキの声はなにかを手早く説明していて、お父さんはそれを聞いて戸惑いながら、「うん、まあ、じゃあ……わかった」と応えていた。

二人きりで話すのなんて珍しいな、とあなたは思う。お母さんはいないんだろうか、ゴミ捨てに行ったのかなあ、と訝《いぶか》しんでいるうちに、やっと起き上がる気力が湧いてきた。

朝ごはん食べなきゃ——。

お墓参りのことはわざと頭の中から追い払って、掛け布団《ぶとん》から顔を出した。

次の瞬間、あなたは「うわわっ！」と声を裏返して叫んだ。

お母さんが勉強机の椅子《いす》に座って、こっちを見ていたのだ。

「……どうしたの？　なにしてるの？」

「ごめんごめん、さっき起こしに来たんだけど、よく寝てたから、ぎりぎりまで待っててあげようと思って」

「びっくりしたなあ……心臓停まっちゃうかと思ったよ……」

しょぼついた目をこするふりをして、目尻《めじり》に溜《た》まっていた涙をぬぐった。つくりもののあくびで、目が赤くなっているのもごまかした。

ベッドの上で体を起こした。お母さんはまだ椅子に座ったまま、こっちを見ている。

まるでおとぎ話を「めでたし、めでたし」で締めくくるみたいな、まんまるな笑顔だった。

「向こうのお母さんによろしくね」

「……うん」

「元気でやってるからねって、ちゃんと伝えるのよ。告げ口なしだからね」

おどけてにらんで、笑って「愚痴ぐらいはいいけど」と付け加える。

あなたも笑い返した。意外とすんなり頬がゆるんだ。

「フミちゃんも、マキも、幸せだね。みんなからうらやましがられると思うよ」

「そう？」

「うん。だって、フミちゃんはお母さんが二人もいて、マキはお父さんが二人もいるんだから、ふつうの子の倍だよ、すごいじゃない」

あなたは少し照れくさくなって、身をかわすように首をかしげた。

すると、お母さんは不意に真顔になった。

「ほんとよ」

きっぱりと、教え諭すように言う。「増やせばいいのよ、こういうのは」

理屈で納得したというより、口調に気おされて、うなずいた。

「フミちゃん、遠慮せずにお母さんを増やしちゃいなさい」

お母さんの顔は真剣そのもので、まなざしはまっすぐにあなたを見つめて動かない。

「気をつけて行ってらっしゃい」

お母さんはそう言って、あなたを抱きしめた。温かくて、やわらかくて、ぷるぷるしたお母さんの大きな胸は、あなたの涙をいくらでも吸い取ってくれそうだった。


フミ。

あなたを抱きしめてくれたお母さんのこと、わたしも大好きだよ。

わたしにはもうあなたを抱きしめることはできないから、東京のお母さんのことが、ずっと、ずっと、大好きだよ。


ひさしぶりに会ったおじいちゃんとおばあちゃんは、涙を流しながら大喜びしてあなたを迎えてくれた。

二人ともずいぶん歳《とし》を取った。亡《な》くなったお母さんを通じてしかつながれない二人とは、これからもめったに会えない。今度会うのはいつになるのか。もしかしたら、それは、どちらかとお別れをするときになってしまうのかもしれない。

一人娘に若くして先立たれ、娘の夫や子どもは新しい家庭をつくった——そんな年老いた両親の寂しさも、あなたはいつか、知るときが来るだろう。もしも間に合うのなら、二人に優しくしてあげてほしい。

フミ。

会いに来てくれてありがとう。

きれいな花に飾られ、お線香の香りに包まれて、あなたの顔を間近に見られて、わたしはとてもうれしい。

大きくなった。おねえさんになった。でも、幼い頃の面影はまだまだたくさん残しながら、あなたはこれからどんなふうに育っていくのだろう。どんなおとなになるのだろう。

よろしくお願いします、とお父さんに伝えておいたから。マキちゃんほどではないと思うけど、フミだってこれから扱いづらくなるわよ、と少し脅しておいたから。

フミ、どうかお父さんと仲良く。お母さんやおねえちゃんと仲良く。ケンカしても仲直りして。怒っても嫌いにならないで。それから、ときどきでいい、わたしのことも思いだして。

合掌を終えてお墓の前から離れたあなたに、お父さんが声をかけた。

「おねえちゃんから預かったものがあるんだ」

肩から提げたバッグを指差して、じつは自分でもよくわかっていないのだろう、ちょっと困った顔で笑った。

「……なに？」

「これ、お墓参りがすんだら渡して、って。マキからのクリスマスプレゼントだって」

赤いベースボールキャップ——。

「マキの帽子だよな、これ」

黙ってうなずいた。

「お古をプレゼントってヘンだろうって思うんだけど、なんか、フミは絶対にこっちのほうが喜ぶから、って」

黙ったまま、大きく何度もうなずいた。

「いいのか？」

もう、うなずく余裕もない。お父さんの手からひったくるようにキャップを取って、かぶった。ベルトはまだマキのサイズに合わせたままなので、少し大きい。ツバが下がって、視界の上半分が隠れた。そして、ツバを上げる間もなく、視界の下半分は、にじんで揺れた。

たくさん泣いた。わんわん泣いた。悲しいのではなく、感激の涙やうれし涙というのとも違う。名付けられない。それでいい。

マキからキャップをもらわなければ泣かなかった。お母さんのお墓の前でなければ泣かなかった。お父さんがそばにいなければ泣かなかったし、おじいちゃんやおばあちゃんがいてくれたからたくさん泣けた気もするし、東京のお母さんに抱きしめられたときに流しそびれた涙が、いまあふれ出ているようにも思う。

あなたが流したのは、そういう涙だ。

サンタクロースは十二月二十五日に寄り道をすることがある。

それに気づいているひともいるし、気づいていないひともいる。

ようやくあなたの嗚咽《おえつ》がやんだ頃、お父さんが「飛行機だ」と空を見上げて言った。葉を落としたカエデの梢越《こずえ》しに、夕方の空と飛行機が見える。

同じ頃、マキは、駅のホームで帰りの電車を待ちながら、ふと空を見上げた。東京は寒い一日だった。ダッフルコートのトグルを一番上まで留めて、肩をすぼめて北風をやり過ごしながら、フフッと苦笑いを浮かべる。津村さんとの一日が終わった。楽しかったのか、そうでもなかったのか、楽しいと思ってはいけないのか、楽しいと思わなければいけないのか、ほんとうは、まだマキにもわかっていない。

同じ頃、お母さんはリビングに掃除機をかけながら、テラスの窓から空を見上げる。マキのことを思い、フミのことを思って、どんな神さまというわけではなくても、とにかく誰かに、なにかを、祈る。

そんなお母さんの足元に、ゴエモン二世がしっぽをすりつけて甘える。お母さんは、はいはい、と笑って掃除機のスイッチを切り、オヤツを探しにキッチンへ向かう。

フミ。

もう泣くのをやめて、空を見てごらん。飛行機はずいぶん小さくなった。目に残った涙を通して眺める飛行機のシルエットは、サンタの国に帰っていくトナカイのソリにも見えるかもしれない。

あなたが手を振ってくれたら、とてもうれしい。

# 第六章

## 1

年明けに土鍋《どなべ》を買った。蓋《ふた》に柿《かき》の実が描かれた鍋だった。同じ柄のトンスイとレンゲが四人分のセットになっている。

お父さんが選んだ。サイズや柄や予算を家族に相談することなく、そもそも新しい土鍋が必要なのかどうかを確かめることすらせず、仕事始めの日の帰りに、「ほら、これ、おみやげ」と買ってきたのだ。

駅からバスで帰宅する途中、なにげなく窓の外を見ていたら、商店街にある日用雑貨のお店で土鍋のワゴンセールをしているのが目に入った。あわてて——というより、思わず降車ボタンを押してしまった。次の停留所でバスを降りて、わざわざ引き返した。ちょうど店じまいをするところで、ワゴンが片づけられるぎりぎりのところで間に合った。

お父さんはご満悦だった。なにか大きな仕事をやり遂げたみたいに、お母さんが土鍋を箱から出すのを、にこにこしながら見ていた。でも、お母さんもフミも、思いがけないおみやげを喜ぶ前に、怪訝《けげん》そうに首をひねってしまった。

どうしても今日のうちに買わなければいけないものではない。明日でも、あさってでも、もっと先でも、時間のあるときにゆっくり買えばいいし、お母さんに買ってきてもらえば、そのほうがずっと話が早い。

土鍋を買ったお店も、地元で長く営業しているものの、そのぶん店構えはいかにも古くさく、品揃《しなぞろ》えも貧弱だし、それでいて値段はさほど安くない。駅前のショッピングセンターなら、もっとたくさんの種類から、もっとお買い得品を選べただろう。

それになにより、わが家には土鍋がすでにある。しかも二つ——お父さんとフミの家にあった小菊模様の鍋と、お母さんとマキが持っていた黒一色の鍋。

「おっきーい」

箱から鍋を取り出すと、フミはびっくりして言った。いままでの鍋より二回りほど大きい。お母さんが箱に入っていた説明書を見て「十号だね」と教えてくれた。直径が三十三センチあるらしい。

「ウチのは何号？」

「七号と八号。フミちゃんのお鍋が八号で、マキのが七号」

「じゃあ、大きすぎるんじゃない？」

お父さんは「そんなことないって」と割って入った。「逆に、いま持ってる鍋のほうが小さすぎるんだ」

それは間違いではない。直径が二十一センチ余りの七号は一人から二人用で、三センチほど大きい八号でも三人がせいぜいだった。家族四人で鍋を囲むには、どちらも小さすぎる。

「俺も忘れてたんだ、いままで」

お父さんは上機嫌なまま、冷蔵庫から缶ビールを出した。お母さんが「先に服を着替えてくれれば？」と声をかけても、いいんだいいんだ、と笑って応《こた》え、リビングのソファーに座って話をつづけた。

「夏に引っ越しの荷造りをしてるとき、ちらっと気になってたんだ。ホットプレートと土鍋、新しいのを買わなきゃ、って」

ホットプレートはすぐに買い換えた。引っ越したわが家での最初の、つまり家族が四人になって初めての夕食は、そのホットプレートを使ったお好み焼きだった。いっぽう、季節はずれの土鍋のほうはつい後回しになって、そのまま年を越してしまったのだ。

「みんなものんきだよなあ。あんな小さな鍋しかなかったら不便じゃなかったか？」

お母さんとフミは、少し困った様子で顔を見合わせた。

「べつに……そうでもなかったけど」

フミは言った。だよね、と目で確かめると、お母さんも、そうそう、とうなずいた。いまは二階にいるマキも、きっと同じ答えを、もっとそっけない言い方で口にするはずだった。

「だって、小さいだろ、いままでの鍋だと」

「三人だと、わたしの鍋でちょうどよかったよ。で、湯豆腐とか具のあんまり入ってない鍋ものだったら、おねえちゃんの鍋でも平気」

軽い気持ちで言っただけなのに、お父さんはそれを聞くと、むっとした顔になった。

「だったら、やっぱり小さすぎるってことだろ。ウチは四人なんだから」

「うん……」

「あと、変な言い方しちゃだめだぞ」

「なにが？」

「わたしの鍋とか、おねえちゃんの鍋とか、そんなの関係ないだろう。ぜんぶウチの鍋だよ。そうだろ？」

声が強くなった。フミが思わず首を縮めると、お父さんも、いけない、と気づいたのだろう、あわてて頬をゆるめ直した。

「だからさ、今日買ってきた土鍋もウチの鍋なんだ。家族みんなの鍋なんだよ」

「前の鍋は？」

「これがあれば要らないだろ」

「捨てちゃうの？」

お父さんがうなずきかけると、今度はお母さんが「捨てない捨てない」と割って入った。

ああ、よかった、とフミはほっとした。小菊模様の土鍋はもともとお気に入りだったし、柄の入っていないマキの土鍋も、おしゃれだなあ、と思っていたのだ。

お父さんはまた不服そうな顔になりかけたが、お母さんはすかさず「小さいほうは、おかゆや鍋焼きうどんに使えばいいから」と言って、「メインのお鍋は今度からこっちね」と付け加えた。それでやっとお父さんも上機嫌に戻って、ビールをおいしそうに飲みながら、「カセットコンロも新しいのに買い換えちゃうか」と言った。「今度、見てくるよ」

　張り切っている。大きな土鍋を買ったのがほんとうにうれしくてしかたないみたいで、それを見ているとフミまで「よかったね、お父さん」と拍手してあげたくなるほどだった。

「これで道具がそろったんだから、いつでも鍋ができるぞ。寄せ鍋でも水炊《みずた》きでも、なんでもＯＫだ。これからどんどん寒くなるんだから、鍋もどんどん旨《うま》くなる」

　そういえば、と思いだした。この家に引っ越してからまだお父さんと鍋ものを食べていなかった。だから、いまの鍋が小さすぎることに気づかなかったのだ。

　お父さんの帰りが遅い日にお母さんとマキと三人で寄せ鍋やカレー鍋をしたことは何度もあったが、家族全員で鍋を囲むのは、タイミングが悪かったのか、まだ一度もなかった。

　秋の終わりはぽかぽか陽気がつづいて、鍋ものどころか冷やし中華が恋しくなるほどだった。残業や忘年会つづきだった十二月の平日はお父さんと顔を合わせることすら難しかった。休みの日にマキやフミのリクエストでホットプレートの焼肉や手巻き寿司《ずし》をすることはあっても、「お鍋にしたい」というリクエストは二人とも出さなかった。年末の休みにおでんをしたときも、ふつうの鍋をキッチンのコンロにかけてつくったし、お正月のごちそうはお父さんがデパートで注文したおせちとローストビーフだった。

でも、まだ冬はこれからが本番で、四人で鍋ものを食べる日ももうじき来るだろう。そのときに小さな土鍋を四人でつつくのはやっぱりおかしいし、お父さんの言うとおり、具がたっぷり入った鍋ものを寒い日にみんなで囲む光景を思い浮かべると、もうそれだけでにこにこ笑いたくなって、夕食をついさっきすませたばかりなのに、おなかまで空《す》いてくる。

「ねえ、お父さん、今度の日曜日はお鍋にしようよ」

お父さんも、もちろん、と大きくうなずいて、「フミはなにがいい？」と訊《き》いてきた。

「キムチが入ってるのは辛いからだめだけど、あとはなんでもいいよ」

「じゃあ、豪華にカニすきにでもするか」

やったーっ、とフミはお母さんを振り向いた。お母さんもカニは大好物なのだ。

ところが、お母さんはなにか別のことを考えていたのか、きょとんとした顔で「え？」と返すだけだった。

「カニのお鍋だよ、今度の日曜日。大きいの買って来てね」

はいはい、と笑ってうなずいても、フミが期待していたほどの喜びようではなかった。

「爪《つめ》はぜーんぶ、わたしのだからね」

わざとわがままなことを言ってみた。お母さんは、また笑ってうなずいた。今度の笑顔は、しかたなく付き合ってくれただけ、という感じに見えた。

「お餅《もち》も入れてね、わたし、鍋のお餅だーい好き。二つにしようかな、三つ食べちゃおうかなあ……」

お母さんに相手をしてほしくて言ったのに、お父さんが「そんなに食べると、締めの雑炊が食べられなくなっちゃうぞ」と口を挟み、カニ雑炊がどんなにおいしいものなのかを力を込めて話しはじめた。

気がつくと、お母さんはまた考えごとに戻ってしまい、キッチンの調理台に置いた新しい土鍋を上から覗《のぞ》き込むように見つめていた。

ビールで口調がなめらかになったお父さんの話は、会社の接待で食べたフグ雑炊とスッポン雑炊のことに変わった。カニとフグがお相撲でいう大関なら、スッポンは横綱らしい。

「お父さんも一回しか食べたことないんだけど、ほんとに旨かったなあ。フミにも食べさせてやりたいけど、高いんだよなあ、スッポンって。そもそもスッポンっていうのは昔から……」

上機嫌のお裾分《すそわ》けをしているのか、お父さんの話はなかなか終わりそうにない。キッチンのほうを気にしながら、しかたなく相槌《あいづち》を打っていたら、マキが自分の部屋から出てきて、「お帰りなさい」とお父さんにあいさつした。

「おう……ただいま」

お父さんの口調は微妙にぎごちなくなる。いつものことだ。あいさつを返したあとで「あははっ」と意味なく笑うのも、マキがすぐにキッチンに入ってしまうのも、その背中を追いかけるようにお父さんが話しかけるのも、ぜんぶ、いつものこと。

「学校どうだった？」「ふつう」「寒かったなあ、今日は」「うん」「風邪が流行《はや》ってるんだよ」「そうみたいだね」「加湿器使えよ」「使ってるよ」――細切れの会話はすぐに終わってしまい、お父さんはまた、誰にともなく「あははっ」と笑う。

家族になったばかりの八月頃に比べると、これでも少しは話がつづくようになったのだ。お父さんの口調のぎごちなさも、以前のことを思えば、ずっとましになった。

ただ、気まずさは、すべてお父さんが背負い込んでいる。マキのほうはいつも平気な顔で、お父さんがいてもいなくても変わらないというか、どうでもいいというか、ちっとも気にしていない。そこがフミには納得できない。お父さんがかわいそうだな、と思うこともある。

フミはダッシュでキッチンに向かい、戸棚にしまったお菓子を探していたマキに、「おねえちゃん、見て見て、新しい土鍋！」と声をかけた。

マキは面倒くさそうに調理台を振り向き、「大きすぎない？」とお母さんに言った。「こんなの戸棚にしまっても邪魔になっちゃうじゃん」

ひやっとした。リビングにも、きっと聞こえた。

「そんなことないわよ、だいじょうぶだいじょうぶ、場所はいくらでもあるから」

お母さんはすぐに言ってくれた。でも、それ以上は話を盛り上げてくれなかったので、フミは「日曜日、カニすきだよ！」とことさら元気に言った。「爪、わたしがもらってもいい？」

でも、マキはそっけないまま「ぜんぶあげる。わたし、食べないから」と言って、お菓子探しに戻った。

「……カニ、嫌いなの？」

「鍋もの、ぜんぶ嫌い」

のど飴《あめ》を口に含んで、リビングを通らずに廊下に出た。

「なんで嫌いなの？」

あわてて戸口まで追いかけたフミが訊くと、もごもごした声で「だって、ひとの箸《はし》が入ったら気持ち悪いじゃん」と言って、階段を上っていった。

フミは「はぁ？」とつぶやいて首をかしげた。意味がよくわからない。お母さんを振り向いて、「いまのなんなの？」と訊いた。

お母さんは目を伏せて、黙って首を横に振り、土鍋の箱を片付けはじめた。

それでフミも、あ、そうか、と気づいた——と同時に、さっきよりさらに冷たいものが背中を滑り落ちた。

リビングには聞こえていませんように、お父さんはなにも気づいていませんように……と祈りながら、リビングの様子をうかがった。

お父さんはちょうどリモコンでテレビのスイッチを入れるところだった。

画面をじっと見つめていたので、たぶん聞こえたんだろうな、とわかった。

## 2

日曜日の夕食は、約束どおりカニすきだった。マキも食卓について四人で鍋《なべ》を囲んだ。確かに四人そろうと、これくらいのサイズの土鍋がちょうどいい。

「小さな鍋だとカニの脚が入りきらないだろ。それに、すぐに具がなくなって足さなきゃいけないし、火が通るまで待たなきゃいけないし……やっぱり鍋は、こう、どーん、と真ん中にないとだめだよなあ」

お父さんは張り切って、火を通す途中で何度も蓋《ふた》を取って、野菜の煮え具合を目で確かめていた。そのたびに、お母さんはちらりとマキを見る。心配している。ちゃんとやりなさいよ、と釘《くぎ》も刺している。それがわかるから、フミはなにも気づかないふりをして、お父さんも気づいていませんように、と祈る。

でも、ほんとうはお父さんもわかっているのだろう。グツグツと煮えはじめた鍋の横には、真新しい取り箸とお玉が置いてある。お父さんとフミが二人暮らしだった頃は、たまに鍋ものをしても、いつも自分の箸でじかに取っていた。四人家族になってからも、お母さんとマキとフミの三人で鍋を囲むときに取り箸を使ったことなどなかったのだ。

「よーし、もういいぞおーっ」

もったいぶったしぐさで蓋を取ったお父さんの顔を、湯気が隠した。

「せっかく豪華版なんだから、今夜は本格的でーす」

おどけて言って取り箸を持ったお母さんの顔も、湯気の向こうでかすんだ。
「邪魔になるから、これ、台所に持って行っちゃおう」
お父さんが蓋を持って席を立つと、お母さんは「じゃあ、最初は一家の大黒柱から
ね」と、お父さんのトンスイにカニや野菜や豆腐を入れた。お父さんがうっかり自分
の箸をお鍋に入れないように――どう、これでいいでしょ、だいじょうぶでしょ、と
マキに目配せしながら。
お父さんとお母さんは、あらかじめ蓋を置きに行く役とトンスイに取り分ける役を
割り振っていたのだろうか。「一家の大黒柱」というお母さんの一言も、お父さんへ
の「ごめんね」の代わりなのかもしれないし、悪びれたそぶりなどまるで見せないマ
キにぶつける、せめてものイヤミだったような気もする。
どちらにしても、家族四人で鍋を囲む日曜日の夕食は、フミが楽しみにしていたの
よりずっとぎくしゃくしたものになってしまいそうだった。
お父さんは蓋を調理台に置くと、「なにかおつまみないかなあ」と冷蔵庫のドアを
開けて中を覗き込んだ。みんなのぶんを取り分けるまで時間稼ぎをしているのだろう
か。家族なのによそよそしく取り箸を使っているところを見たくないのかもしれない。
お母さんは「はい、次はフミちゃんでーす」と笑った。「サービス係がいるなんて、

旅館に来たみたいでしょ」

「……自分で取るからいい」

「そう？　じゃあ、フミは取り箸だと取りにくいから、自分のお箸でね」

「いい、わたしも取り箸使う」

「でも、ふつうのお箸より長いし、太いから……」

「だいじょうぶ」

譲らないフミに、今度はマキが不機嫌そうに「無理だよ」と言う。「こぼしたり汁が飛んだりしたら迷惑だから、自分の箸で取ってよ」

「こぼさないもん」

マキをにらんで言い返すと、「勝手にすれば？」とそっぽを向かれた。

お父さんはまだ冷蔵庫を覗き込んでいた。「おっとラッキー、お正月のイクラが残ってた、やったね」と、誰が聞いているわけでもないのにつぶやいて、なんの歌だかわからないメロディーをハミングしながら、食卓にはなかなか戻ってこなかった。

お母さんが心配していたとおり、取り箸はフミの小さな手では扱いづらかった。白菜やネギはなんとかなっても、大根やニンジンはだめだ。挟んだつもりでも箸の先から滑り落ちてしまう。豆腐も、箸がうまく開かず、力の入れ具合もわからないので、ぐずぐずに崩れてしまった。

主役のカニは、もっとだめ。白菜を取るときに細い脚が一緒にくっついてくるのがせいぜいで、太い脚を挟んで持ち上げようとしてもすぐに箸の先から落ちてしまい、汁が撥《は》ねると、そのたびにマキに嫌な顔をされる。いちばん楽しみにしていた爪のところは、最初からあきらめるしかない。

お父さんとお母さんも、食べづらそうだった。おしゃべりもはずまない。お代わりをするときに取り箸に持ち替える、という一手間が増えただけで、食事ぜんたいのリズムが乱れてしまったような感じだ。

そんな三人をよそに、マキはカニフォークの先を器用に使って、身を丁寧に丁寧に細かく掻《か》き取っていく。カニに時間をとっているのでトンスイに取り分けた最初の一杯がほとんど減っていない。お代わりする気がないのかも――取り箸を使っても気持ち悪さは抜けないのかも、しれない。

「フミ、カニ全然取ってないじゃないか。遠慮せずにどんどん食べなきゃ」

お父さんに声をかけられた。「おねえちゃん見てみろよ、上手に身をほじってるぞ」と、フミというより、むしろマキに話しかけた。

マキもべつにお父さんを無視しているわけではなく、「けっこう夢中になっちゃうね」と苦笑して、きれいに身を取った殻を皿に置いた。

「でも、ほんと、マキはうまいなあ」

「そう？」

「今度、みんなで上海ガニを食べに行くか。上海ガニって味噌《みそ》はたくさんあるけど、身は取りにくいんだよ。でも、マキぐらい上手だったら、たくさん食べられるぞ」

「上海ガニって、わたし、食べたことない。中華料理なの？」

「そうそう。蒸したり、紹興酒《しょうこうしゅ》に漬け込んだりして食べるんだ。秋と冬しか食べられないから、よけいおいしく感じるんだよなあ」

ほんのそれだけの会話でも、お父さんはうれしそうだった。マキが話に乗ってくれてほっとしているようにも見える。マキのほうも、やっとお代わりする気になったのだろう、トンスイに残った野菜や豆腐をぱくぱくと食べはじめた。

それでお父さんはさらに安心して、「フミも早く取らなきゃ、ぜーんぶおねえちゃんに食べられちゃうぞ」と笑いながら言った。

「うん……」

フミだって食べたいのだ。やっぱり自分の箸でじかに取っちゃおうか。ふと思ったが、それをしてしまうとお父さんを裏切ることになりそうな気がする。

「フミは爪《つめ》のところが欲しかったのよね」

お母さんが助け舟を出して、「だから皆さん、爪は取っちゃだめですよお」とお父さんとマキを笑いながらにらんだ。

「なんだ、だったら先に取っといたほうがいいだろ。どこだ？　爪って」

お父さんは爪を探した。ついうっかり、自分の箸で鍋の中の白菜をよけながら――。すぐに気がついて、大あわてで箸を引き上げた。学校の給食の時間なら、三秒ルールでセーフ――床に落ちた食べ物も三秒以内で拾えば食べられる、ということになっている。

でも、マキの表情は一瞬でこわばってしまった。トンスイはほとんど空になっていたが、取り箸に手を伸ばすどころか、鍋に目を向けようともしない。

お父さんとお母さんは顔を見合わせた。お父さんがそっと片手拝みをして、ごめん、と謝ると、お母さんは、そんなことないから、とかえって申し訳なさそうに首を横に振って、取り箸を持った。

「マキ、お代わりするでしょ？　するよね？」

返事はなかったが、かまわず野菜や豆腐やカニをマキのトンスイに入れていった。

「はい、どうぞ、食べてくださーい」

おどけた声だったが、顔は笑っていない。

マキはうつむいて、「もう、おなかいっぱい……」とつぶやくように言った。

「そんなことないでしょ、食べなさい」

「……いらない」

「マキ、食べなさい」

ぴしゃりと言った。

お父さんは、いいよいいよもういいじゃないか、と手振りでお母さんを制した。

マキの様子も、お父さんに意地悪をしているわけではなさそうだった。理屈ではちゃんとわかっていても、体と心が——たぶん心のほうが、どうしても受け容《い》れられずに嫌がっているのかもしれない。

お母さんはじっとマキを見つめる。その目が赤く潤《うる》んでいることに気づいたお父さんは、よし、と一つうなずいて席を立ち、キッチンに向かった。

「なあ、マキ」

戸棚から黒い土鍋を出して、なにごともなかったかのような、のんびりした声で言った。「まだカニも野菜もあるから、マキのぶんは、これでもう一回最初からつくってもらえばいいよ」と、明るい声でつづけた。

お母さんは顔をゆがめてなにか言いかけたが、言葉にはならず、代わりに涙が目からあふれ出てしまった。

マキは皿に置いたカニの脚の殻を見つめて、ため息と一緒に言った。

「ごちそうさまでした……」

二階に上がっていくマキを、お父さんもお母さんも黙って見送るだけだった。

フミもなにも言わない。なにも見ない。自分の箸《はし》で鍋から出したカニをどんどん食べた。顔を上げず、乱暴にカニフォークを動かして、むさぼるように食べつづけた。

家族四人の初めての鍋ものは、こんなふうに終わってしまった。

「ごめんね、嫌な思いさせちゃって」

洗い物を手伝うフミに、お母さんはぽつりと言った。

お父さんはお風呂《ふろ》に入っていて、マキは自分の部屋から出てこない。締めの雑炊を食べるとき、お父さんは「マキにもパンかなにか持って行ってやれよ」と言ったが、お母さんは「ほっとけばいいの」と突き放した。よほど腹に据えかねて、悲しんでもいるのだろう、雑炊を食べているときも何度かハナを啜《すす》り上げていた。

「おねえちゃんって、昔からそうだったの?」

フミが訊《き》くと、「うん……」とうなずいて、低学年の頃はおにぎりやお寿司《すし》やサンドイッチが苦手だったのだと教えてくれた。

潔癖すぎる。知らないひとがじかに触ってつくったんだと思うと、気持ち悪くなってしまう。コンビニのおにぎりやサンドイッチは機械でつくっていて、回転寿司の職人さんも薄い手袋をつけて握っていることを知って、やっとふつうに食べられるようになった。それでも、友だちのお母さんがつくったおにぎりはだめだし、友だちの家で出された食器を見ても、これを洗ったり拭《ふ》いたりするときはどうだったんだろう、と気になってしまう。ましてや鍋《なべ》ものは、ひとの口に触れた箸の先が鍋の中に入る。誰かの唾《つば》や口の中のばい菌が鍋の汁に溶けてしまう。

「でも……」

そんなことを言い出したらきりがない、とフミは思う。お母さんも「もうちょっとたくましくなってくれないと困っちゃうよね」と苦笑して、「最近はだいぶよくなったと思ってたんだけどねえ」とため息をついた。

「……お父さんだから、だめだったの?」

「そんなことない。誰と食べても同じようになっちゃうの」

「わたしとは一緒にお鍋食べてるよ」

「フミは妹なんだから」

「でも、お父さんだって、お父さんだよ」

口をとがらせた。

お母さんは一瞬困惑した表情を浮かべ、蛇口の水を止めた。体を少しかがめてフミと目の高さを合わせ、まっすぐに見つめる。

「フミ、おねえちゃんのこと、一つだけわかってあげて」

「なに？」

「おねえちゃんも、お父さんと仲良くなりたいと思ってるの。ずーっとそう思ってるし、あんまりうまくいかないから、それが自分でも悔しくて、悲しいの。それだけはわかってあげて。ね？　フミに嫌われたら、おねえちゃん、ひとりぼっちになっちゃうから」

「嫌ってなんかないよ」

「そうだよね、フミはおねえちゃんのこと好きだもんね」

「うん、大好き」

よかった、とお母さんは笑った。うれしそうで、寂しそうな笑顔だった。

洗い物のお手伝いを終えたフミは、ミカンを持ってマキの部屋に入った。

マキはドアに背を向けて床に座り込み、ゴエモン二世と遊んでいた。フミが「お母さんがミカン食べなさいって」と声をかけても、猫じゃらしを振る手を止めず、振り向きもせずに「そこに置いといて」と言うだけだった。

いちいち気にしない。無愛想なマキの態度には、もうすっかり慣れている。それに、ミカンは部屋に入る口実だった。ほんとうの用件は別にある。

「あのね、おねえちゃん……」

どうしても、この一言だけは言っておきたい。

「お父さんの箸、汚くないからね」

マキが応《こた》える代わりに、ゴエモン二世が、にゃあん、と軽く鳴いて、フミのほうに歩きだした。まだマキは猫じゃらしを振っていたが、ついさっきまでそれを夢中で追っていたこともけろっと忘れて、フミの足にすり寄ってきた。

マキは背を向けたまま猫じゃらしをベッドに放って、床にあったマンガ雑誌を読みはじめた。こっちだって遊んでやるのに飽きてたんだからね、と言いたげな、そっけないしぐさだった。

それを見て、言うつもりのなかった言葉が、思わずフミの口をついて出た。

「お父さん、悲しかったと思う」

ゴエモン二世が足にまとわりついて、にゃあにゃあにゃあ、と甘えてくる。

「怒ってないけど、悲しかったと思う」

あっちに戻りなよ、おねえちゃんに遊んでもらえばいいじゃん、と足を軽く振っても、ゴエモン二世は離れようとしない。

「おねえちゃんは意地悪してないかもしれないけど」

言葉を切った。息を深く吸い込んで、つづけた。

「わたしは、おねえちゃんよりお父さんのほうが好きだからね」

マキの様子に変化はなく、フミもそのまま部屋を出た。ゴエモン二世もついてきた。しかたなく胸に抱きかかえると、うれしそうに喉《のど》を鳴らす。ゴエモン二世が家族の中で一番なついているのはフミだ。マキに甘えているときでも、フミの姿を見つけると、たいがいこっちに寄ってくる。

リビングでは風呂上がりのお父さんがお母さんと話している。お父さんも気を取り直したのだろう、笑い声が二階にも届く。

フミはゴエモン二世を床に下ろした。マキの部屋のドアを少しだけ開けて、ほら、あっち、あっちだよ、と手で追い払った。ゴエモン二世はちょっと不服そうに耳を横向きにしたが、やがてマキの部屋に戻っていった。

それを確かめてから、フミは自分の部屋に入った。お母さんに、ごめんなさい、と心の中で謝った。頼まれたことが守れなかった。でも嫌いと言ったわけじゃないんだから、と言い訳もした。


二度目の鍋ものは、一月最後の土曜日の夕食だった。今度はおでん。すべての具に長い竹串《たけぐし》が刺してある。

「どう？　アイデア賞だと思わない？　これだと底のほうに隠れてるのも取りやすいでしょ」

お母さんが自画自賛すると、お父さんは「静岡のおでんも串に刺してあるんだ」とウンチクを披露した。何年か前に出張で静岡に行ったときに食べたのだという。

「お勘定するときも串の数をかぞえて計算するし、値段によって串に印をつけたりしてるんだぞ。なかなか合理的だよな」

なるほど、とフミはうなずいた。ウンチクに相槌《あいづち》を打ったのではなく、串がついていれば取り箸も自分の箸も使わずに食べられるんだな、と気づいたのだ。お母さんが自分で考えついたのか、お父さんが静岡おでんのことを教えたのか、どちらにしても、これならだいじょうぶだ、と二人で決めたのだろう。

実際、食べはじめると、串に手を伸ばすだけでいいというのは楽だった。フミはもちろん、お父さんとお母さんにも、カニすきのときのようなぎごちなさはなかった。マキもよく食べて、話しかけられたら応える程度でも、ふだんよりたくさんしゃべった。

フミは鍋の上に身を乗り出して、たちのぼる湯気をたっぷり吸い込んだ。「おいしい!」とはしゃいで言うと、「湯気に味なんてないだろ」とお父さんに笑われた。でも、ほんとうにおいしい湯気だったのだ。

鍋がほどなくからっぽになると、お母さんは「お代わり持ってくるね」とキッチンに向かった。お代わりのおでんは、すでにキッチンの鍋で火を通している。あとはそれを土鍋に移し替えて、温め直せば、またおいしい湯気がたちのぼる。

よかったね、とお父さんを見た。目が合って「ん?」と訊かれ、なんでもないよー、と笑ってウインナーを頰張った。それでも、フミが言いたかったことはなんとなく察したのだろう、お父さんは急に照れくさそうな顔になって、テレビのほうを見た。

「あれ? なにか録画してるのか?」

テレビ台の棚に置いたレコーダーに、録画中の赤いライトが灯《とも》っている。さっきまでは消えていたはずなので、予約録画が始まったのだろう。

「お母さん、いま録画してる？」

フミが訊くと、キッチンから「ううん、してないけど」と返事が来た。

「ってことは……」

マキを振り向いた。おねえちゃんなの、と言いかけた言葉が喉につっかえた。

マキの顔はカニすきのときと同じようにこわばっていた。でも、お父さんはそれに気づかず、「なんだ、マキだったのか。わざわざ録画しなくても、いま観《み》ればいいのに」と笑った。

「だって……ごはんのときはテレビ消してるから」

マキはうつむいて、低い声で言う。これもカニすきのときと同じ——お父さんは、まだ気づいていない。

「いいよいいよ、今夜は特別だ。土曜日だし、おでんだし」

あんまり関係ないか、あははっ、と笑って、リモコンでテレビを点《つ》けた。

「チャンネルは？」

マキの返事はなかったが、お父さんはかまわずチャンネルのボタンを押していった。

画面が次々に切り替わる。ニュース、バラエティ、クイズ、コマーシャル……画面に男のひとの顔がアップで映し出された。

お父さんは「え？」とも「あ？」ともつかない声を漏らして、ボタンを押す指を止めた。

さまざまな分野の著名人が自分の趣味について日替わりで語るミニ番組だった。今夜の主役はインターネットを使ったビジネスを展開している会社の経営者で、趣味は油絵。軽井沢の別荘に離れのアトリエを持ち、ベイエリアを一望する社長室にいるときも、仕事の合間を見つけてはスケッチブックに向かっているという。

「お父さんの知ってるひと？」とフミは訊いた。

年格好は四十代前半で、お父さんとそれほど変わらない。画面の隅に名前が出ていた。

〈津村亮一《りょういち》〉

さらに、〈美大生からネットベンチャーの草分けへ〉と煽《あお》り文句もついている。

「ねえ、お父さん、知り合いとか友だち？」

重ねて訊くと、お父さんは画面を食い入るように見つめたまま、無言で手のひらをかざして、黙ってろ、と制した。

ふと気づくと、お母さんも戸口に立って、呆然《ぼうぜん》とした顔でテレビを観ていた。

マキはさらに深くうつむいて、顔を上げようとしない。

しかたなく、フミはまた画面に目をやった。津村亮一というひとは知らないが、「津村」という苗字《みょうじ》は、いつか、どこかで、見たことや聞いたことがある。

記憶がつながった――はじかれたように椅子《いす》から腰が浮きかけた。

あわててマキを見る。お母さんを見る。目は合わなかったが、合わないことで、わかった。

短い番組はすでにエンディングに入っていた。テーマソングとスタッフロールが流れるなか、別荘のアトリエで絵を描く津村亮一さんの姿が、カンバスの側からのアングルで映し出される。

肩越しに、壁に掛かった一枚の絵が見えた。幼い少女の絵だった。別荘のウッドデッキに置いたガーデンチェアに座って白樺《しらかば》の森を眺めているのを、斜め後ろから描いた作品だ。

顔は見えない。でも、誰がモデルなのかは、すぐにわかった。

長い髪を結んだポニーテールが、とても軽やかに、ふわっとふくらんだきれいな形をしていたから。

番組が終わると、レコーダーの赤いライトも消えた。

コマーシャルが何本か流れ、次のバラエティ番組が始まった。テレビからはにぎやかな音がずっと流れていたが、お父さんもお母さんもマキもフミも、みんな押し黙っていた。

お父さんがテレビを切ったあとも、しばらく沈黙がつづいた。

最初に口を開いたのは、お母さんだった。

「おでん……持ってくるね」

誰も応えなかった。お母さんも戸口にたたずんだまま動かない。

お父さんは、ふーう、と息を大きくついた。なにかしゃべるんだろうかと思っていたが、深呼吸しただけで、言葉にはならない。

沈黙はさらにつづき、お父さんはまた息をついて、今度はやっと、声が出た。

「……電話かかってきたのか？」

意外と明るい響きの声だった。マキはうつむいたまま、「ゆうべ、たまたま見たら、明日の予告に名前が出てたから」と言った。

「そうか、うん……なるほどな、そういうことか」

「……ごめんなさい」

「謝ることないよ、いらないいらない、謝らなくていいって、そんなの全然気にすることないんだって、あたりまえだろう？」

声が甲高い。ふわふわ揺れる。

「録画できてるかな、だいじょうぶかな。ちょっと再生して確かめてみるか？」

マキは黙って首を横に振る。

お父さんはお母さんにも話しかけた。

「俺と同い年か。すごいよ、たいしたもんだ。軽井沢の別荘って行ったことあるのか？」

お母さんはなにも応えない。お父さんのほうも見ない。暗くなったテレビの画面を、まだ、じっと見つめている。

お父さんはからっぽのままの土鍋《どなべ》に目をやって、「なんか、待ってる間におなか一杯になっちゃったな」と言った。「俺はもういいや、あとは三人で食べちゃえよ」

あー食った食った、腹一杯、とおなかをさすりながら、席を立つ。

土鍋をもう一度見て、首をかしげながら言った。

「鍋ものって……なんか、ウチと相性が悪いのかもな」

最後はつぶやくような声だった。

3

二月に入ると、デパートやショッピングセンターの折り込み広告が一気に華やかになった。バレンタインデーが近づいてきて、チョコレートやギフトの広告が増えたのだ。

もっとも、フミにとってのバレンタインデーは、お父さんが会社でもらってきたチョコをたくさん食べられる日というだけ——自分が誰かにプレゼントするのはもっと大きくなってからだと思っていた。

お母さんもお姉さんもいないから、お手本がない。通いの家政婦さんも、夕食はつくっても、バレンタインのチョコの心配まではしてくれなかった。

でも、友だちはみんな張り切っている。塾の先生に「本命」のチョコを渡すんだという子もいるし、クラスの女子全員で男子全員に「義理」のチョコを配ろうよ、と提案する子もいる。

仲良しのツルちゃんも、今年は初めて一人で手づくりのチョコに挑戦するのだという。

「自分でつくれるの？」

驚いて訊《き》くと、「簡単だよ」と笑われた。毎年、お母さんとお姉さんと三人でチョコを手づくりして、お父さんと高校生のお兄さんにプレゼントしている、という。中学生のお姉さんはトリュフやガトーショコラもつくれるし、お菓子づくりの得意なお母さんがつくるフォンダンショコラは、お店で売っているものに負けないほどおいしいらしい。

「でも、お母さんもお姉ちゃんもうますぎて、わたしなんて卵の黄身と白身を掻《か》き混ぜるとか、板チョコを刻むとか、それくらいしかやらせてもらえなくて、つまらなかったんだよね」

だから、今年は一人でがんばる。

「手づくりっていっても、半分ズルしちゃうんだけどね」

お店で買ってきた板チョコをボウルに入れて湯煎《ゆせん》にかけ、なめらかに溶かして、それを好きな型に流し込んで冷蔵庫で固めればできあがる。

「溶かしたチョコを、チョコレートフォンデュみたいにイチゴとかチェリーにかけて冷やしてもいいんだよ」

ほんとうに簡単そうだ。それに、おいしそうでもある。

「フミちゃんは？　どんなの買うか決めてるの？　それとも手づくりしちゃうの？」

「だって、べつにあげるひといないし……」

「お父さんには？　あげなくていいの？」

「一度もあげたことない」

「そんなのかわいそうだよ。ウチのお父さんなんて、毎年すっごく感激して、お小遣いもくれるし、チョコを次の日に会社に持って行って、みんなに自慢してから食べてるんだから」

かわいそう——の一言に、お父さんの顔がふと浮かんだ。楽しみにしていた鍋ものがうまくいかなくて落ち込んだ顔ではなく、土鍋を買ってきた夜のご機嫌な笑顔が浮かんだから、それで逆に胸が締めつけられた。

「お父さんもぜーったいに喜ぶと思うよ」

「うん……」

「感激して、泣いちゃったりして」

お父さんの性格だと、ほんとうに泣いてしまうかもしれない。

「どうせだったら、フミちゃんもお母さんやお姉さんと一緒に手づくりしてみれば？」

「うん……」

小さくうなずいた。でも、それは最初からあきらめている。お母さんはともかく、マキは付き合ってくれないだろう。

マキは去年まで津村亮一さんにチョコを贈っていたのだろうか。

今年は？　新しいお父さんができた今年も？

じゃあ、お父さんは——。

胸がまた、ぎゅっと音が聞こえそうなほど強く締めつけられた。

次の日から、チョコの折り込み広告をしっかり見るようにした。いままではまったく気にしていなかったが、あらためて値段を見てみると、専門店のチョコはびっくりするほど高い。一口で食べられるトリュフが一個千円というのもざらだった。

フミのお小遣いでは手が出ない。でも、ふだんおやつにしているコンビニのチョコを渡すのは、お父さんはなんでも喜んでくれるはずだというのはわかっていても、フミが嫌だった。

テレビで観た津村亮一さんの別荘は、建物も敷地もとても広そうだった。離れのアトリエだけでも、ちょっとした一戸建てぐらいはあるかもしれない。社長室からの眺めもよかったし、スケジュールを管理する秘書はモデルのように美人でスタイルがよく、英語がぺらぺらだった。

バレンタインデーには、きっと、いろいろなひとから数えきれないほどのチョコをもらうのだろう。超高級なチョコばかりなのだろう。お父さんに勝ち目はない。勝てるわけがない。でも負けたくない。

お母さんに預けてあるお年玉の貯金をくずそうかとも思ったが、お金のつかいみちをお母さんに言わなければいけない。それを打ち明けてしまうと、やっぱり、なんだか、その時点でお父さんが負けてしまいそうな気がする。

困ったなあ、どうすればいいのかなあ、と悩みながら折り込み広告をにらんでいたら、夕刊を取ってきたお母さんがリビングに戻ってきて、「今度、新しいお菓子屋さんができるみたいよ」と教えてくれた。

ほら、これが郵便受けに入ってた、と渡されたのは、デパートの折り込み広告よりちょっと安っぽい、だからかえって親しみやすいチラシだった。

『アニヴェルセル』――フランス語で「記念日」という意味らしい。つくっているのはケーキに焼き菓子、そしてチョコ。

地図も載っていた。住宅街の中のお店だ。通学路から少しだけ遠回りをすれば、歩いて行ける。それに、チラシには開店記念の割引券もついていた。ふだんは千二百円する箱入りのトリュフ八個が、半額の六百円になっている。これならお小遣いで買える。チラシの写真を見るかぎりでは、箱もなかなかおしゃれだ。

オープンは明日——二月十日の木曜日で、開店記念セールは月曜日の十四日まで。バレンタインに合わせているのだろう。

「このチラシもらっていい?」

「いいわよ」

お母さんは軽く答え、「バレンタイン?」といたずらっぽく訊いてきた。

「そんなのじゃないけど……」

チラシに見入るふりをして目をそらすと、お母さんは一人で話を先に進めた。

「お母さんはねえ、お父さんにあげるチョコ、もう決めてるんだよ」

「あげるの?」

「あたりまえじゃない。奥さんからもらえないと、お父さん、怒っちゃうかもよ」

そっか、お父さん、お母さんからはチョコをもらえるんだな、と少し安心した。

でも、同時に、不安にも駆られた。

「……お父さんだけ？」

「田舎のおじいちゃんと、あとフミはまだ会ったことないけど、甥《おい》っ子がいるから。お母さんの妹の息子。その子とおじいちゃんには宅配便で送ってあげる」

「その三つ？」

「うん、そう」

「三つだけ、なんだよね？」

怪訝《けげん》そうにうなずいたお母さんは、あ、そうか、と思い当たった顔になって、かすかに、寂しそうに笑った。

フミの頭にお母さんの手がそっと載った。

「お母さんねえ、こんなこと言うと恥ずかしくなっちゃうんだけど、お父さんと出会って、結婚できて、ほんとのほんとに幸せなの。四十年近く生きてきて、いまが人生で一番幸せ、すごく幸せ、笑っちゃうぐらい幸せだし、泣けちゃうほど幸せ」

「……前に結婚してたときは？」

不幸せだった――という答えを聞きたかった。

でも、お母さんはフミの頭を撫《な》でながら言った。

「忘れちゃった」

ずるい。ひきょうだ。カッとして、お母さんの手を払いのけて立ち上がった。

お母さんはフミを叱《しか》らなかった代わりに、自分の言葉を謝ったり取り消したりもしなかった。ただ、寂しそうな微笑《ほほえ》みを浮かべたまま、「今度の日曜日、鍋ものするね」と言った。おでん以来、約半月ぶりということになる。あの日を境に、お父さんは鍋ものの話をしなくなった。土鍋は一度炊《た》き込みご飯に使っただけで、いまはキッチンの戸棚のどこにしまってあるのかも知らない。

「なにがいい？　お鍋」

フミは黙って首を横に振って、リビングを出て行った。

亡《な》くなったお母さんの写真が置いてある和室に入った。自分の部屋に閉じこもるより、この部屋に入ってしまうほうが、いまのお母さんには悲しいだろう、とわかっていた。でも、それは頭でわかっていただけで、実際にお母さんに腹を立てて、お母さんを悲しませるつもりで和室に入ったのは初めてだった。

亡くなったお母さんは、いつもと変わらない笑顔でフミを迎えてくれた。その笑顔を見ていると、ようやく気持ちが落ち着いて、おだやかに安らいで、肩の力も抜けて、ふと思った。

お父さんは、さっきの質問にどう答えるのだろう——。

それから、わたしは——？

いまの暮らしは幸せなのだと思う。それはもう、絶対に。でも、お母さんに「じゃあ前のお母さんがいた頃と比べて、どっちが幸せ？」と訊かれたら——。


しょんぼりとして和室を出た。

お母さんがリビングで落ち込んでいたら「ごめんなさい」と謝ろうと思っていたが、お母さんはキッチンに立って、夕食のしたくに取りかかっていた。

こっちを振り向く気配はなかったので、フミも黙って階段に向かった。

踊り場で長い昼寝をしていたゴエモン二世が、フミに気づいて、にゃあん、と鳴いた。

あんたはのんきでいいね、と苦笑すると、頬のゆるめ方が悪かったのか、泣きだしそうになってしまった。

4

木曜日の放課後、居残りの掃除当番を終えると『アニヴェルセル』に寄り道をした。

午後四時を回っても、まだ空には昼間の陽射《ひざ》しが残っている。十二月頃に比べると、だいぶ日が長くなった。風にも、真冬の頃の刺すような冷たさはない。春が近い。バレンタインデーは、冬の終わりの行事ではなく、春の前触れの行事なのだろう。

チラシの地図を頼りに歩いていくと、通りの先——三叉路《さんさろ》の突き当たりに、えんじ色のオーニングを出した『アニヴェルセル』が見えた。店の前にひとだかりができている。みんな女のひとで、オーニングの下では白いパティシエ服を着たひとがワゴン販売をしていた。

半額セールは、やっぱり大人気のようだ。ワゴンに積み上げたチョコの箱はまだたくさんあるし、財布にはお金も入っているが、ワゴンを囲んでいるのはおとなのひとばかりで、そこに交じるのは恥ずかしい。でも、明日やあさってでは、もっとお客さんが多いかもしれない。

どうしよう、どうしよう、と迷いながら歩いていたら、三叉路の手前に立って店を見ているひとに気づいた。ダッフルコートの色、横長のランドセル、そしてなにより、きれいな形のポニーテールで、わかった。斜め後ろから見る角度は、津村亮一さんのアトリエに飾ってあった油絵と同じだった。

しばらく店を見つめていたマキは、やがて、まあいいか、というふうに踵《きびす》を返した。

その場から動けずにいたフミに気づくと、一瞬だけ驚いた顔になったが、すぐに表情を戻して、ぶっきらぼうに言った。

「寄り道禁止って、先生に言われてないの？」

でも、フミも負けずに「おねえちゃんも寄り道してるじゃん」と言い返した。

おでんが台無しになったあの夜以来、マキとはほとんど口をきいていない。もともとマキから話しかけてくることはめったにないし、フミのほうも、マキと仲良くしたらお父さんに申し訳ないような気がしていた。背中に固い棒が入ってしまった。それが窮屈で、うっとうしくて、でも、そのおかげで背筋を伸ばしてマキに言い返すことができるのかもしれない。

「わたしは六年生だからいいの」

「そんなことない。だって全校朝礼で校長先生が言ってたもん」

「うっさいなあ……」

「先に文句言ってきたの、おねえちゃんだもん」

「文句じゃないでしょ」

「文句だよ！」

「おっきな声出さないでよ、ばか」

通りかかったおばさんが、なんなのこの子たち、仲良くしなきゃだめじゃない、と言いたげに眉《まゆ》をひそめた。

マキはおばさんの視線を振り払って、道を引き返した。フミもすぐに歩きだす。帰ろうか、と言ったわけではないのに、自然と二人並んで歩く格好になった。

こっちのほうがいいな、とフミは思う。正面から向き合わなかったら、少し気持ちが落ち着く。カチンカチンだった背中も少しだけほぐれた。

「おねえちゃん、チョコ買いに来たの？」

「べつに……散歩してただけ」

「チラシ持ってる？」

「なに、それ」

「割引券がないと半額にならないんだよ」

ほら見てよ、とオーバーのポケットから出したチラシを、マキは黙って受け取って、黙ってうなずいて、黙って返した。フミはチラシを四つに畳み直す。ポケットに戻す間際《まぎわ》、自分でも思ってもみなかった言葉が出た。

「……あげようか？」

マキは「いらない」と言った。でも、答える前に、ほんの一瞬、迷うような間が空いていた。

「チョコ買うんじゃないの？　半額になるんだよ」――心の中では、うそ、だめだよ、この券がないとわたしがチョコ買えなくなるじゃん、とあせっているのに。

「散歩してたんだってば」

「……バレンタインのチョコ、誰にもあげないの？」

「うん。興味ない、っていうか、そういうの嫌いだから」

「なんで？」

「なんでも」

「いままで誰にもあげたことないの？」

「ないって言ったじゃん」

ほんとうかどうかはわからない。でも、嘘《うそ》ではないんだろうな、という気がする。

「半額だと、一つ買おうと思ってたお金で、二つ買えるよ」――なにを言ってるんだろう、ワケわかんない、と自分でも思うのに。

マキも「そんなのあたりまえじゃん」とあきれて笑った。意外とふんわりした笑い方だった。

「二つ買おうと思ったら、四つも買えちゃうんだよ。すごいよね」と言うフミの声も、クククッと笑いをこらえたものになった。

「全然面白くない」

そっけなく言われても、笑いはよけい胸の奥から込み上げてくる。

「いいもん、べつに面白いと思って言ったわけじゃないから」

背中の棒が、温めたチョコが溶けるようにやわらかくなった。

「やっぱり、これ、あげる」

またチラシを差し出した。今度は、自分でそうしようと決めていた。

マキは少し黙ってから、「じゃあ、もらう」と言ってチラシを受け取った。


ツルちゃんはフミの頼みごとを快く聞き入れてくれた。

「すごいじゃん、生まれて初めてのバレンタインのチョコが手づくりなんて」

「でも、失敗しそう……」

弱気になりかけると、ツルちゃんのお母さんにも「手づくりなんだから、ちょっとぐらい失敗したほうが味があるのよ」と励まされた。「じょうずなチョコだったら、お店で買えばいいんだから」

日曜日の朝、ツルちゃんの家を訪ねたのだ。ゆうべはお姉さんがほとんど徹夜をしてエクレアをつくったので、キッチンにはまだシューの香ばしいにおいが漂っていた。

「おかしいんだよ、お父さんとお兄ちゃん」

調理を始める前に洗面所で手を洗いながら、ツルちゃんが教えてくれた。お姉さんがエクレアを中学のテニス部の先輩のためにつくったので、二人ともご機嫌斜めで、特に朝ごはんに失敗作を食べさせられることになったお父さんは、ぷんぷん怒っているのだという。

「先輩って男子?」

「男子。キャプテンなんだって」

「付き合ってるの?」

「なんか、そうっぽい」

うそぉ、きゃあっ、と二人で笑っていたら、ツルちゃんのお母さんがエプロンとバンダナを持ってきてくれた。

エプロンをつけ、髪を覆《おお》ったバンダナを結んでいたら、「フミちゃんもだいぶ髪が伸びてきたわね」とお母さんに言われた。「ポニーテール、あとちょっとで子馬のしっぽみたいになるんじゃない?」

「ほんとですか？」

声がはずんだ。いまはまだ長さが足りないので、結んだ髪は先のほうしか垂れ下がらない。でも、あと一カ月もすれば——マキの卒業式までには、マキと同じように軽やかに揺れるポニーテールになるだろう。

夏からずっと、それを楽しみにしていた。

マキのことが大好きなのか、じつはそうでもないのか、ときどきわからなくなる。でも、「おねえちゃんみたいなポニーテールにしたい」という夢だけは、家族になったばかりの頃から変わっていない。


初めてだったらコーティングがいちばん簡単だから、とツルちゃんのお母さんに勧められて、チェリーボンボンをつくった。

湯煎《ゆせん》で溶かしたミルクチョコにアメリカンチェリーをゆっくりと浸して、チョコをまんべんなくコーティングしたら、すぐに氷水を張ったボウルに入れて固める。あっけないほど簡単だったが、ミルクチョコを使ったボンボンとホワイトチョコを使った白いボンボンを交互に箱に入れると、予想以上にきれいだった。

「すごーい！」と思わず声をあげ、自分で自分に拍手までした。ツルちゃんも拍手に付き合って、「お父さん、ぜーったいに喜ぶよ」と言ってくれた。

ただし、手づくりのチョコは溶けやすい。特にボンボンはチョコが薄いので、暖かい部屋に長く置くとすぐに溶けてしまうらしい。かといって冷蔵庫に入れると、せっかくのなめらかさが消えてしまうし、チョコがひび割れてしまうことだってあるという。

「バレンタインデーは明日だけど、できれば今日のうちに渡したほうがいいんじゃない？」

ツルちゃんも今夜の夕食のときにお父さんとお兄さんに渡すことにしていた。

「それに今日は暖かいでしょ。午後からもっと気温が上がるっていうし……」

外は強い風が吹いている。冬の木枯らしとは違う、むっとするような湿り気をはらんだ暖かい南風――お昼のニュースが、春一番だと伝えていた。

おねえちゃんはどうするんだろう。ふと思う。昨日は一日じゅう家にいたが、今日は午後から図書館に本を返しに行くと言っていた。そのついでに『アニヴェルセル』に寄るのだろうか。

「フミちゃん、このシールあげる」

ラッピングに封をするシールをもらった。封筒と同じデザインで、宛名《あてな》と差出人の名前を書き込めるようになっている。

宛名は、迷わず〈おとうさん〉。ラメの入ったデコペンで書いた。

差出人を書く前に、少し手を止めた。よし、と決めて、左手でペン先を隠しながら、小さな字で書いた。ツルちゃんに「なんて書いたの？ 見せて見せて」とせがまれても、笑って断った。

5

風は午後からさらに強くなり、雨まで降りはじめた。電線がしなって笛のような甲高い音をたて、コンビニの前に停めた自転車が次々に倒れていく。

マキはそんな天気の中、図書館に出かけた。フミとは入れ違いになってしまった。お母さんが「返却期限まだなんでしょ？ 今日は行くのやめれば？」と言っても聞かなかったらしい。お父さんが「車で連れて行ってやるよ」と言っても、とりつく島もなく「平気」とだけ返し、一人で家を出たという。

「まったくもう、わがままなんだから……」

お母さんはひどく怒っていた。まあまあ、とお父さんは苦笑いでなだめながら、

「それだけ意志が強いってことだよ」とマキをかばう。「それより、看板が飛んできて、頭に当たったりしなきゃいいんだけどなあ」――場をなごませたくて言った冗談なのか、あんがい本気なのか、とにかく心配しているのは伝わった。

実際、時間がたつにつれて天気は荒れてきた。雨も強くなり、雷も鳴って、テレビのニュースは「春一番」から「春の嵐《あらし》」に表現を変えた。通行止めになった高速道路もあるし、高架の線路を走る電車は、どの路線も運転を見合わせているらしい。

「マキ、ちょっと遅いなあ、だいじょうぶかなあ……」

お父さんの声にいらだちが交じる。家から図書館までは自転車で十分ほどの距離だ。強風の中を傘を差して歩けば、三十分近くかかってしまうかもしれない。それでも、返却ポストに本を入れてくるだけなら、もうとっくに帰ってきていい頃だった。もう少し風が弱まるのを待って、図書館の中で様子を見ているのだろうか。次に借りる本を選んでいるうちに、夢中になって時間を忘れてしまったのだろうか。それとも――。

『アニヴェルセル』は、図書館とは逆の方角にある。もしも行きか帰りに『アニヴェルセル』に寄っているのなら、時間はもっとかかるだろう。

お父さんにそれを教えて安心させてあげたい思いと、そんなことをしたらチョコをもらう楽しみがぶちこわしだという思いが、フミの胸の中でぶつかり合う。そもそも、ほんとうに『アニヴェルセル』に寄っているかどうかもわからない。たとえ『アニヴェルセル』でチョコを買っていても、それを贈る相手がお父さんではない可能性だって、たぶん――五分五分より少し多い割合で、ある。

やっぱり言えないな、とあきらめた。その代わり、そわそわしているお父さんの気を紛らせて、元気にしてあげられることが、一つある。

チョコを入れた小さなトートバッグを足元に置いて、リビングの窓辺に立って外を見ているお父さんに「ねえねえ、お父さん」と声をかけた。

「……うん？」

あのね、いいものあげようか、とつづけようとしたら、その前にお父さんが「あ、そうだ」と言った。「フミは図書館の場所って知ってるか？」

「……知ってるけど」

「じゃあ、ちょっと道案内してくれよ」

「迎えに行くの？」

「うん。車だったらすぐだよ。図書館から帰る途中かもしれないから、なるべくマキが通りそうな道を教えてくれよ」

トートバッグには目もやらずに、よし行こう、早く行こう、と玄関に向かう。フミもしかたなく、バッグをソファーの陰に置いてあとにつづいた、そのとき――玄関のドアが開いて、マキが入ってきた。

玄関にお父さんやフミがいるのを見たマキは「びっくりした」とだけ言って、濡《ぬ》れたダッフルコートを脱いだ。でも、ほっとしたはずのお父さんは、まるで通せんぼをするみたいに上がり框《かまち》に立ったまま、「遅かったんだな」と言った。声は怒っていなかったが、抑えた感情が重石《おもし》になって沈んで、ずしんとした響きになった。

マキもさすがに決まり悪そうに「図書館のあと、買い物してたから」と目を伏せて言う。

「本を返したらまっすぐ帰ってくるって言ってなかったか？」

「言ったっけ？」

「……お母さん、心配してたんだぞ」

「お父さんもよ」――いつの間にかフミの後ろに来ていたお母さんが、タオルをマキに放って言った。「髪、拭《ふ》きなさい」

お母さんの声は、はっきりと怒っている。お父さんのために怒ってくれている。それがフミにはうれしくて、マキとまっすぐぶつかることのできるお母さんが少しうらやましい。

マキはふてくされた様子でポニーテールのリボンをほどき、タオルで髪をぐしゃぐしゃにしながら言った。

「べつに心配してって頼んでないけど」

「マキ！　いいかげんにしなさい！」

三和土《たたき》に駆け下りそうな剣幕のお母さんを、お父さんは手振りと笑顔で制して、その笑顔のままマキに向き直って言った。

「なあ、マキ……さっき、『ただいま』って言わなかったよな。それ、よくないぞ」

はらはらしていたフミは、思わず「え？」と聞き返しそうになった。拍子抜けした。マキも同じだったのだろう、タオルをすっぽりかぶったまま、怪訝《けげん》そうにお父さんを見た。

「あいさつは大事だよ。『おはよう』とか『おやすみ』とか、『いただきます』とか『ごちそうさまでした』とか……ぜんぶ、大切なものなんだ」

冗談で言っているわけではなさそうだった。笑顔ではあってもお父さんの目は真剣だったし、なにより声が、ふだんマキと話すときよりずっと落ち着いている。

「なんでだと思う？　なんであいさつが大事なんだと思う？」

マキは、「さあ……」と小さな声で言う。

「ひとりぼっちだったら、あいさつをすることも、されることもできないからだよ」

そうだろ、とお父さんは念を押して、さらにつづける。

「マキもフミも、ずーっと家族が二人だけだったから、ほかの子よりあいさつをしてきた回数は少ないと思うんだ。でも、いまは四人家族になったんだから、『おはよう』だけでも一日に三回も言えるんだぞ。それって、すごく幸せなことだと思わないか？」

そして、ゆっくりと──。

「『ありがとう』と『ごめんなさい』も同じだよ。言える相手がいるときに、たくさん言っとかないとな」

フミはうつむいた。くちびるをキュッと嚙《か》んだ。お父さんが話している相手は自分ではないのはわかっていても、亡《な》くなったお母さんのことを思いだしてしまった。「ありがとう」も「ごめんなさい」も、もっとたくさん言いたかった。言えばよかった。

どすん、と床を踏む音がした。びっくりして顔を上げると、マキが框《かまち》に上がるところだった。なにも言わない。顔をタオルで隠したまま、ショルダーバッグからえんじ色の包装紙にくるまれた箱を出して、玄関マットにぶつけるように置いた。お父さんとお母さんが唖然《あぜん》としているうちに、どすどす、と大きな足音をたてて階段を上り、自分の部屋のドアを乱暴に閉めた。

「なんなの！　ほんとに、もう！」

お母さんは本気で怒って、いまにも二階に乗り込んでいきそうだった。

でも、マキが置いた箱を手に取ったお父さんは、黙ってお母さんの肘《ひじ》を引いて、これ見ろよ、と箱を指差した。

フミにもわかっていた。木曜日に見たワゴンセールの箱と同じ、『アニヴェルセル』のトリュフチョコだ。

リボンの結び目のところに小さなカードが挟んである。

〈Ｄｅａｒおとーさん　いつもありがとう＆たまにゴメンナサイ〉

マキの字で書いてあった。

部屋にこもったままのマキにかまわず、お母さんは夕方になると寄せ鍋《なべ》のしたくを始めた。外の天気はあいかわらず荒れていたが、「こういうときにこそ鍋ものでしょ」

画自賛する。と張り切って、「昨日のうちに買い物して正解正解、大正解」と、いつものように自

お父さんのほうは、ずっと元気がなかった。

悔やんでいる。マキの書いたカードを何度も読み返して、何度も深々とため息をつ

いていた。「先にこれを見せてくれれば、あんな偉そうな説教しなかったのになあ」

とお母さんに言う。「そんなことないわよ。あの子ほんとに最近態度悪かったし、も

っとガツンと言ってもよかったのよ」と慰められても、「でもなあ……」とやっぱり

ため息をつく。

それでも、お父さんは、喜びをしみじみ嚙みしめてもいる。八個入りのトリュフを、

大事そうに、おいしそうに、もったいなさそうに、「今日はこれで最後、つづきは明

日」と何度も言いながら、結局日が暮れる頃までに一人でぜんぶ食べてしまった。

フミのチェリーボンボンはソファーの陰に隠れたままだった。お父さんに渡すきっ

かけが見つからない。「せっかくがんばってつくったのに」と思う一方で、「どうせも

うお父さんはおなか一杯で食べられないよ」とも思う。それに今日はおねえちゃんの

チョコが主役なんだし――自分に言い聞かせて、そうだよね、とうなずくと、納得し

ているのに悲しくなってしまう。

日が暮れた頃、キッチンから寄せ鍋のいいにおいが漂ってきた。

「取り箸《ばし》を使い忘れそうになったら、すぐに教えてくれよ」

お父さんはカセットコンロを戸棚から出しながら、心配顔でお母さんに言う。

でも、お母さんは「うっかり忘れたら忘れたでいいじゃない」と答えた。「マキが文句言うんだったら食べなきゃいいだけのことなんだから」

「いや、そんな……」

「ちょっとずつ慣れていくしかないでしょ、あなたもマキも。あせらなくてもいいし、あきらめなくてもいいんじゃない？」

「下りてくるかなあ、マキ」

「だいじょうぶ」

きっぱりと言った。お父さんがひるむぐらい自信満々の口調だった。

「わたしの子どもなんだから、どんなときでも、ごはんはちゃんと食べるっ」

宣言するみたいに胸をグッと張る。箸を並べていたフミが噴き出すと、「それから」とつづけた。

「わたしの子どもは、二人とも、とっても優しいっ」

二人とも——と言った。

「一人はちょっとヘンクツで無愛想だけど、もう一人の子は、とっても素直で、とってもいじらしいっ」

お母さんはきょとんとするお父さんとフミを残してキッチンを出て、和室に向かった。ついでに「マキ、そろそろごはんだから手伝いなさい」と二階に声をかけ、和室から持ってきたのは、トートバッグに入れてソファーの陰に置いたはずのチェリーボンボンの小箱だった。

「床暖房の上に置いたら、あっという間にチョコフォンデュになっちゃうわよ」

ほんとに手間がかかるんだから、と軽くにらみながらウインクする。

気づいてくれていた。わかってくれて、助けてくれていた。きっと、フミがお父さんを追って玄関に出た隙《すき》に。

「はい、自分で渡しなさい」

「うん……」

お母さんはお父さんを振り向くと、「モテモテだね」とからかった。勘の鈍いお父さんは、まだよくわかっていない様子だった。

フミは両手で持った小箱に目を落として、封のシールに書いた差出人の名前をあらためて見つめた。

〈MAKI★FUMI〉

お父さんは「え?」と「は?」と「おっ?」と「ん?」がぜんぶ交じり合ったような不思議な声をあげて、小箱を受け取ると、見る間に目を赤くした。

階段を下りてくるマキの足音が聞こえる。

お母さんは寄せ鍋をキッチンのガスコンロから食卓のカセットコンロに移して、「今夜の『いただきます』は声をそろえて言わないとね」と笑った。

フミは急に照れくさくなって、お父さんやお母さんの視線をかわすように、土鍋の蓋《ふた》を開けた。おいしい湯気がたちのぼって、フミの顔を撫《な》でていった。

# 第七章

## 1

ゴエモン二世の様子が、最近ちょっとおかしい。

「そう思わない？」

フミは夕食のしたくを手伝いながら、お母さんに言った。午後六時。いつもならご近所のなわばりの見回りを終えて家に帰っている頃なのに、このところ散歩に出かけている時間が長い。今日もお昼過ぎにふらっと外に出たきり、まだ帰ってこないし、勝手口の近くや庭で遊んでいる気配もない。

「昨日だって遅かったでしょ。晩ごはんの時間になっても外で遊んでて、呼んでもなかなか返事しなくて……」

もともとは野良猫《のらねこ》だ。ウチでごはんやトイレの世話をするようになってからも、洗面所の滑り出し窓はいつも開けてある。退屈すればそこから外に遊びに出かけて、おなかが空《す》くと帰ってくる、自由気ままな生活だ。

ほんとうは、猫は外に出さずに室内飼いをしたほうがいいのだという。近所迷惑にもならないし、戸締まりもできるし、なにより猫同士のケンカや伝染病や交通事故を心配せずにすむ。実際、室内飼いの猫のほうが平均寿命はずっと長いらしい。

でも、お母さんは「閉じこめたくない」と言う。「だって、ウチに来る前は好き勝手にどこにでも遊びに行ってたんだから。急に外出禁止になったらストレスが溜《た》まっちゃって、かえって体によくないわよ」

とにかく自由が一番というのが、お母さんの考え方だった。その気持ちはフミにもわかる。お母さんらしいなあ、とも思う。散歩コースにあたる家に気をつかって手みやげつきであいさつに出向くお母さんを見ていると、そこまでしなくてもいいのに……と思うことはある。でも、それもやっぱり、いかにもお母さんらしい話だし、「いつもご迷惑をおかけしています」とあいさつに行った先の家で逆にくだものやお菓子のお裾《すそ》分《わ》けをしてもらって、「ラッキー！」と笑って帰ってくるお母さんを見ていると、自然と頬もゆるんでくる。

そんなお母さんだから、最近のゴエモン二世のことも、のんきにかまえている。

「だいぶ暖かくなったから、外にいるのが面白いんじゃない？」

二月の終わり――昼間はぽかぽかしていても、陽が暮れると、まだ冬の寒さが身にしみる。

でも、お母さんは「だいじょうぶよ、猫は毛皮があるんだから」とあっさり言う。

「雪が降ったら、猫はコタツでまるくなるんじゃないの？」

「歌は歌、ゴエモンはゴエモン」

そんなぁ……とあきれるフミをよそに、お母さんは「寒かったら帰ってくるって」と平気な顔で夕食の下ごしらえをつづける。

フミはお母さんから頼まれた溶き卵をつくりながら、「おなか空いてないのかなぁ」とつぶやくように言った。

ゴエモン二世は食いしん坊だ。七時からの夕食を待ちきれずに六時過ぎには台所に来て、「ごはんまだ？　ごはんまだ？　ごはんまだ？」とせがむように足元にまとわりつく。いつもは、みゃあみゃあ鳴くのがうるさいし、けつまずきそうで危なっかしくてしかたないのだが、いなければいないで寂しくなってしまう。

ゆうべは七時半近くなって、やっと外から帰ってきた。キャットフードの食べっぷりはあいかわらずでも、食後はリビングでごろごろすることなく、すぐにまた出かけて、夜遅くまで帰ってこなかった。おとついも、その前も……とにかく、ここ数日ずっとこんな調子なのだ。

「春だからね」

お母さんは言った。「恋と冒険の季節だもん」といたずらっぽく笑った。

「でも、ゴエモンは……」

ウチに来てほどなく動物病院で手術を受けたので、子猫のパパにはなれない。少しかわいそうだったが、ウチでは何匹も飼えないし、メスの猫がいるお宅に迷惑をかけるわけにはいかないから、と病院に連れて行ったのだ。

「パパになれなくても、かわいいメス猫に出会ったら、恋しちゃうかもよ」

「またテキトーなことばっかり……」

「それより、ほら、フミ、手が止まっちゃってるよ」

あ、いけない、と菜箸《さいばし》とボウルを持ち直した。

「もっとお箸で白身を切るように動かさないと、全然混ざらないよ。白身と黄身がばらばらでしょ？」

「わかってるってば……でも、菜箸って長すぎて持ちにくいんだもん……」

「だから最初からお母さんがやるって言ったでしょ」

「だって……」

「どうする？　交代してあげようか？」

「代わらないっ」

口をとがらせて答えると、お母さんは「よーし、じゃあ、がんばれがんばれ」と拍子をつけて言った。フミのとがった口元もそれであっさりゆるんでしまう。目が合った。えへへっ、うふふっ、とお互いに笑った。

仲良くなった。半年前よりずっと。だからときにはお母さんに叱《しか》られることもあるし、逆にお母さんに口答えすることもある。意外と、ずっと仲良しでいるよりも、ちょっとムッとしたあとで仲直りをするときのほうが気持ちいい——いまも、そう。

それに今夜は、お待ちかねのイベントがある。

「お母さん、『残業』がんばろうね」

夕食のあとでお手伝いをすることを、お母さんとフミは「残業」と呼んでいる。ふだんはあまりうれしくない言葉だが、今夜は違う。お手伝いをいつも億劫《おっくう》がって、ましてや「残業」などめったに引き受けないマキにも、「おねえちゃんも手伝ってよ、二人より三人のほうが早くできるんだから、絶対にサボらないでよ」と強引に約束させた。

何日も前から楽しみにしていた。というより、ほんとうなら先週のうちにやっておくべきイベントだった。当日のキャンセルがつづいた。「そろそろやろうよ」とフミが二階の部屋からリビングに下りてくると、お母さんは決まって困った顔になる。そして、申し訳なさそうに両手拝みをしながら、「ごめん、風邪ひいたみたいでゾクゾクするから、今夜は早く寝ちゃうね」「通販で今日までに注文しなきゃいけないのを忘れてた」「お父さんが帰ってくる時間とぶつかりそうだから、明日にしない？」と延期してしまうのだ。

でも、もうこれ以上は延ばせない。期間限定のイベントだ。スタートが遅れたぶん、予定どおり今夜「残業」したとしても、ほんの数日しか楽しめない計算になってしまった。

「お母さん、今夜はだいじょうぶだよね？　ね？」

念を押して尋ねると、お母さんは「うん、だいじょうぶ」とVサインとともに大きくうなずいて応《こた》えてくれた。

そのしぐさにまぎれて、フミはお母さんが一瞬だけ迷い顔になったのを見逃してしまった。よーし、がんばるぞー、と張り切って菜箸を回したので、うなずいたあとのお母さんがそっとため息をついたことにも気づかなかった。

ひゃくななじゅーさん、ひゃくななじゅーさん、ひゃくななじゅーさん……。

呪文《じゅもん》のように心の中で繰り返しながら、菜箸を回した。

百七十三――センチ。お父さんの身長より二センチ高い。小学四年生としては少し小柄なフミは身長百三十四センチなので、つま先立ちしてもてっぺんには全然届かないだろう。

すごい。お母さんから話を聞いて以来、見たくて見たくてしょうがなかった。仲良しのツルちゃんもびっくりして、「それってギネスブックに載っちゃうんじゃない？」と言った。さすがに世界新記録とまではいかなくても、とにかくフミがいままで見たことのないほど大きなおひなさまが、今夜、リビングに飾られるのだ。

「ごはん食べたら、わたし、すぐにお風呂《ふろ》入っちゃうからね。手をきれいに洗わないと、汚れちゃったら大変だもんねー」

そうだねー、とお母さんは声のテンポを合わせて、笑って応えてくれた。

今度もまた、笑ったあとのお母さんの顔に差した翳《かげ》りに、フミは気づかなかった。

ゴエモン二世は、街角のブロック塀の上に香箱座りをしていた。

空を見上げる。おぼろ月が出ている。陽が暮れると確かに気温は下がる。でも、真冬の頃とは違ってキンと張り詰めた寒さはない。風もやわらかく、湿っぽい。夜空だけでなく、すぐ目の前の暗がりにも、うっすらと靄《もや》がかかっているようだ。さっき陽が暮れ落ちる前に、前肢《まえあし》で顔の毛づくろいをしていたら、通りかかった二人連れのおばあさんが「猫が顔を洗ってるから、明日は雨だね」「ひと雨ごとに春になるねえ」と話していた。

ゴエモン二世は塀に垂らしたしっぽを、ときどき思いだしたように左右に振る。先端がフックのように折れ曲がった、カギしっぽ――昔から「幸せの扉を開けるカギ」「曲がったところで幸せをかき集めてくれる」と言い伝えられて、縁起のいいものとされている。

昔のゴエモンも、同じカギしっぽの猫だった。フミが生まれる前からウチにいて、小学一年生の秋に天寿をまっとうして死んだ。だから、いまのゴエモンは「二世」。毛の模様や長さは全然違っていても、生まれ変わりなんだ、とフミは決めている。

月を眺めながら、あくびを一つ。猫だってあくびをする。口を大きく開け、小さな牙《きば》を剝《む》いて、意外とおっかない顔になる。でも、そのぶん、口を閉じたときの顔つきは急に幼くなって、子猫の頃の面影がよみがえるのだ。

体の下で畳んでいた前肢と後ろ肢を伸ばし、軽く背中も伸ばして、さあそろそろ晩ごはんだから帰ろうか、と塀の上を歩きだす。しっぽをひょいと立てた。カギの曲がり具合が、ちょうどクエスチョンマークのようにも見える。

歩きながら、また月を見上げた。

にゃあん、と小さく鳴いた。

ゴエモン、いままでありがとう——と、わたしは言った。

2

高さ百七十三センチのおひなさまは、確かに大きい。お母さんは組み立ての手順が書かれた説明書を広げて、寸法をメモに書き取った。「ちょっとこれ、やっぱり、すごすぎるなあ……」とつぶやいたとおり、間口が百二十センチ、奥行きが百六十センチも要る。

通り道にあたらず、後ろが壁になっていて、なおかつそれだけの寸法が取れる場所は、リビングにはなかった。

「ソファーを動かしちゃう？」

フミのアイデアは、マキに「やだよそんなの、重いし、大変だし」とそっけなく却下された。「そこの窓のところでいいんじゃないの？」

「だめよ、あそこに置いたらテラスに出られなくなっちゃうでしょ」

今度はお母さんが首を横に振る。自分の意見に反対されたマキは、たちまちヘソを曲げて「だったらもうやめちゃえば？」と言って、フミの目をじんわりと赤くさせてしまう。

お母さんが「なに言ってるの」とにらんでも、マキはひるまない。叱られるとかえって意地になる。

「だって、置く場所がないんでしょ？　だったらやめるしかないじゃん。違う？」

もともと反対していたのだ。今夜の「残業」というより、おひなさまを出すことじたいに。

「……やめちゃうの？」

フミは半べそをかいてしまった。お母さんがあわてて「やめないやめない」と打ち消しても、目は赤く潤《うる》んでいく一方だった。

しかたなく、お母さんが引き下がった。

「じゃあ、窓のところに置こうか」

掃き出し窓がふさがれてしまうのを受け容《い》れた。

「そのかわり、おひなさまを飾ってる間は、窓から出入りできないし、カーテンを一日中閉め切って、朝からずーっと蛍光灯つけてなきゃいけないからね」

マキは「べつにいいよ、どうでも」と面倒くさそうに言って、「とにかく早くやっちゃおうよ」と、納戸《なんど》から出してきた三つの大きな段ボール箱を、やれやれ、と見つめた。ふつうの家庭では持て余すに決まっているサイズの大きさにうんざりして、大きければ大きいほど豪華でいいとしか考えていない贈り主の無神経さにもっとうんざりして、それが自分の父親からのプレゼントだということに、もっともっとうんざりしてしまう。

そして、なにより——。

「ねえ、ほんとにいいの？」

フミがトイレにたった隙《すき》に、マキはお母さんに声をかけた。細かいことは口にしなくても通じる。同じ話題を何日も前から、フミがいないときを見計らって繰り返してきたのだ。

「いまさらやめられないでしょ、フミがあんなに楽しみにしてるんだから」

お母さんの答えに、マキは半分納得しながら、残り半分で「そうじゃなくて」と返す。

「こっちを出すのはいいよ、もう。でもさ、あっちのほうはどうするわけ？」

「うん……」

「出さないわけにはいかないんじゃない？」

「それはそうだけど……二つは置けないよね、リビングには」

「っていうか、フミって、あの子、あっちのこと忘れてるんじゃないの？」

「それはないと思うけどねえ……」

「でも、全然言わないじゃん。訊《き》いてみれば？」

「うん……でもねえ、無理やり思いださせて悲しませるのもアレだし……」

「じゃあどうするの」

「どうしようか……」

話はいつもここで止まって、堂々巡りになってしまう。お母さんの口調は珍しく歯切れが悪い。一方、マキの口調には、いつもの突き放すような冷たさはない。むしろ逆に、おせっかいがうまくいかないもどかしさが、声を不機嫌にさせている。

こっち——高さ百七十三センチの七段飾りのおひなさま。

あっち——箪笥《たんす》の上に載せられるぐらいの、小さな親王《しんのう》飾りのおひなさま。

「こっち」は、マキの前の父親の津村亮一さんから、おとしプレゼントされた。まだお母さんがフミのお父さんと出会う前のことだ。

「あっち」は、フミの初節句に買った。亡《な》くなったお母さんの両親が、体の弱かった娘が命を削るようにして産んだ赤ちゃんの幸せを祈ってプレゼントしてくれたのだ。

去年までのフミには、その親王飾りのおひなさまがすべてだった。段飾りのほうがきれいでいいのにな、と思ったことなど一度もなかった。

でも、今年からは、お父さんの背丈よりも高いおひなさまがある。年末の大掃除のときに納戸を片付けていたら、かさばる段ボール箱が三つもあるのを見つけた。「お母さん、これなに？」「おひなさま」「こんなに大きいの？」「そうよ、七段飾りだから お母さんより全然背が高いし、お父さんよりも高いかもしれない」「すごーいっ！ね、出して出して、ちょっとだけでいいから見せて」「ひなまつりのときにね」「出してくれる？」「うん、そのかわりフミも手伝うのよ」「はーいっ！」……といういきさつで、いま、マキのおひなさまはやっと段が組み上がったところだ。

「よけいなこと言わなきゃよかったのに」

マキは口をとがらせて、踏み台に乗った。お母さんはお母さんで「だって黙ってるわけにもいかないでしょ」と不服そうに言い返して、別の踏み台に乗る。二人がかりで緋色《ひいろ》の毛氈《もうせん》をてっぺんから敷き詰めると、リビングは一気に、けばけばしいほどに華やいだ。

フミはトイレのあとで手をていねいに洗っているらしく、まだリビングに戻ってきそうな気配はない。

「フミのおひなさま、お母さんは見たことあるの？」

「うん、このまま箱から出してみた」

「どんな感じだった？」

「男《お》びなも女《め》びなも上品なお顔立ちだったよ。女びなの髪もおすべらかしじゃなくて、すうっと垂らしてて、すっきりしてるの」

「地味じゃない？」

「でも、親王飾りだからそれくらいでちょうどいいし、ほんとに品が良くてね……なんか、フミのお母さんにもちょっと雰囲気が似てて……」

お母さんの言葉をさえぎるように、マキは乱暴に踏み台から下りた。どすん、と足音が床に響くと、七段飾りのてっぺんに立てた屏風《びょうぶ》まで揺れた。

「ねえ」怒った声で、お母さんをにらむ。「それ違うんじゃない？」

「なにが？」

「フミのお母さんって、お母さんのことでしょ。関係ないじゃん、死んだひとのことなんか」

言い捨てた。ぷい、とそっぽも向いた。

洗面所から戻ってくるフミの足音に気づいたお母さんが、人差し指を口の前に立てる。

「お待たせーっ、石鹼《せっけん》つけて洗ったよ、ほら、ぴっかぴか」

手のひらや甲をお母さんに見せて「これなら、おひなさま汚れないよね？」と屈託なく笑うフミと、微妙にぎごちなく笑い返すお母さんをよそに、マキはふくれっつらのまま、箱から人形を取り出した。

マキちゃん、ありがとう。

親王飾りのおひなさまを気づかってくれることも、いまのお母さんをきちんと応援してくれることも、ぜんぶありがとう。

その夜、お父さんは遅くまで会社に残って仕事をした。お母さんから「今夜、晩ごはんのあとでおひなさまを出すから」と電話がかかってきたので、食事も会社の近所ですませた。ふだんは仕事の合間には決してしないことだが、ビールと焼酎《しょうちゅう》のお湯割りも、少し飲んだ。それでいて、同僚から「どうだ？　軽く一杯飲《や》っていくか？」と誘われると、仕事を理由に断った。

酔っぱらいたくはないが、シラフでもいたくない。今夜は、そういう夜になってしまった。

電話で話すお母さんの口調は、申し訳なさそうだった。

もちろんお父さんだって、親王飾りのおひなさまがすっかり忘れ去られていることは寂しいし、少し悔しい。でも逆に、七段飾りのほうを出さずにいたら――マキは「そのほうがいいのに」と言っているらしいが、今度はこっちの気持ちがおさまらなくなるだろう。

「ごめんなさい、わたしが大げさに話したから、フミも夢中になっちゃって……」

謝らなくてもいい。

「大きいだけのおひなさまだから、一度見たらそれで終わりっていうか、すぐに飽きちゃうと思うの。そうしたら、すぐに親王飾りのほうを出すから」

そこまで考えなくてもいい。

「あとね、思ったんだけど、和室に親王飾りのおひなさまを出すのもいいかも。亡くなったお母さんの写真もあるし、お母さんにも喜んでもらえるんじゃない？」

なにも気にしなくていいのだ、ほんとうに。

お母さんの話はさらにくどくどとつづきそうだったので、お父さんのほうから話を変えた。

「それにしても、すごいよなあ。会社のみんなにも訊いてみたんだけど、百七十センチ以上もあるひな飾りなんて、ホテルのロビーとかデパートのショーウインドウ以外だと誰も見たことないって」

値段のことは喉元《のどもと》まで出かかっていたが、こらえた。ネットで調べてみると、安くても二十万円台後半で、高いものになると百万円をはるかに超える。津村亮一さんが贈ったのは、間違いなくピンからキリまでのピンのほうだろう。「ネットベンチャーの雄」と呼ばれる相手と張り合うつもりなど最初からないものの、おじいちゃんとおばあちゃんが精一杯がんばって買ってくれた親王飾りのほうは、七段飾りの一段分にも満たない値段だろうと思うと、さすがにへこんでしまう。

「俺も楽しみだよ、見てみるのが」

そういう言い方やめろよ、と自分で自分を叱《しか》った。

「フミが喜んでるんだったら、それでいいんだよ。もともとどっちの家にあったかなんて関係ないだろ。いまは同じ、家族なんだから」

とても正しい。スジが通っている。だから、どこかで嘘《うそ》をついてしまっているのが、自分でもわかる。

結局、電話では「リビングが狭くなってるから気をつけてね」「うん、わかった」というやり取りで話は終わってしまった。

電話を切ったあと、仕事をつづけるのはあきらめた。どうせさっきからミスばかり繰り返していたのだ。

ネットでおひなさまの処分について調べた。供養《くよう》をしてくれるお寺もあるし、養護施設などに寄付をしてはどうか、というアドバイスも出ている。ネットオークションに出すことには抵抗があるものの、捨ててしまうよりましじゃないかという気もしないではない。オークションならこっちのほうが買い手がつきやすいのかな。ふと思う。「こっち」で思い浮かべたのがどっちだったのか、あわてて打ち消して、自分でも忘れてしまったふりをした。

駅から最終のバスに乗って、いつもの停留所の一つ手前で降りた。空には雲がかかって月をほとんど隠していたが、そのぶん冷え込みがゆるんで、ほのかに梅の花の香りも漂ってくる。夜道を歩くのがだいぶ楽になった。季節はもうじき、春本番を迎える。

この三月、マキは小学校を卒業する。四月からは地元の公立中学校に通う。小学生の頃は「津村」「紺野」「石川」と三つも苗字《みょうじ》が変わったマキも、中学では最初の「石川」のまま、ずっと、ずうっと、そうであってほしい、と思う。

フミは四月から五年生に進級する。難しい年頃にさしかかる。娘を持つ父親としての先輩格になる同僚や友人には「大変だぞ」としょっちゅう脅されているし、なによりマキを見ていると、しみじみ、つくづく、それを嚙《か》みしめる。

「でも、まあ……」

歩きながら、わざと声に出してつぶやいた。「やるしかないんだよな」とつづけると、自然とうなずくしぐさにもなった。

顔を上げると、通りの先の暗がりから猫が出てきた。お父さんに気づいても逃げ出さず、むしろ待ち受けるみたいに道の真ん中で止まって、こっちを見ている。

しっぽの先の形ですぐにわかった。

「なんだゴエモン、おまえこんな時間まで夜遊びか？」

にゃあん、と軽く鳴いた。人間の言葉が通じたみたいだ。あはは、とお父さんは苦笑して、じゃあ少しおしゃべりするか、と話をつづけた。

「晩めしはもう食ったのか？　おひなさま見たか？　どうだった？　デカかったか？」

当然ながら返事はない。でも、ゴエモン二世の歩き方は、よくしつけられた犬が散歩するときのように、お父さんとつかず離れずの距離をきちんと保っていた。

「ウチのおひなさま、小さくて安物なんだよ。もう、全然勝負にならない。向こうは会社を上場したとかなんとかで大金持ちになったときに買ってるんだからなあ」

そういうお金のつかい方やプレゼントの贈り方は、正直に言うと、あまり好きではない。もしも友だちなら「やめとけよ」と言ったはずだった。

それでも、津村亮一さんの気持ちは、なんとなくわからないでもない。つまらない見栄《みえ》や自慢じゃないか、と切り捨てるのは簡単でも――簡単だから、そうだよなあ、オトコってそういうものなんだよなあ、とも思うのだ。

「フミは、おじいちゃんとおばあちゃんからもらったって思ってるけど、違うんだよ、ほんとうは。ほら、向こうは田舎だから、お金だけ預かって、お母さんがデパートに行って選んできたんだよ」

フミもそのことを知ったら、親王飾りのおひなさまのほうを選び直すだろう。教えてやったほうがいいのだろうか。前のお母さんの思い出は決して増えることがないのだから、せめて自分が知っているものはすべて伝えるべきなのだろうか。いまのお母さんも、ダメだとは言わないだろう。むしろ、ぜひそうしてあげて、と言ってくれそうな気もする。

「だから言えないよな……言えるわけないだろ、言っちゃダメなんだよ、そういうのは……」

わかるだろ、おまえもオスなんだから、とため息をつくと、ゴエモン二世のしっぽのクエスチョンマークが、やじろべえみたいに左右に揺れた。

お父さんの足が止まる。少し歩いてから、ゴエモン二世も立ち止まった。

昔のゴエモンを思いだした。正確には、昔のゴエモンがいた頃のわが家のことを。

昔のゴエモンは、ご近所のボス猫の貫禄《かんろく》たっぷりの体つきだった。よく食べたし、お水をたくさん飲んだし、よく甘えてきた。お父さんはまだ若かった。フミはまだほんの小さな子どもだった。そして、フミがものごころついた頃からずっと入退院を繰り返していたお母さんは、自分に与えられた残り時間が長くないことを察していたのだろう、わが家で過ごす一日一日をほんとうに大切に、慈《いつく》しんでいたのだった。

お父さんは大きく吸い込んだ息を胸に溜《た》めて、ゴエモン二世を見つめる。ゴエモン二世も、目をそらさず、静かに、じっとお父さんのまなざしを受け止める。

「フミは……大きくなったよ」

ぽつりと語りかけた。

「いい子だよ、とても」

つづけると、鼻の奥がひくついて、派手なくしゃみが出た。それで我に返ったお父さんは、「あーあ、今年も花粉の季節だなあ」とのんびりした声で言って、歩きだした。

ゴエモン二世は軽くジャンプして、路肩の暗がりに姿を消した。

雲が流れ、おぼろ月が大きな暈《かさ》を描いて空に浮かんだ。

お父さんはしばらく黙って歩いた。

「おい、ゴエモン、どこだ？　そのへんにまだいるのか？　もう帰っちゃったか？」

返事はなかった。月明かりに家並みが照らされていたが、ゴエモン二世はどこに行ってしまったのか、気配が伝わらない。でも、お父さんは最初からそれがわかっていたみたいに、歩きながらフフッと笑うだけだった。


ありがとう。

ごめんなさい。

わたしの声は、月の光と一緒に、あなたに届いただろうか。

3

三月三日のひな祭りは、フミとツルちゃんの合同でお祝いすることになった。

放課後すぐにツルちゃんの家に行って、ひなあられと甘酒のオヤツを食べてから、急いでフミの家に回る。いつもより早めの夕食は、お母さん手作りのちらし寿司《ずし》とハマグリのお吸い物と茶碗蒸し《ちゃわんむし》――「ひなあられを食べすぎると、晩ごはんが入らなくなっちゃうわよ。あられはおなかの中でふくれるんだから、ちょっとでもおなか一杯になっちゃうんだからね」と、お母さんには当日の朝まで釘《くぎ》を刺された。

もちろん、フミにもわかっている。イクラと錦糸卵《きんしたまご》をたっぷり載せたちらし寿司は、料理好きのお母さんのレパートリーの中でも特に得意な料理だし、お吸い物に浮かべる鞠麸《まりふ》も、茶碗蒸しに入れるカマボコも、ひな祭りの期間限定のやつをわざわざ通販で取り寄せてくれたのだ。

ツルちゃんも楽しみにしている。「ひなあられは一口！」「甘酒もお代わりなし！」を合言葉にして、給食のパンもこっそり残してしまおう、と約束していた。

それになにより、ツルちゃんの家に寄るのは、オヤツ目当てではなかった。お母さんをびっくりさせたいことがある。マキも、たとえ素直に驚かなくても、きっと目を丸くしてくれるだろう。

朝食のときに「おねえちゃんも夕方はウチにいるんでしょ？」とマキに確認した。

「いるよ」

あいかわらずそっけない。「でもわたしは二階にいるから、あんたたち、リビングで勝手に盛り上がっていいよ」——優しいのか、冷たいのか、妹思いなのか、意地悪なのか、よくわからない。これも、いつものことだった。

でも、今日はとにかくマキがウチにいることが肝心なのだ。

張り切ってごはんを終えて、張り切って歯みがきをして、顔を洗った。

洗面台の鏡に映る自分と向き合って、顔を斜めに向けてみた。悪くない。十月からがんばって伸ばしてきた髪が、やっと肩を越えた。手を頭の後ろに回して、髪をキュッと束ねてみた。だいじょうぶ。束ねるのをゴムやリボンにすれば、ポニーテールができあがる。秋からずっと憧《あこが》れていた。マキのきれいなポニーテールを見るたびに、わたしもいつかは……と夢見ていた。もうだいじょうぶ。長さはじゅうぶん。まだ自分ではうまく結べなくても、今日はツルちゃんに手伝ってもらって、明日からはお母さんにお願いして、自分で結ぶ練習も繰り返して、少しずつ慣れていけばいい。

束ねた髪から手を放し、ブラシをかけた。癖っ毛がはねている。そこが問題なのだ。はねたところをうまくよけてポニーテールをつくらないと、使い古してヘンな具合に癖のついた刷毛《はけ》やホウキのようになってしまう。「だーいじょうぶだって、わたしにまかせてよ」とツルちゃんは自信たっぷりに言うものの、あの子ってけっこう調子いいからなあ、と不安は消えない。

ふだんよりさらにていねいに、はねたところを引っぱりながらブラッシングした。

「フミ、もう七時半よ、早くしなさーい」

ダイニングからお母さんに声をかけられて、はいはいはーい、と洗面所を出た。

七段飾りのおひなさまを置いたリビングは、おひなさまとソファーの間を通り抜けることも大変なほど窮屈になってしまった。距離が近すぎるせいで、ソファーに座ったままだと、最上段の男《お》びなと女《め》びなはほとんど見えない。床に立って眺めても首が疲れてしまう。ソファーの上に立てばなんとかなるものの、そんな格好ではちっともひな祭りを楽しむことはできない。

去年まで――お母さんとマキが二人暮らしをしていたマンションでも、おひなさまの置き場所にはずいぶん苦労したらしい。たまたま二間つづきの細長い間取りだったので、二つの部屋の端と端で、なんとかぎりぎり、座っておひなさまを眺めることができたのだという。

「来年からは、ちょっと考えないとねえ……」

お母さんも困り顔で言っている。リビングが狭くなっただけでなく、掃き出し窓からテラスに出入りできなくなったので、洗濯物を干すときに不便でしかたない。ぐずついた天気がつづいたせいで、一日中カーテンを閉め切っているとリビング全体がじめじめと湿っぽくなったように感じられる。

「お内裏《だいり》さまとおひなさまがいれば、それでいいのよねえ。あとは五人囃子《ばやし》と、三人官女で、三段もあればじゅうぶんなんだけど」

それはそうかもしれない。右大臣と左大臣はともかく、随身《ずいじん》や仕丁《しちょう》など、説明書を読むまでそんな役目の人形があることすら知らなかった。駕籠《かご》や御所車《ごしょぐるま》や重箱、火鉢や長持《ながもち》や鏡台といったおひな道具のために二段分を使うのも、もったいない。

でも、フミはソファーの上に立っておひなさまを眺めながら、そんなことないよね、と思い直す。七段飾りのおひなさまは、やっぱりきらびやかで、華やかで、それが部屋にあるだけで、まるで自分までおひなさまの世界に入ったような気がする。

今夜片付けなければいけないのが残念だったが、来年またよろしくね、とお礼を言いながら箱にしまうつもりだった。

「フミ、もう三十五分よ」

お母さんに、また、せかされた。「先に行っちゃうよ」とマキの声も聞こえた。

急いでリビングを出て、続き部屋になった和室に入った。

前のお母さんの写真に「おはよう、行ってきます」とあいさつするのが日課だった。

来年からは、ここにおひなさまを置いて襖《ふすま》をはずせば、リビングがもっと広く使えるかもしれない。ふと思って、そうだ、今年もそうすればよかったんだ、といまになって悔やんだ。写真を飾った棚の横には小さな座卓が置いてある。その上に、親王飾りのおひなさま――座卓ごとどこかに動かして、ここにおひなさまを置けばいいかもしれない。目測で寸法の見当をつけながら、写真に向かって手を合わせた。おざなりな合掌になった。「おはよう」にも「行ってきます」にも心がこもっていなかった。

ふと見ると、座卓の下にゴエモン二世がもぐっていた。身をかがめ、耳を横に向けて、曲がったしっぽがふくらんでいる。ご機嫌斜めのサインだ。

フミはそれに気づかず、「ゴエモン、おはよー」と顔を横倒しにして畳につけて、おいでおいで、と手を伸ばした。

ゴエモン二世は低く喉《のど》を鳴らすだけで、座卓の下から出ようとしない。こっちを見ているのに、いつものように甘えてこない。それどころか、「ほら、おいでよ、おはよう」とフミがさらに手を伸ばして、前肢《まえあし》の先に触れそうになると、うなり声とともに嚙《か》みつこうとする。

フミはびっくりして手を引っ込めた。「ゴエモン、やっぱりヘンだよ、最近……」と首をかしげながら部屋を出たあとも、ゴエモン二世は喉を低く鳴らしつづけていた。

怒らないで、ゴエモン——。

フミはまだ子どもで、子どもはときどき身勝手で残酷になるものだから。ずっと寂しい思いをしてきた。寂しさを埋めてくれるひとと出会ってからも、ずっと気をつかってきた。

そんなあの子が、やっと最近、幼いわがままや無邪気な冷たさを見せるようになった。

わたしには、それがうれしくて、少しだけ寂しくて、でもやっぱり、ほんとうにうれしくてしかたないのだから。

ゴエモン二世にかまっていたせいで、家を出るのが遅れてしまった。

いつもは七時四十分に家を出る。そこからほんの少しでも遅れたら、マキはさっさと一人で出かけてしまう。たとえ家を出るのが二、三分遅れたとしても学校に遅刻するわけではないのに、そういうところはお母さんがあきれてしまうほど厳しい。もっとも逆に、自分のしたくはととのっていても、七時四十分までは必ず玄関でフミを待っていてくれる。厳しくても、意地悪ではない――と思ったそばから、四十分きっかりに玄関に出たフミを不機嫌そうな顔で迎えると、すぐさま、フミが追いつけないほど足早に歩きだしてしまうのだ。

でも、今朝のマキは四十二分までフミを待ってくれた。家を出てからも、大急ぎでランドセルを背負ったフミの息が落ち着くまで、ゆっくりとした足取りで歩いてくれた。

フミは怪訝《けげん》そうにマキの顔を覗《のぞ》き込んだ。すると、マキは目をすっとそらし、いつものそっけない声で「朝のうちに言っとくから」と話を切り出した。

「……なにを？」

「あのおひなさま、処分するから」

「え？」

「だって邪魔でしょ、あんなに大きいの」

そんなことない、ちっとも邪魔じゃないよ、とフミはあわててマキの前に回り込んで、ぶるんぶるんと大きく首を横に振った。

でも、マキはにこりともせず、考え直すそぶりもなく、「もう決めたから」と言う。

「やだ、そんなの」

「そこどいてよ、危ないじゃん」

「おひなさま捨てないで」

「ぶつかるじゃん、どいてよ、邪魔」

フミが気おされて道を空けると、マキは急に足を速めた。

「ねえ、おねえちゃん、捨てないでよ」

すがりついて言うと、目を向けずに「捨てるなんて言ってないでしょ」と返された。

「じゃあ、どうするの？」

「くれたひとに返す」

「くれたひとって……おねえちゃんのお父さんのこと？」

マキの足が止まる。ただ立ち止まったというだけでなく、ちょっと待ってよあんた、なによそれ、という怒気をはらんだ動作だった。

フミの肩がぴくっと揺れた。こめかみも急にこわばった。怒られる。マキが言葉を口にする前に、その気配が伝わった。

「ねえ、フミ」

意外と声は怖くなかった。フミを見つめる目つきもおっかないわけではない。

「……なに？」

「あんたのお母さんって、誰？」

「誰、って？」

きょとんとするフミに、マキはもう一度同じ言葉を、ゆっくりと言った。

「あんたの、お母さんって、誰？」

「それは……いまのお母さん、だけど」

「ほんとにそう思ってる？」

なんでそんなことを訊《き》くんだろう、と思いながらうなずいた。

「じゃあ、フミを産んでくれたお母さんのことは？　そのひとはお母さんじゃないの？」

怒った声ではない。でも、冷たい響きの声になった。問い詰めるような訊き方ではなかったが、答えるフミを悲しませてしまう質問だった。

「ねえフミ、あんたを産んだひとは、なんて呼べばいいわけ？」

「……前の、お母さん」

「お母さんに『いま』も『前』もないんじゃないの？　お母さんって、世界中で一人しかいないからお母さんじゃないの？」

フミはうつむいてしまった。

でも、マキはしつこく答えを求めはしなかった。「よくわかんないけど……」と低くつぶやいてから、急に声を張り上げた。

「もういいや、あー、ごめん、どうでもいい、めんどくさい」

いらだって地団駄を踏むように言って、まだ気がすまないのか、「ワケわかんない、あー、もう」とさらにつづけ、「先に行くね」と歩きだした。

フミはまた追いすがった。

「おひなさま、ほんとに返しちゃうの？」

「返す」

「なんで？」

「いいじゃん、わたしがもらったんだから、わたしの勝手でしょ」

ぽんぽんと答えたあとで、あ、そうか、そう言えばいいんだ、と気づいたみたいに、マキは再び足を止めた。

「あのね、フミ。あんた勘違いしてるよねー、勘違いっていうか、ずうずうしいよねー」

「……なにが?」

「あのおひなさまは、わたしのものなの。わたしが、もらったの。あんたじゃないの。わかる? たまたま妹になったから、あんたにも見せてあげてるだけなの。そうでしょ? おとしプレゼントしてもらったときには、あんたのことなんて、だーれも知らなかったんだから」

言葉に詰まったフミに、マキはことさらゆっくりと、ガイジンさんに日本語で話しかけるような抑揚をつけてつづけた。

「あれは、わたしの、もの、なの。だから、どんなふうに、処分しようが、あんたに、文句を、言われる、筋合いは、ないの」

そして、念を押して指を振りながら——。

「あんたの、おひなさまは、和室にある、でしょ? あの古いやつ。あれが、フミの、お・ひ・な・さ・ま・っ。来年からは、それを、飾れば、いいでしょ?」

フミはまたうつむいてしまった。マキはかまわず、さっさと歩きだす。絶対に追いつかれたくないというように、途中から小走りになった。

フミはしょんぼりとその場にたたずんだまま、マキを見送った。こういうときにも、形のきれいなマキのポニーテールは軽やかに揺れていた。

マキは走りながら、何度も首をかしげた。地団駄を踏みたいもどかしさは、まだ消えていない。津村亮一さんのことをフミに「お父さん」と呼ばれてムッとした。あのひとを「お父さん」にしたら、あんたのお父さんの立場はどうなっちゃうのよ、とフミに言ってやりたかった。

でも、じゃあ、どうして……と思うのだ。どうして、あの親王飾りのおひなさまの味方をするのだろう。おひなさまを出すかどうか迷っていたお母さんに、どうして「出したほうがいいよ、絶対。和室に置けばいいじゃん」と勧めたのだろう。

フミの「お母さん」は、マキのお母さんのこと——マキがフミのお父さんを「お父さん」にするのと同じ。理屈では「あたりまえじゃん」ときっぱり言い切れるし、自分自身はちゃんとしっかり「お父さん」を受け容《い》れているのに、どうしてフミには、亡《な》くなったお母さんのことを忘れないでいてほしいのだろう……。

わからない。あー、もう、ほんとに、あー、もう、もう、もう、もう、あー……。

走るついでに地面を踏みつけているのか、地面を思いきり踏みつけたいから自然と走ってしまうのか、気がつくと、すれ違うひとがびっくりして振り返るほどの全力疾走になっていた。

マキちゃん。

ありがとう。あなたと仲良くしたくて、でもなかなかうまくいかなくて、しょっちゅう悩んでいる「お父さん」は、いまのあなたの胸の内を知ったら喜びのあまり涙ぐんでしまうだろう。よかったね、とわたしも肩を軽く叩《たた》いてあげたい。

でも、「お父さん」は、これからもたくさん悩んで、落ち込んで、どぎまぎして、一喜一憂する日々はつづく。それでいい。マキちゃん、あなた自身も自分の心をつかみかねて地団駄を踏みたくなることは、これからも何度も何度もあるはずだ。でも、それでいい。「難しい年頃」というのは、親がどう扱えばいいか難しい、という意味だけではない。なにより自分が一番自分のことを難しいと思っている。世界中のどんな難問よりも、自分の心を理解することのほうが難しい――そんな時期を、フミももうすぐ迎える。

マキちゃんが、フミのおねえさんになってくれてよかった。

わたしは、心から、そう思っている。

4

ツルちゃんのおひなさまは、木製の三段飾りだった。男びなと女びなに三人官女、その下におひな道具が並んでいる。金屏風《きんびょうぶ》に蒔絵《まきえ》で桜が描かれているのが華やかだったが、七段飾りと比べるとやっぱり地味だった。

ツルちゃんも「七段っていったら、この倍ぐらいあるんだもんね、すごいよね」と、見るのを楽しみにしている。

今朝までなら、フミも「そうだよ、すごいんだよ、見たら絶対にびっくりするからね」と、なんの迷いもてらいもなく得意げに応《こた》えていた。でも、いまは、マキに言われた言葉が喉《のど》に刺さった魚の小骨のように、ずっと気にかかっている。

あのおひなさまは、もともとマキのもの——確かにそうだった。たまたま妹になったから、自分のもののように勘違いしてしまっただけ——そこまで言うことはないじゃないかと思いながらも、「だってほんとのことだもん」とマキにそっけない口調で言われたら、朝と同じように黙り込んでうつむくしかないだろう。

「どうしたの？　フミちゃん」

「……なんでもない」

「朝から元気ないけど」

「……べつに」

最初は、おひなさまのことだけ考えて、落ち込んでいたのだ。途中で、ジュースをこぼした染《し》みがシャツに広がっていくみたいに、ふと別のことにも気づいた。ああ、そうだ、これもおひなさまと同じなんだ……と思うと、いっそう落ち込んでしまった。

お母さんのこと――。

お母さんも、おひなさまと同じように、もともとマキのものだった。お父さんとお母さんが再婚をしたから、フミのお母さんにもなってくれただけだ。

そういうものが、もっとたくさんあるのかもしれない。いままで気づいていなかっただけで、「ほんとはあんたのものじゃないんだからね」というものが、たくさん。

不思議だった。その理屈をあてはめるのなら、お父さんは逆に、もともとはフミだけのものだったはずだ。「石川」という苗字《みょうじ》もそう。でも、マキが自分のもののように勘違いしているんだとは思わない。むしろ「おねえちゃんのものなんだから、遠慮しないでよ」と言ってあげたいほどだ。なのに、逆の立場になると、マキが大切にしているものをどんどん奪っているような気がして、「ごめんなさい……」と謝りたくなってしまう。

胸が締めつけられた。

ポニーテールは――？

おねえちゃんの自慢のポニーテールを真似《まね》してしまうのは、ひどいこと――？

胸が締めつけられたまま、ドキドキと早鐘のように鳴った。息苦しい。ツルちゃんとなにかしゃべって気持ちを切り替えたくても、声が出てこない。

七段飾りのおひなさまを早く見たくてしょうがないツルちゃんは、約束どおりひなあられを一口だけ食べて、小さなぐい呑《の》みに注いだ甘酒を飲み干すと、「じゃあ、洗面所に行って、髪の毛結んじゃおうか」と言った。

お待ちかねの瞬間になるはずだったのに、フミの返事は低く沈んだ。先に立ち上がったツルちゃんに「どうしたの？」と訊かれても、うつむきかげんにかぶりを振るしかなかった。

やっぱりやめようか。せめて今日は、やめておこうか。ためらいながら、でもいまさら断ることもできず、のろのろと立ち上がった。

なにも知らないツルちゃんは、「ずーっと楽しみにしてたんだもんね、よかったねー、よしよし」とおどけて頭を撫《な》でてくれた。

その優しさがうれしい。うれしいから、悲しみが一気に胸に迫ってきた。

「えーっ、なに、フミちゃん、泣くほど感激しなくてもいいじゃん、ほら、泣くのやめなってば……」


ちょうどその頃、マキは図書館の中庭でゴエモン二世と向き合っていた。

ばったり出くわした——というより、借りる本を選んだマキが外に出てくるのを待ちかまえていたように、ゴエモン二世が遊歩道の真ん中に座っていたのだ。

「こんなところまで遊びに来てるの？」

通じるはずがないのはわかっていても、思わず声をかけてしまった。

猫のなわばりは、広くても直径五百メートルほどだという。図書館はその範囲よりずっと外側にあるので、最初は柄がよく似た別の猫かとも思ったほどだ。でも、しっぽの先がきれいなカギになって曲がっている。間違いなく、ゴエモン二世だ。

「すごいねー……」

なわばりの見回りではなく、冒険の旅をしているのだろうか。

「だいじょうぶ？　ここから帰れる？　っていうか、帰る気あるの？」

たまたま秋から冬をわが家で過ごしただけで、ほんとうは旅をする放浪タイプの猫だったのだろうか。春になったので、いまは旅に出る前の足慣らしをしているところなのだろうか。

いくらなんでもまさかね、と首をひねって苦笑した。でも、路上に座ったまましっとこっちを見つめるゴエモン二世と向き合っていると、それもありうるかもしれない、という気になってくるし、「ありうるかもしれない」は、ほどなく「あったらいいな」に変わっていった。

一生をわが家の飼い猫として過ごすより、気まぐれに出て行ってしまうほうが、ゴエモン二世らしい。いなくなるのは寂しくても、目の前にいないひとや、もう会えないひとのことをふと思いだして、「どこかで元気にやっているんだろうな」と想像するのは、きっと、悪い気分ではないだろう。

七段飾りのおひなさまをプレゼントしてくれたひとのことも、ときどき、そんなふうに思いだしている。向こうもこっちのことを、同じように思っているだろう。

まあ、それでいいかな。なにが「まあ」なのかよくわからなかったが、胸と喉の境目あたりでもやもやしていたものが、すとん、とおなかに落ち着いてくれた。

そして、ふと気づく。今朝のフミのしょんぼりした姿がよみがえる。

あの子は、前のお母さんのことを「どこかで元気にやっているんだろうな」とは想像できないんだな――。

ゴエモン二世の体が不意に跳ね上がった。顔のすぐそばを飛んでいるモンシロチョウを捕まえようとしたのだ。でも、モンシロチョウは危なっかしい飛び方ではあっても、少しずつ空の高いほうに上がっていく。ゴエモン二世は何度もジャンプしたが、モンシロチョウはぎりぎりのところで爪《つめ》をかわす。

狩猟本能に火がついたのか、ゴエモン二世は夢中になってジャンプをつづけ、そのまま茂みの奥に姿を消してしまった。

遊歩道にぽつんと残されたマキは、「なんなの、いまの……」とあきれてつぶやいた。

でも歩きだすと、意外とゴエモン二世は照れ屋で、ここから立ち去るきっかけや口実を探していたのかもしれない、という気もしてきた。

そもそも、なぜ、待ちかまえるように、ここにいたのか――。

考えをめぐらせたわけではないのに、不思議なほどすんなりと、それはなんとなくわかるけどね、と納得できた。

ツルちゃんは洗面台の前に椅子《いす》を持ってきて、フミを鏡に向かって座らせた。「美容院みたいでしょ」とアイデアを自画自賛していたが、フミは最初から最後まで目をつぶっていた。

「できあがりを楽しみにしてるの？　なんかプレッシャー感じちゃうなあ」

そうじゃないんだけど、と説明するのもキツいほど気分が沈んでいる。

ごめん、やめる、もういい、ポニーテールはおねえちゃんのものだから……。

言葉は喉元まで出かかっていたし、なにも言わなくても椅子から下りてしまえば、それですべては解決する。でも、十月から楽しみにして髪を伸ばしてきたのだ。あきらめてしまうのは、やっぱりつらい。

「はい、じゃあお客さま、始めさせてもらいまーす」

うやうやしい声色をつかって、ツルちゃんはフミの髪を束ねていった。

でも、余裕があるのはそこまでだった。

「あれ？」「ちょっと待って」「ごめん、もう一回」「違うなあ」「ちょっとごめんね、最初からやってみる」「おかしいなあ」「なんで？」「うそ、ダメじゃん」……。

髪を後ろで束ねるだけなのに、何度も何度もやり直す。

頭が後ろに倒れそうなほど髪を強く引っぱられて、フミは思わず「痛いっ」と訴えた。

ツルちゃんのほうも、髪を結ぶゴム留めがパチッと跳ねて指に当たって、「あたたたっ」と、あわてて指を口に含む。

予想していたより、ツルちゃんはずっと不器用だった。でも、ツルちゃんにも言いぶんがある。

「あのねー、フミちゃん、癖っ毛のところがどうしてもポニーテールの中に入っちゃって、ピンピンはねちゃってるんだよね。全然ふわっとならないの。あと、髪が固くない？　ちゃんとお風呂《ふろ》でリンスしてる？」

「してるよ……」

「じゃあ、これ、髪質だよね。無理なんじゃない？」

やっぱりそうか、とフミはため息をついた。でも、自分ではもうやめようと思っていたのだし、これであきらめもつくはずなのに、ツルちゃんに言われると意地になる。目をつぶったまま、「なんとかしてよ」と言った。

「なんとか、って……」

「だってツルちゃん、まかせなさいって言ったじゃん」

「でも、癖っ毛はフミちゃんの責任でしょ」

険悪な雰囲気になりかかったが、ツルちゃんが先に折れて、「じゃあさ、ちょっと待ってて、これ使ってみる」と言った。

「これ、って？」

「お姉ちゃんのムース。寝癖を取るときに使ってるから、癖っ毛にも効くんじゃないかなあ」

ほんとうだろうか。だいじょうぶだろうか。心配になっても、もう、ここまで来たらツルちゃんにまかせるしかない。

目をきつくつぶった。耳の後ろで、ムースの泡が容器から出るシュワアッという音が聞こえた。ちょっと出しすぎなんじゃないかと思ったが、それを口にする前に、ツルちゃんは手のひらに載せたムースをフミの髪につけた。

べったり、と。

ぐっしょり、と。

ああ、いまびしょ濡《ぬ》れになった——とため息を呑み込んで、目を開けた。

覚悟はしていた。どう考えても、癖っ毛のところよりもムースをつけたところのほうが広い。ほとんど後ろ頭の髪ぜんぶに塗りつけたような感じだった。

でも、実際に鏡に映った自分の髪を見てみると、その覚悟よりも現実のほうがずっとひどかった。後ろ半分、まるでシャワーを浴びたみたいに、ぺったんこになっていた。

ツルちゃんもさすがに気まずそうに「ごめーん……」と言って、タオルで髪を拭《ふ》きはじめた。乱暴すぎる。ごしごしと雑巾《ぞうきん》掛けをするみたいにタオルでこするものだから、髪は逆毛立って、ばらばらになってしまった。

「だいじょうぶだいじょうぶ、ドライヤーで乾かせば平気だから、ちょっと待ってて」

もういいよ、とツルちゃんの手を振り払った。鏡の中の自分を見ないようにして椅子から下りて、「ごめん……もう帰る……」とだけ言って、玄関に向かった。

「おひなさまは？　見せてくれるんじゃないの？」

「……わたしのじゃないから」

「はあ？」

ごめん、ごめん、ごめんね、ごめん、ほんと、ごめんね……とつぶやき声で繰り返していたら、足元に涙のしずくが落ちた。

ウチに帰りたくない。あの家だって、お母さんとマキが二人でいるときには、お母さんとマキのものなのだろう。いまごろマキはお母さんを独り占めしているかもしれない。それでいい。だって、もともとお母さんはマキのものだったのだから。

涙がぽとぽとと足元に落ちる。

「ちょっと、やだ、どうしたの？ 泣くことないじゃん、なに、それ、やめてよ、さっきからヘンだよ、今日おかしいよ、フミちゃん……」

ツルちゃんは困り果てて、「ママ、ママ、ちょっと来てよお。お姉ちゃんもいる？ こっち来て、なんとかしてよお」とお母さんとお姉さんを呼んだ。

フミ。

5

ツルちゃんのお母さんの車でウチに送り届けられたときも、あなたはまだ泣いていた。

車の中で「帰りたくない、帰りたくない」と駄々をこねてツルちゃんのお母さんやお姉さんを困らせながら、お母さんがびっくりした顔で玄関から出てくると、駆け寄って、抱きついて、もっと激しく泣きじゃくった。

そのときの泣きっぷりは、やがてわが家の伝説として、お母さんの物真似《ものまね》の十八番になるだろう。

マキは「お隣さんやお向かいさんも外に出てきて、なにごとだろうって大騒ぎになったんだから」と大げさなことを言って、「この子、いったん泣きだしたら長いし、うるさいから、大変よ」と、あなたの選んだ人生の伴侶《はんりょ》に耳栓をプレゼントするだろう。

髪の白くなったお父さんは「亡《な》くなったお母さんもけっこう泣き虫だったんだよ」としんみりとした口調で、なつかしそうに言って、それをみんなの前で話せる幸せを嚙《か》みしめて目を潤《うる》ませるだろう。「あんたの泣き虫、ほんとはお父さん譲りだよね?」と含み笑いで耳打ちするマキに、フミも「そうかも」と笑い返すだろう。そして、お母さんは、ただおだやかに微笑《ほほえ》んで、家族のために温かいお茶をいれるだろう。

でも、それらはぜんぶ、ずっとあとになってからの話だ。

あなたはまだ何度も何度も、涙を流さなければいけない。大切なひとと気持ちがすれ違ったり、ぶつかってしまったり、誤解したりされたりして、たくさん悲しい思いをしなくてはいけない。あなただけではない。お父さんも、お母さんも、マキも、それからツルちゃんだって――あの子があなたの結婚式で友人代表のスピーチをするまでの歳月に、いったい二人で何度ケンカをすることになるのか、いまのあなたには想像もつかないはずだ。脅すわけではないけれど、大変だよ、とこっそり教えておいてあげる。

それでも、ケンカした回数と同じだけ、あなたたちは仲直りができる。

マキやお母さんやお父さんをめぐって悲しい思いをすることはあっても、コインの裏表を順にめくっていくみたいに、おなかを抱えて笑い合える日だってある。

そんなふうにして、あなたたちは少しずつ家族になっていき、少しずつ親友になっていく。

わたしが書き綴《つづ》ったいくつかの短いお話は、すべて、その始まりの物語だった。

フミ。

わたしはあなたを育て上げることができなかった。そのことを、わたしはずっとあなたに申し訳なく思っているし、わたし自身、悔しくてしかたない。

でも、もしもあなたが生きることに悩んだり、絶望しそうになったり、大切なひとのことを信じられなくなってしまったりしたら、わたしの書いたお話を思いだして。

家族の始まりの日々を、小さな体と心で一所懸命に生きていたあの頃の自分のことを、どうか忘れずにいて。

わたしがあなたのために書いたお話は、すべて、仲直りの物語でもあるのだから。

ずっとあとになって、あなたたちはなつかしく思いだすだろう。家族の始まりの半年間だけわが家に居着いて、マキが小学校を卒業する少し前にどこかに旅立ってしまった、しっぽの曲がった野良猫《のらねこ》のことを。

ゴエモン二世とお別れをしたのは、お母さんだけだった。

その日、買い物から帰ってきたお母さんは、門をくぐったとき、ゴエモン二世が庭でのんびり日なたぼっこをしているのを見かけた。

虫の知らせだったのだろうか。いや、たぶん、季節が春になってからは、こういう日がいつか来るかもしれないと覚悟していたのだろうか。お母さんは玄関から庭に回って、「あーあ、のんきにおなか出しちゃって……あんた、それでも元野良猫なの？」と苦笑して、テラスのガーデンチェアに腰かけた。

ゴエモン二世は甘えてすり寄るでもなく、逃げ出してしまうでもなく、まったくもってのんきに日だまりの中で寝ころんだまま、動く気配はなかった。

お母さんも両手に提げていたスーパーマーケットのレジ袋を足元に置いて、「今日はお昼寝日和《びより》だよね」とあくび交じりにひとりごちた。時刻はもう夕方に近かったが、日がずいぶん長くなった。昼間は日なたにいれば上着なしでもだいじょうぶ。ぽかぽかとして、陽炎《かげろう》がたちのぼり、空ではヒバリも鳴いていた。気を抜くとすぐにすうっと寝入ってしまいそうな、いかにも春本番のうららかな陽気だった。

「あんた最近、しょっちゅうふらふら出歩いてるけど、なにしてるの？　デート？」

返事は、カギのしっぽを振って芝生をパタンと叩《たた》くだけだった。

「どこか遠いところに行きたくなっちゃった？」

今度の問いには反応はなかったが、その代わり、お母さんはテラスのコンクリートの床にテントウムシが止まっているのを見つけた。ほんとうに、もう、春だ。

しばらく黙って庭を眺めていたお母さんは、ふう、と息をつき、身を乗り出してゴエモン二世に声をかけた。

「ねえ、フミのことを心配してウチに来てくれたの？」

ゴエモン二世は体をよじって起き上がり、肩のあたりの毛づくろいを始めた。

お母さんは、ふふっと笑う。

「ありがとう」

毛づくろいを終えたゴエモン二世は、にゃあん、と小さく鳴いた。お母さんは目をまるく見開いて、すごいね、と肩をすくめる。

「でも、もうだいじょうぶだからね。フミは、もうだいじょうぶ」

ゴエモン二世は玄関のほうに何歩か歩いてから、助走もつけずに軽やかに門柱に乗って、こっちを振り向いた。

目が合うと、お母さんは居住まいを正して、ぺこりとおじぎをした。

「ほんとうに、いままでありがとうございました」

顔を上げたときには、門柱の上にゴエモン二世の姿はなかった。

お母さんも、また一瞬だけまるく見開いた目を細めて、くすぐったそうに笑った。

「なーんてね……」と歌うように言ってレジ袋を持ち直し、立ち上がった。

こちらこそ――。

ほんとうにありがとうございました、とわたしは言ったのだ。

これからもフミのことをよろしくお願いします、とつづけると、少しだけ悔しくなってしまったのだ。

遠い遠い昔の、春の日の夕暮れだった。

フミ。

あなたはやがておとなになり、お母さんになって、女の子を育てるだろう。その子はあなたに似て髪が少し癖っ毛で、あなたと同じように、ポニーテールに憧《あこが》れるだろう。

おじいちゃんとおばあちゃんの家に遊びに行ったときに、その子は古い家族アルバムをめくって、ママとマキおばちゃんが二人で並んだ写真を見つけるのだ。きょうだいでおそろいのポニーテールがすっかり気に入って、「わたしも！」と言い出して、そこから半年がかりで髪を伸ばす日々が始まるのだ。

フミ、あなたのお父さんは、残念ながら、津村亮一さんのようなお金持ちにはなれなかった。ごくふつうの、公平に見れば、ふつうよりほんの少し下の、まあ、でも、どこにでもいそうなサラリーマンのまま、マキとあなたをおとなになるまで育てて、歳《とし》をとった。

「遺産」と呼べるようなものは、とても遺《のこ》せそうにない。

それでもお父さんは、あなたの娘がチョンマゲのようなポニーテールをしているのを見て、おかしそうに手を叩いて笑い、笑ったあとで涙ぐんでしまうのだ。

家族の歴史は、そんなところで受け継がれていくのもいい。そんなところだからこそ、いい。そう思えることが幸せなのだと、お父さんはくしゃくしゃの泣き笑いの顔になるだろう。

「ねえ、おねえちゃん」

「うん？」

「ポニーテールって、いつやめたんだっけ。おねえちゃんのほうが先だよね」

「たぶん」

「高校生ぐらいのとき？」

「かな」

「なんでやめちゃったんだっけ」

「飽きたんじゃない？」

「子どもっぽいからって、やめたんじゃなかった？」

「忘れた」

いくつになっても、受け答えのそっけなさは変わらない。でも、お互いにおとなになって家を出て、きょうだいで顔を合わせるのが年に一度か二度になってしまうと、マキの無愛想なところを見て、だいじょうぶ、おねえちゃんは元気だ、と安心する。ずっと一人暮らしで、仕事を何度も変わっているのを知っているから、よけいに。

そんなわけで、おそろいのポニーテールの日々が終わったときのことは、フミもマキもよく覚えていない。

でも、始まりは――。


あの日フミが泣きだしてしまった理由は、ツルちゃんのお母さんが説明してくれた。お母さんは、「あらまあ、やだ、すみません、ご迷惑おかけしちゃって……」と恐縮しながら話を聞いて、「せっかくですから、どうぞどうぞ」と、ちらし寿司《ずし》をツルちゃんはもちろん、お母さんとお姉さんにもふるまった。

混ぜ込む具だけでなく、桜でんぶまで鯛《たい》のすり身から手作りしたご自慢の一品を、ツルちゃんたちはとても喜んで食べてくれた。

その間に、フミはお風呂《ふろ》に入って髪を洗った。ツルちゃんが髪につけたムースはやっぱり量が多すぎた。おとなの二回分。タオルで拭《ふ》き取れるようなものではなかったのだ。

ツルちゃんたちは、お寿司を食べながら七段飾りのおひなさまを見上げて、「すごいねえ」「大きいよね」「並べるだけでも大変だよね」と小声で話していた。三人とも圧倒されている。でも、それほど――フミが期待していたほどには、うらやましがってくれなかった。

そういうものだろうな、とフミも何年かすると納得できるだろう。豪華なおひなさまに無邪気に惹《ひ》かれていた自分の幼さが、恥ずかしく、情けなく、でも不思議とうらやましくも感じてしまうだろう。

次の年からは、親王飾りのおひなさまが、控えめにリビングに飾られる。七段飾りのおひなさまは、マキが言っていたとおり津村亮一さんのもとに引き取られていったのだ。

おひなさまを処分することに決めたマキの気持ちも、大きな箱が三つ届いたときの津村さんの気持ちも、津村さんには心を尽くして謝って、マキの決めたことにはなにも反対しなかったお母さんの気持ちも、おとなになったあなたならわかるだろう。

そうだ。一つだけ、あなたの知らないことを教えてあげる。

卒業式の翌日、マキは津村さんと会った。冬休みのときと同じように、学校が休みに入った初日が面会日だったのだ。

ごちそうを食べた。卒業祝いの万年筆と、入学祝いの携帯音楽プレーヤーをプレゼントされた。いろいろな話をした。送り返されたおひなさまのことは、津村さんもマキもなにも言わなかった。

別れぎわに、津村さんはマキに訊《き》いた。

「どうだ？　新しいウチで、これからもみんなで仲良く、幸せにやっていけそうか？」

なんだったらこっちに来てもいいんだぞ、と付け加えた。

でも、その口調や表情は、マキがどう答えるのか最初からわかっているみたいだった。

マキは少しだけ頬をゆるめた。

幸せだとは言わなかった。仲良しだとも言わなかった。

ただ、「だいじょうぶ」とだけ答えた。

津村さんも黙ってうなずき、じゃあな、と手を振って笑った。

お母さんに髪を束ねてもらうと、ポニーテールはあっさりと、拍子抜けするぐらい簡単にまとまった。癖っ毛のところも、まったく問題なし。

「いいんじゃない？　うん、まだ長さはぎりぎりだけど、かえってそのほうが暑苦しくなくていいと思うよ」

お母さんが言うと、ツルちゃんたちも、そうそうそう、とうなずいてくれた。

ほんとかな、だいじょうぶかな、とフミは軽く頭を振ってみた。

ポニーテールが揺れる。髪が短いせいか、やっぱり髪質が固すぎるのか、軽やかにとまではいかない。でも、子馬のしっぽが揺れる感触は、確かに、間違いなく、伝わってきた。

二階の自分の部屋にこもっていたマキが、リビングに下りてきた。お客さんがいても、愛想笑いなど浮かべない。あいさつも最小限だったし、おしゃべりに付き合わされるのを拒むみたいに、立ち止まらず、すたすたとフミの前まで来た。

にこりともしない。じっと見つめてくる目は、にらんでいるようにも思える。

フミは困惑しながら、えへへっと笑い、自分のポニーテールを指差した。

「これ……やってみたんだけど……」

「似合うじゃん」とほめてもらえるとは、最初から思っていなかった。「髪が伸びてよかったね」と喜んでくれるという期待もしていない。ただ、「やめてよ」と言われないことだけを祈った。「ポニーテールはわたしのものなんだから、とらないでよ」と言われないことだけを、一心に願った。

マキは、ふうん、と関心のなさそうな顔でうなずいた。

でも、面倒くさそうに右手を差し伸べて、どうでもいいんだけど、という口調で言った。

「これ、あげる」

「え？」

「いらなかったら捨てていいけど、とりあえずあげる」

手のひらを開くと、桜の花びらをかたどったシュシュがあった。

「お古だから、べつに使わなくていいよ」

フミは首を横に振る。

「ぼろっちくなってるから、使ってもヘンだと思うよ」

首を何度も横に振る。

「似合うかどうかわかんないよ、あんたには」

何度も何度も横に振る。

「でも、まあ、あげる」

受け取った。ありがとう、と言おうとしたら、胸が急に一杯になってしまった。

マキはそっぽを向いて、「お母さんにつけてもらえば？」と言った。

横向きになったので、わかった。

マキのポニーテールの付け根にも、同じ桜が咲いていた。

フミ、あなたたちはこうして始まった。

季節は春だった。

# 文庫版のためのあとがき

日付が変わって「その日」になった数分後、「小説新潮」編集部の松本太郎さんからメールが来た。短編連作のかたちで書き継いできた『ポニーテール』の最終回――本書では第七章にあたるお話の扉絵が仕上がったので、参考までに転送する、という。添付されていたのは、木内達朗さんに描いていただいた春の街並みと、路上に座る猫の絵だった。季節は春だったのだ。物語の中でも、現実でも。

扉絵を受け取ったあと、原稿を書くピッチを上げた。夜が更《ふ》け、空が白み、陽がのぼって、フミとマキを乗せた物語の小舟は、海に出た。

メールソフトの記録によると、最終回の原稿のラストシーンを送信したのは「その日」の正午過ぎ、十二時〇三分。すぐに原稿を校正してもらった。疑問点に答え、必要な手直しを終えて、原稿がすべて僕の手を離れたのは、十四時少し前のことである。

二年近くにわたって取り組んできた仕事が、これでひとまず終わった。もっとも、余韻や感慨にゆっくりひたる暇はない。急いで身支度をととのえ、十四時ちょうどに家を出て、都心に向かった。午後から夕方にかけて、いくつか予定が入っている。夜八時頃には帰宅できるはずなので、ささやかな祝杯はそのときだな、と思っていた。

だが、それから一時間もたたないうちに、予定はすべてキャンセルになった。

ぐったりと疲れ切って家に帰り着いたのは、夜中の一時過ぎだった。

「その日」――二〇一一年三月十一日。

巨大地震が発生した十四時四十六分、タクシーに乗っていた僕は、突然襲った激しい揺れの正体がわからず、「パンクですか？　パンクしちゃったんですか？」と、いまにして思えば間抜けなことを運転手さんに訊《き》いていたのだった。

『ポニーテール』は、僕にとって東日本大震災の前に書いた最後のお話になり、震災後の最初の単行本として出版されることになった。

「その日」を境にして自分が変わった、と大きな声で言うつもりはないし、そんな資格もない。だが、雑誌掲載バージョンの『ポニーテール』を単行本のために改稿するにあたって、やはり、「その日」のことは頭から離れなかった。

改稿した箇所の一つひとつを指して、どこがどう、と説明することはできなくても、

（傲慢《ごうまん》な言い方をゆるしていただけるなら）書き手自身にしかわからないところで、『その日』のあとの物語」に値するものであってほしいと願いながら、原稿に手を入れていった。「その日」をへた読み手のまなざしに耐えうるものに仕上げたかった。悲しみや怒り、やりきれなさが誰の胸にも深く刻まれてしまったからこそ、「はじまりの日々」を描いた物語の居場所はどこかにあるのではないか、と信じて――祈って、改稿をつづけた。

それがうまくいったかどうかは、書き手の語るべき事柄ではないだろう。ただ、僕はフミとマキのことが大好きで、読んでくださったひとにも二人を好きになってほしいな、と願っている。一組の家族の「はじまりの日々」を描いた物語を、気に入っていただければ、とてもうれしい。

「小説新潮」掲載時は、髙橋亜由さんと松本太郎さんにたいへんお世話になった。単行本の担当は藤本あさみさん、文庫版の担当は大島有美子さん、お二人にもさまざまに助けていただいた。記して謝意を捧《ささ》げたい。

また、雑誌掲載時のイラストレーションをお願いした木内達朗さん、単行本版の装画のイナキヨシコさん、文庫版の装画の升ノ内朝子さん、装幀の新潮社装幀室・大滝裕子さんをはじめ、力を貸していただいたすべての方々に、心から感謝する。
そしてなにより、読んでくださってありがとうございました。本書は、僕にとって、消費税が八パーセントになってから初めて刊行される文庫であります。

二〇一四年四月

重　松　清

この作品は二〇一一年七月新潮社より刊行された。

重松清著
## きよしこ
伝わるよ、きっと――。少年はしゃべることが苦手で、悔しかった。大切なことを言えなかったすべての人に捧げる珠玉の少年小説。

重松清著
## 小さき者へ
お父さんにも14歳だった頃はある――心を閉ざした息子に語りかける表題作他、傷つきながら家族のためにもがく父親を描く全六篇。

重松清著
## 卒業
大切な人を失う悲しみ、生きることの過酷さ。それでも僕らは立ち止まらない。それぞれの「卒業」を経験する、四つの家族の物語。

重松清著
## くちぶえ番長
くちぶえを吹くと涙が止まる。大好きな番長はそう教えてくれたんだ――。懐かしい子ども時代が蘇る、さわやかでほろ苦い友情物語。

重松清著
## 熱球
二十年前、もしも僕らが甲子園出場を果たせていたなら――。失われた青春と、残り半分の人生への希望を描く、大人たちへの応援歌。

重松清著
## きみの友だち
僕らはいつも探してる、「友だち」のほんとうの意味――。優等生にひねた奴、弱虫や八方美人。それぞれの物語が織りなす連作長編。

重松 清著

# 星に願いを
―さつき断景―

阪神大震災、オウム事件、少年犯罪……不安だらけのあの頃、それでも大切なものは見失わなかった。世紀末を生きた三人を描く長編。

重松 清著

# あの歌がきこえる

友だちとの時間、実らなかった恋、故郷との別れ――いつでも俺たちの心には、あのメロディーが響いてた。名曲たちが彩る青春小説。

重松 清著

# みんなのなやみ

二股はなぜいけない？ がんばることに意味はある？ シゲマツさんも一緒に困って真剣に答えた、おとなも必読の新しい人生相談。

重松 清著

# 青い鳥

非常勤の村内先生はうまく話せない。でも先生には、授業よりも大事な仕事がある――孤独な心に寄り添い、小さな希望をくれる物語。

重松 清著

# せんせい。

大人になったからこそわかる、あのとき先生が教えてくれたこと――。時を経て心を通わせる教師と教え子の、ほろ苦い六つの物語。

重松 清著

# 卒業ホームラン
―自選短編集・男子編―

努力家なのにいつも補欠の智。監督でもある父は息子を卒業試合に出すべきか迷う。著者自身が選ぶ、少年を描いた六つの傑作短編。

重松　清著　まゆみのマーチ
―自選短編集・女子編―

ある出来事をきっかけに登校できなくなったまゆみ。そのとき母は――。著者自らが選ぶ、少女の心を繊細に切り取る六つの傑作短編。

重松　清著　ロング・ロング・アゴー

いつか、もう一度会えるよね――初恋の相手、忘れられない幼なじみ、子どもの頃の自分。再会という小さな奇跡を描く六つの物語。

重松　清著　星のかけら

六年生のユウキは不思議なお守り「星のかけら」を探しにいった夜、ある女の子に出会う。命について考え、成長していく少年の物語。

新潮社ストーリーセラー編集部編　Story Seller

日本のエンターテインメント界を代表する7人が、中編小説で競演！　これぞ小説のドリームチーム。新規開拓の入門書としても最適。

新潮社ストーリーセラー編集部編　Story Seller 2

日本を代表する7人が豪華競演。読み応え満点の作品が集結しました。物語との特別な出会いがあなたを待っています。好評第2弾。

新潮社ストーリーセラー編集部編　Story Seller 3

新執筆陣も加わり、パワーアップしたラインナップでお届けする好評アンソロジー第3弾。他では味わえない至福の体験を約束します。

宮部みゆき著　**魔術はささやく**
日本推理サスペンス大賞受賞

それぞれ無関係に見えた三つの死。さらに魔の手は四人めに伸びていた。しかし知らず知らず事件の真相に迫っていく少年がいた。

宮部みゆき著　**レベル7《セブン》**

レベル7まで行ったら戻れない。謎の言葉を残して失踪した少女を探すカウンセラーと記憶を失った男女の追跡行は……緊迫の四日間。

宮部みゆき著　**返事はいらない**

失恋から犯罪の片棒を担ぐにいたる微妙な女性心理を描く表題作など6編。日々の生活と幻想が交錯する東京の街と人を描く短編集。

宮部みゆき著　**火車**
山本周五郎賞受賞

休職中の刑事、本間は遠縁の男性に頼まれ、失踪した婚約者の行方を捜すことに。だが女性の意外な正体が次第に明らかとなり……。

宮部みゆき著　**理由**
直木賞受賞

被害者だったはずの家族は、実は見ず知らずの他人同士だった……。斬新な手法で現代社会の悲劇を浮き彫りにした、新たなる古典！

宮部みゆき著　**英雄の書**（上・下）

中学生の兄が同級生を刺して失踪。妹の友理子は、〝英雄〟に取り憑かれ罪を犯した兄を救うため、勇気を奮って大冒険の旅へと出た。

伊坂幸太郎著

オーデュボンの祈り

卓越したイメージ喚起力、洒脱な会話、気の利いた警句、抑えようのない才気がほとばしる！ 伝説のデビュー作、待望の文庫化！

伊坂幸太郎著

ラッシュライフ

未来を決めるのは、神の恩寵か、偶然の連鎖か。リンクして並走する4つの人生にバラバラ死体が乱入。巧緻な騙し絵のごとき物語。

伊坂幸太郎著

重力ピエロ

ルールは越えられるか、世界は変えられるか。未知の感動をたたえて、発表時より読書界を圧倒した記念碑的名作、待望の文庫化！

伊坂幸太郎著

フィッシュストーリー

売れないロックバンドの叫びが、時空を超えて奇蹟を呼ぶ。緻密な仕掛け、爽快なエンディング。伊坂マジック冴え渡る中篇4連打。

伊坂幸太郎著

砂漠

未熟さに悩み、過剰さを持て余し、それでも何かを求め、手探りで進もうとする青春時代。二度とない季節の光と闇を描く長編小説。

伊坂幸太郎著

ゴールデンスランバー

山本周五郎賞受賞
本屋大賞受賞

俺は犯人じゃない！ 首相暗殺の濡れ衣をきせられ、巨大な陰謀に包囲された男。必死の逃走。スリル炸裂超弩級エンタテインメント。

村上春樹著

**螢・納屋を焼く・その他の短編**

もう戻っては来ないあの時の、まなざし、語らい、想い、そして痛み。静閑なリリシズムと奇妙なユーモア感覚が交錯する短編7作。

村上春樹著

**世界の終りとハードボイルド・ワンダーランド**

谷崎潤一郎賞受賞（上・下）

老博士が〈私〉の意識の核に組み込んだ、ある思考回路。そこに隠された秘密を巡って同時進行する、幻想世界と冒険活劇の二つの物語。

村上春樹著

**ねじまき鳥クロニクル**

読売文学賞受賞（1〜3）

'84年の世田谷の路地裏から'38年の満州蒙古国境、駅前のクリーニング店から意識の井戸の底まで、探索の年代記は開始される。

村上春樹著

**海辺のカフカ**（上・下）

田村カフカは15歳の日に家出した。姉と並んだ写真を持って。世界でいちばんタフな少年になるために。ベストセラー、待望の文庫化。

村上春樹著

**東京奇譚集**

奇譚＝それはありそうにない、でも真実の物語。都会の片隅で人々が迷い込んだ、偶然と驚きにみちた5つの不思議な世界！

村上春樹著

**1Q84**

—BOOK1〈4月—6月〉前編・後編—

毎日出版文化賞受賞

不思議な月が浮かび、リトル・ピープルが棲《す》む1Q84年の世界……深い謎を孕《はら》みながら、青豆と天吾の壮大な物語《ストーリー》が始まる。

# 新潮文庫最新刊

小澤征爾・村上春樹著
**小澤征爾さんと、音楽について話をする**
小林秀雄賞受賞
音楽を聴くって、なんて素晴らしいんだろう……世界で活躍する指揮者と小説家が、「良き音楽」をめぐって、すべてを語り尽くす！

櫻井よしこ著
**何があっても大丈夫**
帰らぬ父。ざわめく心。けれど私には強く優しい母がいた。出生からジャーナリストになるまで、秘められた劇的半生を綴る回想録。

森見登美彦著
**森見登美彦の京都ぐるぐる案内**
傑作はこの町から誕生した。森見作品の名場面と叙情的な写真の競演。旅情溢れる随筆二篇。ファンに捧げる、新感覚京都ガイド！

内田樹著
**呪いの時代**
巷に溢れる、嫉妬や恨み、焦り……現代日本を覆う「呪詛」を超える叡智とは何か。名著『日本辺境論』に続く、著者渾身の「日本論」！

玄侑宗久著
**無常という力**
―「方丈記」に学ぶ心の在り方―
八百年前、幾多の天災や荒廃する人心を目にし、人生の不運をかこちながら綴られた「方丈記」。その深い智慧と覚悟を説く好著。

川又一英著
**ヒゲのウヰスキー誕生す**
いつの日か、この日本で本物のウイスキーを造る――。〝日本のウイスキーの父〟竹鶴政孝と妻リタの夢と絆を描く。増補新装版。

# ポニーテール

新潮文庫　し-43-22

平成二十六年七月一日発行

著者　重《しげ》松《まつ》清《きよし》
発行者　佐藤隆信
発行所　株式会社新潮社
郵便番号　一六二—八七一一
東京都新宿区矢来町七一
電話　編集部(〇三)三二六六—五四四〇
　　　読者係(〇三)三二六六—五一一一
http://www.shinchosha.co.jp

価格はカバーに表示してあります。

乱丁・落丁本は、ご面倒ですが小社読者係宛ご送付ください。送料小社負担にてお取替えいたします。

印刷・株式会社精興社　製本・株式会社大進堂

ISBN978-4-10-134932-9　C0193